隽峰文化

致苏沅昭

夏锦季 著

Dear su yuanzhao

江苏凤凰文艺出版社
JIANGSU PHOENIX LITERATURE AND ART PUBLISHING, LTD

图书在版编目（CIP）数据

致苏沅昭 / 夏锦季著. -- 南京 : 江苏凤凰文艺出版社, 2018.10
ISBN 978-7-5594-2950-6

Ⅰ. ①致… Ⅱ. ①夏… Ⅲ. ①长篇小说－中国－当代
Ⅳ. ①I247.5

中国版本图书馆CIP数据核字(2018)第224179号

书　　名　致苏沅昭

作　　者　夏锦季
责任编辑　丁小卉　姚　丽
总 策 划　调　调
出版监制　唐　昕
责任监制　刘　巍　江伟明
出　　品　隽峰文化
出版发行　江苏凤凰文艺出版社
出版社地址　南京市中央路165号，邮编：210009
出版社网址　http://www.jswenyi.com
印　　刷　长沙鸿发印务实业有限公司
开　　本　880mm × 1230mm　1/32
字　　数　268千字
印　　张　9.5
版　　次　2018年10月第1版　2018年10月第1次印刷
书　　号　ISBN978-7-5594-2950-6
定　　价　36.80元

CONTENTS

目录

DEAR
SU YUANZHAO

CONTENTS
目录

DEAR
SU YUANZHAO

Chapter 1 逃避分开的孤独

1

——我们分手了。

苏沅昭翻着微博，看到首页有人转发顾锦澜发的这条微博，短短五个字，苏沅昭盯了一分钟才确定这应该就是字面上的意思。她点进去看评论，微博第一 CP 宣布分手，粉丝果然难以接受。顾锦澜这条微博下有三万多条评论，许多粉丝傻眼了：我们是谁？有的粉丝在挣扎：别开玩笑了！有的粉丝哭天抢地，说再也不相信爱情了。还有的粉丝已经接受现实，并冷冷地留下一句：取关！

苏沅昭一路看过去，心里有些不忍，但也明白总归会有这么一遭，毕竟顾锦澜和周言早就分手了。只是，情义不成买卖在。那时，关于两人秀恩爱的漫画书已经下印厂，各种情侣档、商业推广还在合约期内，两人对外只好继续假装情侣。

如果不是苏沅昭对周言施压，他和顾锦澜这种“商业情侣”的关系恐怕还可以维持好几年。

想到周言未来巨大的经济损失，苏沅昭心中愧疚又感动。毕竟，前天她还在跟他冷战，只肯见狗，不肯见人，让他在公布和顾锦澜分手的消息之前不要来找她。

苏沅昭想到周言委屈巴巴的表情，心软了一下，给他打了数日以来的第一个电话，结果她打了两次都没打通。

苏沅昭能想到，分手的消息对周言的各路合作方来说无异于惊天炸雷，此刻他的电话恐怕已经被打爆了，他哪儿有工夫听她表达感动。

她不计较，反正来日方长。

她把手机放在一边，撑着身子，看着化妆镜里自己的脸，突然咧嘴笑了笑。

她终于可以开始正常谈恋爱了！

“昭姐，准备好就可以出来了。”节目组老幺探头进来喊苏沅昭。

“好，我来啦！”苏沅昭笑着应声，拿起台本，雀跃地走出化妆间。

当电视台收工时已是晚上，苏沅昭换好衣服下班，正在路边等出租车时，电话响了。她看着来电显示是周言，一边接通电话，一边小声跟停在她面前的出租车司机道歉：“不好意思，我有事，先不坐车了。”

深秋晚风凉，苏沅昭拢了拢风衣，一个人沿着马路牙子走着，吸着鼻子问周言：“你还好吗？”

“不好。”那边的声音带着倦意，“沅昭，我好累啊！”

“你要我过去陪你吗？”苏沅昭心疼他。

“别，我这边随时可能来人。”周言解释道，“我们的事得再避一避，时间拉开一点儿对你比较好，不然我怕你被攻击，粉丝这会儿跟疯了一样。”

“我知道。”苏沅昭轻轻踢着路边的小石子，“我只是担心你。”

那边周言还没说话，却传出一阵“汪汪”的狗吠声。她闻声后问道：“阿宝？”

“嗯，阿宝在我这儿。”周言匆忙道，“有人来了，我们晚点儿聊。”

苏沅昭赶在他挂电话之前抢先问出口：“顾锦澜答应把狗让给你了？”

“它是你的心头肉，我当然得把它要回来。”周言压低嗓音，“我开门了，不说了。”

那边的周言匆忙挂断电话，苏沅昭顿住脚步，心里涌入一阵暖流。她站在风中，却觉得周身变得温暖起来。

阿宝是一只极漂亮的萨摩耶，当然，它在顾锦澜那儿的名字叫Loli。

当初苏沅昭养了阿宝小半年，结果阿宝意外走丢，被顾锦澜捡到。顾锦澜挺用心地养着阿宝，还时不时发些照片到微博上，把阿宝变成了一只网红狗。后来苏沅昭寻过去，顾锦澜却拒不归还阿宝，两人闹得不欢而散之际，一旁的周言顾不上安抚震怒的顾锦澜，反而追着苏沅昭跑出来，请求她把阿宝留下。

苏沅昭最后之所以答应这个过分的请求，不光是周言表现出的善意与诚意，还因他无意间戳到她的痛点：阿宝在顾锦澜那里至少算“家庭幸福”，而在她这边，她当时的男友其实容不下阿宝。

苏沅昭站在路边吹了一会儿风，最后给周言发了条短信：谢谢。

阿宝现如今算自带流量，周言和顾锦澜两个人分手的话，带狗的那一方恐怕能获得更多粉丝的支持，周言能说服顾锦澜让出阿宝，肯定在别的地方做出了不小的妥协和让步。

他到最后还为苏沅昭把阿宝考虑进来，这一点，她很感激。

第二天不上班，苏沅昭悠闲地躺到中午才爬起来煮点东西，抱着碗一边吃一边看综艺，看了两集，等广告时突然想起昨天跟周言仓促结束的电话，便翻出手机准备再问问他。

手机开机之后嗡嗡振个不停，她探头一看，惊了一下，怎么有这么多短信和未接来电？微信更是炸了，突然来了一百多条信息。

她先点开微信，粗略一翻，发现突然同时炸出的各路人士找她问的都是同一件事：视频里的人是不是你？

什么视频？她一头雾水地点开一个同事发来的截图，内容是一个营销号的微博爆料，称微博第一情侣分手的原因疑似男方出轨，还配了一段偷拍视频的截图，内容是周言跟一个高挑女子在遛狗，狗狗是顾锦澜的Loli，而那女子却不是顾锦澜。

视频截图并不清晰，可苏沅昭还是看出一身冷汗，这遛狗女妥妥就是她啊！

这时，她的一个大学同学给她发来一个微博链接，还连发好几个问句：这个是你吗？没搞错吧？你不是跟于诚在一起吗？

苏沅昭无暇解释她跟于诚早就翻篇的事，径直点进那个链接，手机屏幕跳转到那个营销号发的爆料微博。

手机屏幕一转进微博 APP，提示有消息发来的振动就一直没停，苏沅昭被抖得心颤，还没看完视频，就壮着胆子点回自己的微博消息页，顿时差点被一排血红的数字闪瞎眼。

七千多条评论，八千多条“@ 我的”的消息，还有九百多条未关注人的私信，她开微博以来，加起来都没收到过这么多消息。

苏沅昭手指发颤，鼓起勇气点开评论，“小三”“不要脸”“道德败坏”之类的字眼立刻直逼眼球。她看着一句句来自不同 ID 的恶毒“问候”，感觉自己仿佛被一只又一只手紧紧扼住喉咙，整个人要窒息了。

她退回消息页，私信和“@ 我的”栏里未处理的红色数字都让人恐慌不安。她如自虐般地点开这些消息，毫不意外地收获一箩筐指名道姓的辱骂，甚至在一条微博上看到了她的个人信息，照片、籍贯、工作单位、住址、电话号码一应俱全，甚至评论里还有人写出了她父母老家的地址。

苏沅昭看着这些几乎完全正确的信息，内心恐慌到了极点。她竟成了人人喊打的第三者，还被人肉了！

突然，手机又是一振，她几乎是条件反射般地扔开手机，像扔一颗炸弹似的。

视频里，两人穿的还是夏天的衣服。按照大众所知的时间线，那时周言才出版他和顾锦澜的真人爱情故事漫画集《你是我的全世界》，在他跟顾锦澜感情甚笃的时候，他却跟别的女人一起亲密地遛顾锦澜的狗。昨天，他跟顾锦澜突然公布分手，大家本就觉得莫名其妙，这个视频正好完美地解释了一切：他劈腿了！

按照目前的情况来看，不难推测，这个视频早就拍了，压到现在才放出来，显然是有人吃准了周言已经公布分手，没有别的退路。苏沅昭冷静下来，想了想，爆出周言出轨后，获利最多的人是谁？当然是变成“受害者”的顾锦澜，她绝对可以收割所有 CP 粉的同情和怜爱。

苏沅昭想起初次见顾锦澜，她一边用力摁着阿宝，不准它往这边跑，一边瞪着苏沅昭，那双眼睛带着昭然的恨意。那时，苏沅昭只当她是一个刚烈霸道的小姑娘，却没想到那明艳得过分的外表下竟有这样深的心机。

苏沅昭当然可以反驳，可以说周言和顾锦澜早已分手，自己并非插足。可这样的话，一来时间线不好证明，二来即便证明了，周言故意卖男友人设、欺骗大众便是板上钉钉的事情，他名誉扫地不说，之前所有跟他有商业合作的甲方都有理由索赔。

在认真考量之后，苏沅昭绝望地发现她有口难言，只剩下当靶子挨枪的份儿。

苏沅昭又惴惴地看了一眼手机，周言到现在还没有联系她。

这次恐怕他已经自顾不暇了。

2

情况越来越坏，网友不光攻陷苏沅昭的微博，还顺藤摸瓜，去她主持的节目《养生堂》官博下面嚷着要说法。一个日常评论量才四五十的官博，一下子收到几千条评论，这些评论全部为她而来。还有好事者找到她台里领导的微博，发私信，让他们注意门面，甚至还惊动了台长。

苏沅昭被领导喊去谈话，她想解释，可是说什么都不对，说她跟周言没有任何关系是谎话，说他们确实在恋爱那就是坐实传言，毕竟他和顾锦澜一个月前还在上节目秀恩爱，她说自己没有插足，谁信？

苏沅昭什么都解释不了，只能无力地反复强调她没有插足别人的感情。

领导说，虽然他相信苏沅昭的为人，但台里必须考虑观众。正好节目这段时间要改版，他建议她先暂停工作，休个长假，一切等到节目改版策划定下来之后再说。

人家给足了台阶，苏沅昭只好顺势而下。节目的观众大都是思想保守的中老年人，主持人形象必须端正。正巧碰上节目改版，这可能是不幸中的万幸，她至少不必直接以作风不良的理由被撤下来，算保全了颜面。

苏沅昭回到家后整个人都蔫了，躺在沙发上望着天花板，跟死了一样，一动不动。她想到白天台里同事躲闪的目光，脑子里像挤进一团糨糊，混沌黏稠。

突然，手机嗡嗡振动起来，苏沅昭整个人一抖。自从曝出视频以来，她已经收到了上百条辱骂短信，还有十多个开口就骂的陌生电话，现在手机一振动她就紧张，她又不敢完全调静音，怕错过重要电话。

她屏息看了一眼来电显示，顿时吓得从沙发上滚下来。

老妈？！

苏沅昭揣测着，这到底是一个普通问候电话，还是一个听到风声之后的求证电话？在她犹豫时，手机终于停止振动了，她一口气还没舒完，它又嗡嗡响了起来。

她颤巍巍地接通电话，一个“喂”字还没说完，那边已经率先开口：“小昭，网上是怎么回事？你不是跟阿诚在一起吗，怎么跟什么网红漫画家扯上了关系？”

苏沅昭心一沉。老妈根本不上网，怎么会知道这件事？苏沅昭细问后才知道，家里竟然接到网友的电话，网友要她父母好好教女儿，让女儿别做第三者。

“这些疯子！”苏沅昭气得发抖。她竟害得父母这般年纪还被人这般羞辱！她真恨不得立刻登录微博，去跟那些傻网友对骂。

“这件事完全是误会，我绝对没有插足别人的感情。”苏沅昭忙不迭地自证清白。她跟周言恋爱的事太复杂，就先暂时省略。

“我跟那对网红情侣只是阿宝的前主人和现主人的关系。领导完全相信我的为人，没有影响工作。我马上就会澄清。”

苏沅昭言之凿凿，哄得苏妈半信半疑地挂了电话。勉强过完这关，苏沅昭还是气不过，点开微博，随手点进一条评论，搜刮毕生所学的脏话，准备问候回去，内容都编辑好了，最后点发送时还是生生忍住了。她现在还能装装死，这些脏话发出去再被截图，又是话柄。

她开口也是错，不开口也是错，真是死局。她仿佛深陷沼泽，只能眼睁睁看着自己缓缓下沉。

“我这次真是要死了。”苏沅昭扔开手机，自暴自弃，继续“躺尸”。

其间，周言联系过她一次，叮嘱她尽量不要出门，免得碰到找麻烦的网络暴民。他还说：“你不要怕，这些交给我来处理。”

苏沅昭心里很清楚，这是一句苍白的敷衍。但她也不能怪他，他的成名沾了完美男友人设不少的光，他当初被捧得有多高，现在就摔得有多惨，他的情况不会比她好。她没说自己被电视台放大假的事，免得给他徒增压力。

“我们各自稳住吧。”她敷衍地说了一句苍白的话，“事情总会过去的。”

苏沅昭躲在家里，不看电视，也不敢上网。万幸的是，网上曝出的她的住址还是之前的，所以她现在的住处还算安全，她只在偶尔下楼去便利店买点东西时做些“武装”。

好事不出门，坏事传千里。她在电视台主持节目这么多年，出门都少有人认识，没想到现在出门战战兢兢，生怕被哪个情绪激动的“正义人士”认出来后喊打喊骂。微博上，她挂着三线台不知名节目主持人的认证挣扎了好几年，粉丝也没几万，结果现在一夜成名，每天的评转不要太多，真是讽刺。

忘了是第几天，苏沅昭听到第一声敲门声。

这个不速之客是顾锦澜。她化着全妆，一身华装，神情骄傲，仿佛是来验收胜利的果实。

这几天苏沅昭都待在家里，没心情打扮，相比之下，她有些憔悴，精神也不太好，这不禁让顾锦澜脸上的快意加深了。顾锦澜的笑容灿烂至极："看来你的日子不太好过啊！"

"拜你所赐咯。"苏沅昭撑着门，身体堵在门口，不打算请顾锦澜进去。

见顾锦澜笑着点头承认，苏沅昭讽刺道："你好耐心、好心计，我甘拜下风。"

"苏沅昭，你真是我第一眼见到就讨厌的人。"顾锦澜说，"你还记得自己当时趾高气扬地过来要带走我的狗，我不肯，你就甩出一张律师名片，说要让我吃官司吗？那一刻我就下定决心，我一定要变强大，绝不能再被那样欺负！没想到你还看上了我的男朋友，你真是好不要脸！"

"你搞清楚，是你们分手，他搬出来之后我才碰到他的。你跟他之间的问题还用我说吗？你们那恩爱是秀给网友看的，你别骗着骗着连自己都信了。"

"我跟他之间的事用不着你插嘴！"顾锦澜喝道，"要不是你，为什么我一提分手他就答应了？我就觉得奇怪，怎么你一开始死活不肯留下狗，结果周言找你说两句你就答应了，还不是因为你惦记上了他，想找个借口联系他。"

苏沅昭盯着顾锦澜锐利的眉眼，想到周言说的话。顾锦澜果然是这种人，她扔掉的垃圾也不准别人捡，别人捡了，就是蓄意引导她扔掉。苏沅昭撇撇嘴，懒得再解释。

"算了，怎么养也养不熟的狗，你要就拿去好了。至于周言，我是不会成全你们的。你要记住，他是因为你才从一个前途大好的画手走到今天不得不封笔来平息众怒的地步的。就算他还能画，他也只能从一个小透明重新开始。这是你们的报应。”顾锦澜大声道，“你们毁了我的爱情，就别怪我毁了你们的所有。”

“封笔？”

“是啊，封笔。”顾锦澜咬牙切齿，“你不愧是他的新欢。他趁着这股新鲜劲儿，对你还有几分真情，为了你，几桩生意都不要了，逼我匆匆忙忙公布分手，现在又决定扛下这事儿，然后封笔。不过，我太了解他了，他一定会为这一时脑热的决定后悔一辈子！你姑且先感动着吧，我就等着看你们耗尽真情，互相厌恶的那天。”

顾锦澜抛下恶毒的诅咒后离开，苏沅昭愣愣地站在门口良久，回味顾锦澜刚才说过的话。周言真的要封笔？这意味着他这些年所有的努力将化为乌有。

苏沅昭眉头紧拧，立刻转身，准备回房找手机给周言打电话，要他别冲动。

苏沅昭身后突然传来一道男声：“阿昭。”

苏沅昭回头一看，来人竟然是于诚。他西装笔挺，神采奕奕，看起来心情很好。

她挑眉：“你也来看我笑话？”他跟顾锦澜今天这是约好了？

“在目前这种情况下，你应该很需要一个律师教你怎么做。”于诚狡黠一笑，“你要知道，我可是很难请的。”

“哦？那你说说，我该怎么做？”

于诚真不把自己当客人，直接侧身进屋：“我们进去说。”

苏沅昭看着他娴熟的动作，在他身后翻了个白眼。只见他把包往沙发上一丢，大大咧咧地坐下，反客为主，道：“你不请我喝杯茶？”

苏沅昭双手抱胸，居高临下，一脸“要说就说，不说就滚”的表情。

于诚不再卖关子，说："下策是周言坦白道歉，跟公众承认你的存在，当然，后果是他的名声毁了。至于你嘛……正好你那个节目这段时间改版，是个换主持人的好时机，领导好心点儿，就让你转幕后了。"

"不行。"这显然就是刚才顾锦澜说的周言准备做的事，苏沅昭说，"他不能封笔。他努力了很多年，绝不能再从零开始。"

于诚愣了两秒，嘴角勾出嘲讽的笑："他不能从零开始，你就可以吗？阿昭，我以前怎么没看出来你这么伟大？"

苏沅昭没有理会于诚的嘲讽，继续问道："上策呢？"

"李代桃僵咯。"于诚说，"那个视频我看过了，你俩倒没有做出什么特别出格的动作，那就咬死不承认。遛狗而已，你本来就是阿宝的主人，看望一下阿宝不是很正常？"

"大家又不是傻子，会这么容易相信？"

"大家当然不信。"于诚笑眯眯地道，"所以我这不是挺身而出吗？我以你男朋友的身份站出来，艳照一甩，律师函一发，看谁还敢造谣诋毁我的女朋友。然后我再揪一两个乱吠的人出来，杀鸡儆猴，完美。"

"滚！"苏沅昭白了于诚一眼，心里却清楚，他说的确实是上策。

她跟于诚从大学开始就谈恋爱，周围的人都知道。而她跟于诚分手之后，因为懒得一一解释，所以并没有特意宣布和于诚分手，就连她父母打来电话也是说"你不是跟阿诚在一起吗"。这种默认为她形成了一个保护带，她必须承认，自己依旧在利用这个前任，否则也不会到现在还没告诉父母真相。

她思虑良久，犹豫后道："但这也意味着……"

"对，这意味着你以后要检点言行，不能随便给我戴绿帽子。"于诚的嘴角还是上扬的，可眼里一点儿笑意也无，"因为你们身边的任何陌生人都可能是见证过这件事的网民，一旦你们再被拍到什么亲密举动，你们就是死路一条。"

于诚站起来，走到她的面前，死死盯着她，一脸严肃地道：“要爱情还是要生活，你自己选吧。”

苏沅昭低下头，目光落到茶几上周言出版的那本画册上，那扉页有他的签名，字迹张狂，意气风发，他本该是那般模样。

她拧着眉，良久后才如妥协般轻叹了一口气，说：“上策。”

于诚勾起嘴角，忽然握住她的肩膀，将她摁在墙上，俯身吻下去。

苏沅昭回过神来，双手奋力推他，却被他一只手束缚住，他将她的手腕扣在身后，她被迫仰起头。他终于餍足，松开她，左脸毫无意外地挨了一个耳光。

“你干什么？”苏沅昭的声音都在发抖。

于诚扬扬手机，跟无赖一样，道：“我制造艳照啊！”

苏沅昭像看疯子一般看着他，气不过，再次扬起手，这次却被他轻松挡住。

“好了，这就当作给我的律师费吧。”于诚握着她的手腕，将她的手轻轻放下，脸上依旧笑着，声音却透着森冷，“你应该知道，我很贵的。”

3

这张名片周言见过。

当初，苏沅昭为了阿宝和顾锦澜争执不休，在气头上时曾俯身将一张名片用力拍在茶几上，威胁顾锦澜，最好不要为一只狗吃官司。

这一次，递上名片的却是本人。

“于诚？”周言的目光从名片上简单的两行字上移开，落在对面的男人身上。

于诚盯着周言，神色平静，只是微挑的嘴角牵起一点弧度：“是。”

周言心中咯噔一下，生出一种奇异的不适感。对苏沅昭的这个前任，除去于诚的名字和职业之外，周言仅仅知道于诚讨厌狗，那还是当初苏沅昭答应放弃阿宝时无意提及的。周言当然会好奇女友的过去，尤其是对这样一任跟她同居过不短时间的男友。但是，她对于诚避而不谈，甚至她的手机里连一张于诚的照片都没有。久而久之，周言对于诚失去好奇心，自动把这个人归入不足为惧的过去式。

直到今天，周言见到于诚本人，才发现他对苏沅昭的过去放心得太早了。

周言没想到，一个普通的名字后面是这样一张俊美的脸。特别是于诚的眉眼，他的眉眼若是放在女人的脸上，必是风华绝代、颠倒众生，可偏偏生在一个男人脸上。铜色的肌肤和锋利冷硬的轮廓生生将那眉眼之艳压下去，散发出一种危险又迷人的气息来。

于诚静静地看着周言，脸上看不出情绪，目光平静，甚至嘴角还带着礼貌的笑，却让周言蓦地有种被枪指着的紧张感，甚至身上仿佛生出一丝寒意。

周言移开目光，身体往后靠了靠，这才开口问道：“你找我有什么事？”

其实，他心里已猜到几分。现在他和苏沅昭的事闹得满城风雨，于诚在这个时候出现，自然跟她有关。

于诚比周言想象的更直接，已经把手机递过去：“我在微博上发了声明，你直接转发吧。”

周言点开大图，上面是于诚言辞犀利的微博，他声称自己与苏沅昭相恋六年，感情稳定，网传她插足别人感情的事纯属谣言，如再有人造谣，他必追究法律责任。

周言皱眉。他想，于诚和苏沅昭要是相恋六年，感情稳定，那他和苏沅昭在一起的这近一年时间算什么？

“你这是什么意思？”周言放下手机，直视于诚，“你要跟她假装复合？”

于诚摇摇头，声音清亮：“今天开始，我和苏沅昭从来没有分手过。

你跟她更不存在什么恋情，只不过是你捡了她的狗，她偶尔去看看狗而已。”

“你胡说什么？她是我的女朋友！”周言腾地站起身，“我们之间的事跟你没关系。你走吧，我自己会解决。”

“你那种自杀式的解决办法有什么用？”于诚的语气仍是淡淡的，只是他微微仰起头看周言时，神情显得有些不屑，“你承认自己跟她的恋情，时间线说不清楚，会让她永远脱不开第三者的嫌疑，或是坐实她是你跟别人卖爱情人设、欺骗大众的同谋。怎么，流量和名利你都享用得彻底，骂名和恶果却要她来跟你一起背？”

“我……”周言被堵得无言，仍坚持道，“我会说清楚的，我会承担所有责任。”

“你已经担不起责任了。”于诚探手，收回他的手机，催促道，“你转微博吧。你说苏沅昭是阿宝以前的主人，好心把阿宝让给你们而已，说你跟她没有任何关系，最好再加一句，祝我们百年好合。”

周言良久没有说话。虽然于诚话说得难听，但是周言想得通，于诚所说的的确是可以最大程度保全大家的方案。周言深吸了一口气，勉力压下心中被冒犯的不快，重新坐下来，开口道：“她答应跟你假装复合吗？”周言特地强调“假装”二字。

“你真是不到黄河心不死。”于诚嗤笑一声，从包内侧抽出一张照片，扔在周言面前，“你非要理解成假装也可以，只是你会发现，这假装没有尽头。”

周言拾起照片，看清上面的内容后，顿时目眦欲裂，手指都颤抖起来。照片里，女人只露了半张侧脸，但他还是认得出是她。她似被压迫，头向后仰着，像深情激烈地亲吻，又似抵抗未遂，而那个亲吻她的男人正是于诚。

“浑蛋！”周言一拳捶在桌面上，一把将照片揉进手掌，然后迅速起身，一拳朝于诚的脸上挥去，“一定是你逼她的！”

于诚稳稳握住周言的手腕，而后狠狠甩开，脸上写满嘲讽："是又如何？至少我可以保她安然无恙。你想毁了她，让她从梦寐以求的电视台里被人赶出来吗？"

看着立刻溃败下去的周言，于诚笑了。

他是在暗处伺机而动的猎人，最不缺的就是耐心。等到猎场上三败俱伤，他是时候出场，带他最初放走的那只猎物回去疗伤了。

确认周言转发了微博，于诚拿纸巾擦了擦手，方才站起身。

"你以后不要再找她。"于诚离开之前说，"你为她好的话。"

于诚打法精准，声明发布之后，网络上非法曝光的关于苏沅昭的个人信息迅速被删除，最先发出爆料的营销号发出了道歉声明，其他转发过的营销号先后发出辟谣新闻，说网传插足周顾恋情的神秘女子系Loli前主人，有固定男友，与周顾两人的恋情无关。这时，从苏沅昭当年参加电视台主持人选秀比赛开始就支持她的几个粉丝跳出来，说她一直都有男友，只是比较低调而已。

几番动作之下，网络上针对苏沅昭的声音渐渐小了。

苏沅昭稍稍松了一口气。只是，这场风波虽然暂时平息，但毕竟惊动了她的父母，她还得亲自回去一趟，让他们放心。

于诚提出，他跟她一起回去更有说服力。她想了想，确实无法拒绝。虽然她不情不愿，但现在他的确是唯一能够帮她的人。

那天一大早便有人敲门，苏沅昭以为是于诚过来接她了，开门一看，来人却是周言，周言还牵着阿宝。多日未见，他瘦了许多，眼圈发黑，眼睛仿佛陷进去了。她不难想象，他这段时间肯定忙得焦头烂额。看着他那憔悴的模样，她胸中纵有千言万语，话却都梗在喉头，一句都说不出。

"阿宝给你吧。"还是周言先开口，把手上的牵绳递到她手里。

苏沅昭鼻子一酸，眼睛发胀，忍了又忍，才没哭出来。

她良久后才道："你那边还好吗？"

"没什么大问题。你呢？"

虽然他勉强摘去了出轨的恶名，但是这样大闹了一场，他的名声肯定大受打击。她可以想见他在相关合作方那边会有多大的压力。可提这些又有什么意义？他说没事，她只好配合着不戳破。

"我也还好。"苏沅昭也装作没事的样子，还笑了一下，"你要进来坐会儿吗？"

周言看到客厅的行李箱："你去哪儿？"

"我回趟老家，怕家里人担心。"苏沅昭解释道。

"哦，他……陪你去吗？"

"嗯，他等下过来接我。"苏沅昭低下头。

"我就不进去了，别耽误你们赶路。"周言说罢，转身。

苏沅昭的目光追逐着他的背影，却发不出挽留的声音，最后只是喊了他的名字："周言。"

"嗯？"他转过身。

"没什么……就是，你要好好的。"

周言点点头，却没有立刻离开。他说："沅昭，对不起，是我没能保护好你。"

"算了。"苏沅昭苦笑，"我们之间没必要道歉。"

周言心中一痛，随即将目光转向一边无知地看看他又看看她的阿宝。

他想起了一些事情。

"你第一次蹲在我家门口，隔着门板跟阿宝说话，我出声，你回头看了我一眼。其实，那一眼，我大概就心动了。我本没想过要跟你发生什么，但是，谁让你来到了我身边。现在我只后悔当时贪图了那一点儿人气和利益，没有早点公开和顾锦澜分手的事情。"周言说，"我确实挺渣的，一边欺骗着喜欢我的人，一边又让自己喜欢的人见不得光。他说得没错，我配不上你。”

于诚来的时候，门没有关。他听到里面似有哭声，快步走进去，见苏沅昭背对着门蹲在客厅中央，肩膀剧烈地颤抖，悲伤而隐忍。而那只蠢狗在她身边无用地摇着尾巴，看到他进来，立刻不友好地汪汪叫起来。

她闻声抬起头，转身看他，满脸泪痕。

看来，周言刚刚来过。于诚眉头紧拧，心中堵得很，却还是勉力将情绪压下去，什么都没问。

他走过去，拉着她的行李箱：“我们走吧。”

苏沅昭擦擦眼睛，并不打算解释什么，只是牵起阿宝，哑声说：“我带它一起回去。”

“也好，叔叔阿姨很久没见过阿宝了。”于诚微微一笑，顺手接过她手里的钥匙，“你先出去吧，我锁门。”

4

车上。

“这次的事，谢谢你帮了我。”苏沅昭开口，“我现在对外必须承认你是我的男朋友，但是我还是希望能跟你达成共识：我们已经分手了。”

于诚不置可否。

苏沅昭看了他一眼，他在开车，脸上没有多余的表情。

她心里软了一下。

过了一会儿，于诚开了车窗，摸出一根烟，打火，点烟。

“你怎么又开始抽烟了？”苏沅昭当时花了好大力气才帮他戒烟。

于诚深吸了一口烟，吐了烟圈出来，左手夹烟，搭在窗边：“你走了之后我开始抽烟的。”

苏沅昭瞪他，他却盯着前方，好似完全没感受到她的目光。

“你故意的吧？”苏沅昭语气不善。

于诚终于偏过头，瞟了她一眼，轻描淡写道：“我故意什么？”

她才不上当，说他因她离开故意破坏约定之类的话，每一个字都是暧昧的。

苏沅昭转过头去，看着窗外，不再说话。

于诚扔了烟，说：“我压力大的时候会抽两根烟，你不喜欢，我不抽就是了。”

他总是这样一副都依她的样子，好像无论发生什么事，都是她气急败坏，他平心静气。

是她先离开他，是她迅速移情别恋，最后惹了一身麻烦，还得他来帮忙收场。一旦问题解决，她又立刻与他撇清关系，比他先开口，堵住一切可能。

他还不如骂她一顿，她也不至于这么内疚。

“对不起。”她说。

他瞟了一眼后视镜，右手打了一下方向盘，车子拐下公路。他仿佛没有听到她的话。

苏沅昭母亲的电话打过来：“你们到哪儿了？”

“快了，我们还有五分钟就到。”苏沅昭看到了熟悉的街道。

“好，我们等你们开饭。”

车子拐进巷口，苏爸已经站在家门口招手了。

这边路窄车多，自打于诚第一次开车过来蹭到之后，每次他来，苏沅昭的父亲总要站在门口指挥倒车。

车子停稳，两人下车。苏沅昭的父亲走过来，一只手搭上于诚的肩膀：“你开了这么久的车，辛苦了吧？”

“还好。”于诚笑容和煦，“等一下，我拿点儿东西。”说着，他打开后备厢，拎出几个袋子，有一瓶五粮液、一箱樱桃，还有些营养品。他跟苏沅昭这次回来得急，苏沅昭根本没想到要带东西，他竟做了准备。

“你买这么多东西干吗？”苏爸笑着说，“人来了就好呀。”

“你什么时候买的？”苏沅昭小声问。

“客户送的，一直放在车里，我正好拿过来。”于诚淡淡地道。

她没有戳破，至少那箱老妈最爱吃的樱桃不是能一直放车里的东西。

苏沅昭家是那种城里的老房子，楼梯房，在三楼。楼梯间有些逼仄，苏爸牵着阿宝走在前面，于诚和苏沅昭跟在后面，放慢了脚步。苏爸走过一个楼梯转角时，苏沅昭还在下面一层，正好抬起头，看到父亲的侧脸。她从这个角度看过去，父亲显得格外苍老。

她突然自责，这么大的人了，还让年事已高的父母为她担心。

于诚走到转角，顿住脚步，等她走上来，牵起她的手，与她十指紧扣。她没有拒绝。

苏沅昭的爸妈都喜欢于诚，之前苏沅昭跟于诚分手，本打算找到新男朋友，与新男友感情稳定之后再告诉父母，谁知接下来跟周言的那一段无法放到台面上来。最后出了这档子事，女儿被当成小三，辱骂电话都打到家里来了，谁家父母能坐得住？

幸好有于诚给苏沅昭的父母打定心针。如今苏沅昭特意带于诚一起回来，戏不做足怎么行。

苏沅昭和于诚一起进门，甜声喊道：“妈。”

“阿姨。”于诚礼貌又亲密，“我们回来了。”

苏妈妈围着围裙从厨房端菜出来，笑眯了眼，连忙招呼几人吃饭。

一家人吃饭的时候，不免提到网上那件事。虽然苏沅昭在电话里已经解释了一遍，但事情毕竟闹得这么大，她的确应该当面跟父母好好说清楚。她喝了一口水，准备说出打了一路的腹稿，这厢于诚已经先开了口，把责任都揽了过去。

“怪我之前工作太忙，没有看好阿宝，把阿宝弄丢了。小昭找到收养阿宝的人家之后，看到阿宝跟他们感情很好，一时心软，就没把阿宝带回来。

后来，小昭想阿宝了，去看望阿宝，结果被有心人拍到了，照片被放到网上，才扯出了后来这些事。那对情侣闹掰了，女生可能想博取粉丝同情，就把男生说成出轨。”于诚解释得面面俱到，“不过现在没事了，我已经发了律师函，网上那些跳脚的人就怕我们来真的，这会儿已经没声儿了。”

“没事就好。”母亲拍了拍苏沅昭的背，心有余悸，道，“小昭怎么蹚了这么一趟浑水？我就说我女儿不是那样的人。小昭，你也是的，这么长时间都不带阿诚过来，害我们瞎想，我们还真以为你跟阿诚分手了。”

“我……”苏沅昭舌头如打了结一般，说不出话来。

“是我太忙了，学校那边有各种会议，我又受人所托，接了几个棘手的案子。”于诚解释说，“我以后一定多回来看看您。”

他把话都说满了，苏沅昭只能一个劲儿地点头。

这番话惹得苏母更心疼，给他夹了一筷子牛肉，说：“你上班确实辛苦，来，你多吃点儿。”

“谢谢阿姨。”于诚皱了皱眉，“不过，阿姨，这次还有件事想要麻烦您。”

“说什么麻烦不麻烦的，你有什么难处只管说。”苏妈说。

“就是阿宝。那个男的可能觉得把小昭牵扯进来，于心有愧，再加上他跟女朋友分手了，干脆就把阿宝还给了小昭。不过，我觉得小昭养着阿宝不合适。一方面，我俩都忙，没精力照顾阿宝。另一方面，网上那些粉丝只认这是顾锦澜的宠物，要是知道阿宝给了小昭，肯定又会闹起来，这样对小昭和阿宝都有威胁。”于诚一脸为难的样子，“我想，能不能把阿宝放在您这边养一段时间，避一避？”

苏沅昭在桌子下面使劲儿踢于诚，谁答应他把狗送回来了？

于诚无动于衷，还伸手握住她的手，一副已经跟她商量好的样子：“如果您觉得不方便的话，我跟小昭再想想别的办法。”

“方便方便。”一向不爱狗的苏母竟答应了，瞟了一眼趴在门口模样乖巧的阿宝，说，“阿宝正好和我们做个伴儿。”

饭后，苏沅昭拉着于诚，要进屋说话。于诚不紧不慢地说："你先进去休息吧，我帮阿姨洗碗。"

苏沅昭："……"

好不容易等厨房这边完事，那边苏沅昭的爸爸已经摆好棋局等着于诚……他还真受欢迎呢！

苏沅昭走过去，拉起于诚，说："爸，他开了好几个小时车，您先让他去睡会儿午觉，休息一下吧。等他睡醒了再和您下棋。"

"也好，你们先去休息。"苏爸表示理解。

苏沅昭拉着于诚回屋，将门反锁好，说："你什么意思？我什么时候答应把狗留在这里了？"

"还需要我重复一遍理由吗？你现在的情况根本不适合养狗。"于诚掀开被子，躺到床上，嘀咕道，"我确实累了，困死了。"

"你不准睡！"苏沅昭俯身，要扯他起来，谁知被他顺手一拉，摔趴在他的身上。她撑着身子要起来，他长腿一伸，翻了个身，一下将她翻到了床里边，她的头恰好枕在他的手臂上。他面朝着她说："要不我们就一起睡吧。"

"谁跟你一起睡？！"苏沅昭挣扎起来，他们已经分手一年了！

"嘘……"于诚压住她的手，说，"我记得你这房间隔音效果可不太好，小心叔叔阿姨以为我们吵架。"

苏沅昭瞪着于诚。

于诚慢悠悠地道："对，我就是故意的。周言没事找事，带着狗消失不就好了，非要多此一举，把狗送过来。他想要你看见阿宝就想到他，想得美。你跟他已经不可能了。"于诚抬手轻轻拨了一下她的刘海，说，"那条狗你别想养了，我不想看到它。"

"于诚，你别太……呜……"

他吻住她，攻城略地，威胁道："你别说我不想听的话，你说一句，我亲一下。”

苏沅昭不能动，也不能叫，气得嘴唇发抖。良久后，她才低声强调：“于诚，我们已经分手了。”

他将她带进怀里，将头埋进她的肩窝，说：“阿昭，你为什么这么天真？从我介入这件事开始，我们之间的事就不是你一个人能决定的。”

他又亲了她一下。

“这句话我也不爱听。”他蒙住她的眼睛，挡住她要杀人一般的目光，说，“你睡吧。”

苏沅昭醒来已是下午五点，于诚已经起床了。她出房间一看，他正跟她爸爸下棋，三局爸爸两胜，五局爸爸三胜，他总有办法把她爸爸哄好。她看着眉头微皱、认真思考下一步棋的他，忽然有些想不起她跟他分手的理由。

毕竟在所有人看来，他那么完美。

从吃晚饭开始，苏沅昭就一直在担心一个问题：今晚怎么睡？家里有三间房，两间卧室和一间书房，书房没床。她之前带于诚回来都是和他住在一起的，反正他俩同居的事爸妈也知道。这次他俩既然是以“感情良好”的状态回来，好像怎么都没有要他去睡书房的理由。

可她跟于诚要是真住一起的话……她想起下午的事，要是他真想做点什么，她真是半点办法都没有。想到这里，她有些心塞，心想，自己这算不算引狼入室？

整顿饭苏沅昭都吃得心不在焉，好几次她妈妈跟她说话她都没听清，最后大家都吃完了，她还剩了大半碗饭。

“这孩子想些什么呢？我叫你半天，你半天不答应，饭还剩这么多。”苏妈妈看了看时间，“我都要去跳舞了。”

“小昭可能饭前吃了点水果，已经饱了。”于诚帮苏沅昭解释，说着，他将她碗里的饭分了一半出来，“我帮你吃点吧。阿姨，你和叔叔散步去吧，等下我来收拾。”

“别，我们不能老欺负你。小昭，等下记得洗碗。”苏妈妈临走时吩咐。

苏沅昭扒着饭，听到爸妈关门的声响，终于放下筷子，说：“晚上你想个办法，去书房打地铺。”

“不，我要睡床。”

“好，我睡地板。那麻烦你用聪明的脑袋帮我想个理由。”

于诚还真的认真想了想，说：“你可以得重感冒，这样就可以不想把感冒传染给我为理由，不跟我睡在一起。”

哎，好办法！

“不过，在现在这种天气里，在叔叔阿姨回来之前，你要得重感冒还真不太容易。”于诚狡黠一笑。

真病不行就装病，苏沅昭心里有了主意，心情轻松许多，对于诚的态度也好了点儿。

“哎，说真的，这一点我还是佩服你的，好像无论遇到什么问题，你都能想出办法解决。”

于诚笑了笑，见她停了筷子不打算再吃了，便站起来收拾。

“我来吧。”苏沅昭不好意思，他毕竟是客人。

于诚抱着手臂倚在厨房门口，看着她戴皮手套，注水，洗碗。他突然说：“自从你搬走之后，我们的厨房就再没动过了。”

苏沅昭的动作顿了一下，她没有说话。

苏爸和苏妈回来时，苏沅昭的表演就开始了。她咳得好像得了肺痨，苏妈在她的额头上摸了一下，她的体温分明正常，只是咳个不停，正好家里还有治咳嗽的中药，苏妈便找来给她喝。她最讨厌这股药味儿，可为了自己今晚的清白，还是捏着鼻子喝了。

苏沅昭一口灌下去，五官都皱成了一团。见时机差不多了，她真诚地提出建议："我感冒这么严重，怕传染给于诚，要不，妈，你给他在书房打个地铺？"

"哦，对了！"苏妈一拍大腿，说，"阿诚，你下午不是说这边有个朋友晚上过生日，你要过去吗？这都快十点了，你赶紧去吧，太晚了开车不安全。你们年轻人过生日啊，也是奇了，还过零点的生日。"

"我本来想陪小昭陪到你们回来就走的，结果你们刚回来她就感冒了，我都急得忘记这事儿了。"于诚一脸担忧，"阿昭，你还好吗？你要是不舒服，我就不去了。"

苏沅昭气得要吐血，却只能配合："没事的，我喝了药，等下就好了，你去吧。"

于诚憋着笑起身，去她的卧室拿他的包。她跟进来，关上门，说："你耍我啊！你本来就没打算晚上住这儿！"她说着，嗓子眼的那股药味儿又冒出来，简直苦进了五脏六腑。

"我又没说要睡这里。"于诚说，"我在旁边那条街的酒店订了房间，你有事打我电话。明天早上十点我来接你。"

听这意思，他应该是早就订好了酒店，压根没打算对她怎样，衬得她自个儿戏太多。她面上有些挂不住，瓮声瓮气地道："那你注意安全。"

于诚听出她的意思，回过头来，捏捏她的脸蛋，说："你放心，不是你的魅力不够，相反，你的魅力太大了，漫漫长夜，我确实没把握让你全身而退。"

苏沅昭的脸爆红。

于诚一边走一边穿外套，手插进口袋时摸出一包烟，反手一扔，正中两米之外的垃圾桶。

他笑了笑，说："戒烟可比戒掉你容易多了。"

苏妈推门进来时，苏沅昭正撑着脑袋，盯着垃圾桶里的那个烟盒发呆。

妈妈递了杯热水过来，却没有要走的意思。

“有事？”

苏妈干脆搬了凳子坐过来：“你跟阿诚是怎么打算的？你们也老大不小了，该考虑结婚的事了吧。”

苏沅昭敷衍道：“人家都不急，我急什么？”

“我可都问过阿诚了，他说跟你求过婚，你说还没准备好。”

他什么时候跟她求婚了？他们分手都一年了！她的脸涨得通红：“他什么时候说的？”

“下午啊！”

苏沅昭真不知道他趁着她睡觉的时候还跟她爸妈说了些什么，只觉得这次回家发生的很多事都不在意料之中。但是，她带回来的人扯的慌，她闭着眼睛也得圆下去。

“我就……再考察一段时间呗。”

“还要考察多久啊，你都快二十八了，再晚都成老姑娘了，可得急一点儿了。我看，你们赶紧把婚事定下来吧。阿诚那边没有什么大人，你嫁过去跟现在没两样。”苏妈妈站起来，拍拍苏沅昭的肩膀，又微眯着眼，瞅瞅她的脸，突然说，“你不咳了？”

“啊？哦，那个药的药效果然很好。”苏沅昭干笑了两声，“呵呵。”

5

第二天一大早，苏妈妈就叫苏沅昭起来收拾东西，别等下阿诚来了又叫他等。

苏沅昭起来收拾完毕，刚坐上桌准备吃早餐，又被老妈喊去先把狗喂了。她不禁深深为自己的家庭地位担忧。

她往阿宝的碗里加满狗粮，招呼阿宝过来吃，它呼哧呼哧吃得很快。

昨天周言带阿宝过来，把阿宝那些吃的用的东西一并带来了。后来出门时，她只顾着牵狗，倒是于诚记得把那袋阿宝的行李也拿着，想必那一刻他就已经打算好不带它回去了。

于诚不喜欢狗，不是对狗毛过敏或是别的客观理由，就是不喜欢。

从她第一天把阿宝带回家起，于诚就明确表示拒绝。她本以为时间久了，于诚会和阿宝产生感情，但是他的态度固执到变态的地步。他不许阿宝踏入卧室和书房一步，她抱完狗都必须洗澡才能跟他睡。有时她洗好澡，经过客厅时猝不及防被阿宝扑了一下，懒得再去洗，便装作没事一样进房间上床。他凑过来吻她，竟然能嗅出她身上的狗味儿，并且立刻兴致全无，要她马上重新去洗。而等她洗完回来，竟看到他在换床单，换整套的。

让他帮忙遛狗、喂饭之类的更是想都别想。有一次，苏沅昭出差，他竟然锁好卧室和书房的门，在酒店住了两天。她回来见阿宝饿得嗷嗷叫，找他兴师问罪，他却振振有词：“你都不在家，我为什么要回来忍受这条蠢狗？”

她就这样带着阿宝委委屈屈地生活了小半年。阿宝突然走丢，于诚几乎是连帮她一起找找的样子都懒得做，冷眼旁观，看着她一个人急得团团转。有时，她接完一个光问赏金不给消息的不着调电话，失望之余再看着他气定神闲地在书桌前敲键盘的样子，忍不住想问一句：“你其实很开心吧？”

答案不言自明，他从来没有掩饰。

在微博看到顾锦澜晒的 Loli 时，苏沅昭不敢相信她的判断，连忙把手机拿给于诚，让他也鉴定一下。他瞟了一眼，兴味索然，说：“你就别找了吧，我觉得最近家里空气都干净多了。”

苏沅昭气得一晚上都没说话。

直到他准备关电脑，喊她上床睡觉，她不应，他才上去拉她：“来，我给你看样东西。”

苏沅昭跟他走到电脑前，却看见桌面上赫然躺着一条有树干粗的蟒蛇，顿时尖叫失声，捂着眼睛退跌到椅子上，差点摔倒，大吼道：“你干什么？”

“你看，假如我养这么一条大蟒蛇，蛇整天在家里爬来爬去的，你开心吗？”

苏沅昭毛骨悚然：“什么跟什么啊？”

于诚关掉电脑，说：“对我来说，狗就是这样的存在，所以我谢谢它自个儿识趣跑了。”

苏沅昭怎么辩得过一个律法系出身的人，她只得对他进行道德批判：“你一点儿爱心都没有，你是一只冷血动物！”

“本人唯一的一点儿爱心都给了你。”

苏沅昭想起以前两人在路上碰到乞讨者，她眼见小孩可怜，要给小孩钱，他却拉她离开，并且冷静地向她科普乞丐行业的地下产业链的情景……他的确没有爱心这种东西。

一碗狗粮很快见了底，苏沅昭摸摸舔着舌头的阿宝，嘀咕道：“狗狗这么可爱，他怎么就不喜欢呢？”

“你还在那里磨蹭什么啊？粥都凉了。”苏妈妈突然喝道，“我喊你喂狗粮，没让你等它吃完。”

“我来了。”

苏沅昭吃得最慢，要负责收拾残局。刚把碗筷丢进水池，她就听到客厅那边传来老妈热情的招呼声，用脚想也知道是谁来了，她不禁翻了个白眼。

过了一会儿，苏妈妈走进厨房：“行了，你别管了。阿诚来了，你们早些走吧，省得回去晚了。”

“哦。”

苏沅昭将手绕到背后，想解围裙带子。苏妈妈走近，顺手帮她解了，一边脱围裙一边叮嘱道：“我看出来了，你跟他闹别扭呢。人家巴巴地送你回来，在咱们家忙上忙下的，你差不多得了，见好就收啊！”

“我们没什么。”

“最好是！”苏妈妈伸手点了点苏沅昭的额头，语气微重，“你经历这次的事后要长长教训，别跟乱七八糟的人混在一起，闹的这叫什么事。那还是一个公众人物呢！下次再让我听到什么风言风语，看我不打死你。”

苏沅昭顺势往后仰了仰头，撇撇嘴，没说什么，心里却是排山倒海的悲哀：就这么几天工夫，周言已经被划为“乱七八糟的人”了。于诚说得没错，她跟周言没可能了。先不提外面无数双不怀好意的眼睛，单说父母这里，让自家女儿莫名其妙背上污名的人绝非良配。

于诚把苏妈妈一定让带上的几坛子小菜和一大袋饺子放进后备厢里，跟苏爸苏妈道谢告别，礼数周全之后才上车。苏沅昭坐在车里冷眼旁观，瞥了于诚一眼，讽刺道：“你装得不累吗？”

“这只是一个成年人的基本社交技能。”于诚倒车，没看她。

“嘁，那我怎么没跟你似的装？”

“你应该庆幸自己不需要这一项技能，因为我没有父母需要你讨好。”

“我才……”苏沅昭突然想起他指的是什么，生生吞下了后面半句。

虽然他语气轻松，但他的父母都不在了，哪里是她可以轻松调侃的事。她不禁自责，她在老妈那里受了气，却胡乱冲他乱发火。

“对不起啊……”

于诚瞟了她一眼，她低着头，一副说错话的样子。他爸妈去世又不关她的事，偏偏她就连提及一下都会愧疚得不行，她真是不适合做坏人。

他忽然意味深长地说：“看来你还是认真考虑了要讨好我父母的事。”

苏沅昭看到他嘴角弯起的弧度，才意会他是在暗示她潜意识里把他当成她的未婚夫了。

她狠狠瞪了他一眼，决定收回刚刚的心疼。

提到这茬，她就想起他跟她家里人说求婚的事，又是一肚子火：“你干吗跟我爸妈说向我求婚被我拒绝了？你没事儿找事儿啊？”

“在老人家面前，我可担不起把你拖老了还不娶的罪名。”于诚一副理所当然的样子。

“你搞清楚好吗，你从来没有向我求过婚，我上哪儿去拒绝？”苏沅昭拔高声音，说完才反应过来，她怎么说得好像在怪他没求婚似的？呸呸！

她龇牙咧嘴的样子让他不禁想逗逗他：“是是是，你这不是没给我机会嘛。我那会儿还在美国呢，你就发微信通知分手。我一回国，你都搬走了。我这戒指买回来都不知道往哪儿送啊！”

苏沅昭才不上当，白了他一眼：“你拉倒吧，还戒指。戒指呢？你拿出来给我看看。”

于诚冲副驾驶座前面的盖子努努嘴：“喏，你面前的储物箱，你打开……”

苏沅昭还就较真了，立刻伸手去按储物箱的开关，指尖碰到箱盖时，她却突然想：万一里面真的有戒指呢？那她该作何反应？

这箱子仿佛成了一个潘多拉盒子，她打开之后，剧情的发展完全不可预知。

这时，车子停了下来，他好像真的准备要说什么。苏沅昭预感不好，动作僵硬地收回手，不敢去看他。她感觉气氛有些尴尬，正想着要说点什么缓解一下，忽然听到他慢悠悠地说出下半句：“你……帮我把里面的驾驶证拿出来，前面好像在查。”

苏沅昭抬起头，果然有交警在盘查前面的一辆车。她打开盖子一看，里面一堆杂七杂八的证件和单子，哪儿来的什么鬼戒指！

她又被耍了！

于诚已经笑到趴在方向盘上，一只手捂着肚子，断断续续地说：“你真是我见过的最单纯的女人。”

苏沅昭气炸了，“啪”地关上盖子，把驾驶证扔给他，别过头看向窗外，懒得再理他。

Chapter2 情愿一起不舒服

1

“这是到哪儿来了？”后半程苏沅昭是睡过来的。

“吃饭。”他径自熄了火，下车。

苏沅昭腹诽着“谁要跟你吃饭”。然而，她早饭吃得早，一路上也没吃什么东西，这会儿肚子确实饿了。反正他们吃完这顿饭就各回各家，虽然她一路上被他耍了好几次，但说到底是她麻烦了他，她应该请他吃顿饭。

餐厅里，于诚很快就放下了筷子，饶有兴致地看着她吃饭。

苏沅昭被盯得不好意思，没好气地道：“你看什么看！”

“你好看呗。”他的目光直接又坦然。

这种时候，她无视他就对了。

苏沅昭翻了个白眼，默默吃她的饭。

可于诚这张嘴闲不下来，他不吃饭就要说话：“说起来，我们还一直没来得及感慨一句‘好久不见’。阿昭，跟我分手之后，你过得怎么样？”

不听不听，王八念经。

“我倒没想到你这么狠心，竟然一次都没找过我。”于诚撑着脑袋看她扒饭，幽怨地道，“也是，你那么快就找到了新欢，怕是把我忘得一干二净了。”

呵呵。

“不过，你的眼光不怎么样嘛。那个周言，看脸也就凑合能看，看本事差不多是没有的，要担当没担当，要脑子没脑子。你之前毕竟跟我在一起那么久，到底怎么吃得下那清粥小菜的？你是饥不择食还是怎么着？”于诚继续碎碎念。

“服务员，买单！”苏沅昭扬手示意一个经过的服务员，拿了单子，起身拿包包去前台结账。

于诚撇撇嘴，慢悠悠地站起来，跟上去，走近前台时，苏沅昭已经翻出了信用卡递出去。前台收银员少见一男一女吃饭由女生结账的情形，收卡的动作有些迟疑，望向后面的男士，目光带着征询。

于诚察觉收银员的意思，只是点点头，示意收银员继续，坦然地由着苏沅昭买单。

收银员刷完卡，说最近是店庆，有活动，单笔消费满一百六十八元就可以参与抽奖。

苏沅昭此刻只想赶紧走人，正要开口婉拒，却听到身后的于诚说：“抽奖好啊，她最喜欢抽奖了。”

收银员拿出抽奖箱，又指了指不远处的礼品堆，热情地道：“前一位客人还抽中了一台吸尘器呢。”

苏沅昭顺势看过去，发现确实有服务生在搬吸尘器，顿时来了兴致，将手伸进抽奖箱，抽了一张卡片，翻开一看……纪念奖。

于诚探头一看，笑了：“正常发挥。”

苏沅昭瞪了他一眼，又艳羡地望着那边。那边，服务生正把奖品送到一个男顾客手里。

不过，这个抱着吸尘器一脸喜不自胜的男士好像有点眼熟？

“郭涛！”于诚突然喊道，又偏头提醒她，“他是郭医生啊，给你割阑尾的人，你忘了吗？”

“哦！”苏沅昭一下子想起来了。几年前，她有一次得了急性阑尾炎，住了院，主刀的副手就是郭涛。不过，这都多少年了，于诚的记性也忒好了。她正纳闷，只见郭涛已经抱着吸尘器快步走过来，却径直冲于诚招呼：“嘿，于诚！巧了，我们吃饭还碰到了。”

苏沅昭：“……”

当初她住院，郭医生对她这个病人公事公办，话不多说一句，却跟病人家属于诚产生了友谊？她心里有一堆疑问，面上还是平静礼貌地打招呼：“郭医生。”

“你好。”郭涛笑应，又转向于诚，“你开车来的吗？正好，我刚才还在想，抱着这个怎么回去呢。”

趁郭涛把吸尘器放进后备厢的工夫，于诚跟她解释道：“郭涛前段时间交了女朋友，搬出了宿舍，租的房子就在我们小区。”末了，于诚补充了一句，“不过，他们同居不到两个月就分手了。”

郭涛这厢光荣脱单之后便声势浩大地从宿舍搬出来，没想到恋情这么快就熄火了。既然女朋友吹了，那搬回宿舍才算及时止损，可他面子上过不去，于是打肿脸充胖子，至少要“同居”一年。

“这顿饭我估计他是被人放鸽子了，不然他好不容易放一天假，怎么会一个人跑来这里吃满一百六十八元。”于诚暗暗挤对郭涛。苏沅昭看向郭涛的目光不由得多了几分同情，连带着刚刚对他中奖的嫉妒也化为情场失意、别处得意的理解和支持。

车子开出去十分钟之后，苏沅昭突然惊叫一声。

其余两人均望向她，她神色尴尬，心里已经打起了小鼓：看这行车路线，这是要去于诚家啊！她刚才只顾着听他讲笑料，就傻乎乎地跟着上了车，可她现在又不住那里！

她朝于诚挤眉弄眼，希望他能想起她正确的目的地。

而后者目光真诚地回以疑惑：你怎么了？

这让人一时辨不清他是故意的，还是也大意忘记了。

这会儿有外人在场，她只好委婉地道："我刚想起来，我好像没带钥匙。"

"没关系，我带了。"于诚淡淡地道。

苏沅昭心道：你带了？话说到这份上，你难道还想不起我们两个人用的不是同一把钥匙吗？

苏沅昭干瞪着他，说不出话来。

"哎，说到钥匙……"郭涛突然插嘴，翻了一会儿，认命地道，"我还真没带。同人不同命，你没带钥匙还有他，我没带钥匙就只有找开锁师傅了。"

车子开回小区，于诚不好扔下本就为单身命运神伤的郭涛，便邀他去家里等开锁师傅。苏沅昭没办法，只好跟于诚一起回去。

她毕竟已经搬走这么长时间，一路上不禁担心被郭涛看出端倪。然而，她进门之后发现屋内陈设跟从前一模一样，照片墙上两人的合照一张没少，阳台上她从前养的几盆多肉还葱绿可人，甚至连于诚给她倒水用的杯子还是她从前用的那个，跟他的是一对。

苏沅昭端着这杯水，放也不是，喝也不是。

郭涛坐下来，咕噜咕噜喝下大半杯子水，一开口就八卦："哎，我前两天在微博上看你们跟那什么网红情侣扯到一起了，到底怎么回事啊？你还认识那种粉丝几百万的网红？"

苏沅昭的脸色一僵，缓缓坐直身子，强装淡定。

此刻，她可算切实体会到于诚说的"身边处处是网民"了。

她没说话，视线向下，盯着茶几底层，耳朵却侧向于诚。这种要面不改色撒谎的场面还得他来应付。

于诚表情轻松，甚至还开起玩笑："怎么，堂堂医大高才生看不懂我律师函上的那几句话？"

“我这不是想听听你们当事人说说具体情况嘛。”郭涛划拉着手机，说，“不过，其实你微博上说的那对网红情侣我之前听我女朋友说过……”

“前女友。”于诚淡淡提醒。

“是是是，前女友！”郭涛瞪了于诚一眼，“我听我前女友说过，她要我特别关注那个周言，看看人家是怎么宠女朋友的，还要我向他学习。呸，学习个鬼，他不是也分手了？”郭涛颇有幸灾乐祸的意思，笑嘻嘻地问苏沅昭，“你们跟他都认识的话，知不知道点儿内幕啊？他们微博上那恩恩爱爱的事情都是真的吗？”

于诚反问：“怎么，你信啊？”

“我才不信！”郭涛大发牢骚，“要不是他俩老在那里秀，害得我前女友看我哪儿哪儿都不满意，我俩绝对没这么快吹。看吧，那个周言连分手还要拉你女朋友下水呢。我要不是早就知道你俩情比金坚，差点就信了。”

于诚意味深长地盯着苏沅昭，笑道：“幸好咱们恋爱的见证人够多，不然碰上这群网络暴民也够呛。”

苏沅昭干笑了两下，心虚地附和：“是啊是啊！”

“我看那些网红的粉丝也该治治脑子了，特别是我前女友！”郭涛义愤填膺，发泄着不满。

苏沅昭在一边坐立不安地陪演着，当她第四次看时间时，终于听到郭涛的手机响了。

开锁师傅到了。

总算送走了不速之客，苏沅昭回来拿包，于诚却按住她的手。

“干吗？”她挑眉看他，“你今天耍我耍得还不够？你放开我，我要回去！”

“你回去哪儿啊？”于诚觉得好笑，看着她，“咱们可是相恋六年、感情稳定的情侣啊，突然分居，没法解释吧？”

“都没观众了你还演？”苏沅昭白了他一眼，拿起自己的包，转身就走。

于诚提醒她："你要不要回忆一下自己的钥匙在哪儿啊？"

苏沅昭顿住脚步，一翻包包，竟然没有钥匙。

她仔细回忆，昨天出门，于诚走在后面，负责反锁门，然后拿着钥匙，就一直没把钥匙还给她。

"你还不把钥匙给我？"苏沅昭朝他伸手。

于诚一摊手："我也没有啦。我昨天把钥匙丢在奶箱里，方便搬家公司开门搬东西，现在钥匙应该已经还给房东了。"

"大哥，你在说什么啊？"苏沅昭莫名其妙地看着他。

"你的房子我已经退啦。"他指了指卧室，"你的行李都在里面。"

她冲进主卧，只见五个巨大的箱子赫然立在墙边。她顿时两眼一黑："你什么时候搬的？你不是跟我回老家了吗？才一天时间，你就给我把房子退了？"

"你不要怀疑我办事的效率。"于诚靠在门框上，声调毫无波澜。苏沅昭的手机密码一直没换，倒是方便他做很多事，包括联系房东，也包括在通讯录、微信等各种社交工具上把某颗眼中钉的联系方式逐一删去。

苏沅昭抓了抓头发。所以刚刚他就是故意带她一起回来，甚至极有可能从她说要回老家一趟开始，他便已经计划趁她离开的空当把她的窝给端了，就连阿宝这个突然冒出来的意外也让他顺手处理了。她暴走两圈，压抑着怒意，尽量平声静气地说："你还需要我强调一下我们只是假装复合吗？"

"但是你需要维稳，就像你刚刚做的那样，按照恋爱多年、同居和谐的设定，演给别人看。"

她无法接受这样荒谬的事，反问："谁会知道我们没住在一起？"

"谁都有可能知道。"于诚从她的包里拿出手机，开机之后递给她，"这两天你是图眼不见为净，所以干脆关了机，现在你可以看看，有多少人找你八卦。阿昭，这件事还没有过去。"

她听着手机开机音后持续不断的嗡嗡声，顿时泄了气。

2

“你先整理东西吧。”于诚说，“你住主卧，我去睡客房。”他带上门出去了。

苏沅昭发了一会儿呆，最后认命，开始收拾东西。

她一打开衣柜门，就愣住了。当初她打包离开时空出来的位置竟都没有动，仿佛虚位以待，只等她哪天回来。他做到这种程度，她真不知道是他对她念念不忘，还是他自信到极点，笃定她离不开他。

她整理完行李，还剩下一些琐碎小物。她弯腰拉开床头柜，准备把琐碎小物放进去，却看到一个白色药瓶。她把瓶子拿起来看，见瓶身上写的都是英文。她毕业多年，英语水平早就退到四级以下，哪里看得懂药剂名称，只是认识几个单词，有个 stomach，意思好像是胃？

苏沅昭突然想起刚才离开的郭医生。

她分明记得当初自己得阑尾炎住院的时候，于诚跟郭医生并没什么交情。而且，已经过去多少年了，方才两人看起来那么熟络，是否可能是两人在她之后又因为什么事产生了新的联系？

跟一个医生的新联系，除了生病还能是什么？

她心中一紧，立刻攥着药瓶出去了。

于诚正在餐厅，开着冰箱门若有所思，见她出来了，笑着说：“家里好像没什么菜，你饿吗？你饿的话我们就出去吃，不饿的话，就等我买菜回来。你想吃什么？”

苏沅昭站在他面前，举起那瓶药说：“你先告诉我，这是什么？你生病了吗？这是郭医生给你开的药吗？”

于诚眉头微皱，又很快恢复笑容，接过药瓶塞进裤兜，语气轻佻：“你这么紧张，怎么，怕我得癌症啊？”

苏沅昭蒙了一下，脑子已经顺着他的话沿最坏的方向跑了十万八千里。她恍惚片刻，重新对上他的眼神，他眼中带着戏谑，分明是在开玩笑，可是这种事情能拿来开玩笑吗？

苏沅昭突然特别委屈："你怎么总是这样，什么都不肯说。你忘了我们是怎么分手的吗？"

"哦？"于诚微微挑眉，眸光已经迅速冷了下去，讽刺道，"怎么分手？我以为是我在你心中连那条狗都不如。你当时不是发现它走失跟我有关系吗？所以你心生不满，趁我出国那几天发一条分手短信，然后直接走人。"

"你血口喷人！"苏沅昭急道，"我是因为你不喜欢它，才答应把它留给周言的。你现在说在我心里你不如它？"

听到"周言"这个名字，于诚冷笑一声，阴阳怪气道："我怎么觉得你是为了周言呢？本来我还想不通，你找了那么久的狗最后为什么不要了。你莫不是一早就看上那小子了吧，丢只狗在那里，方便一来二去好跟他来往啊？不过，我真没看出来啊，苏沅昭，你这么能屈能伸，做第三者也津津有味……"

"啪！"苏沅昭的动作已经快过脑子，一巴掌扇过去。

打完她就蒙了，看着他偏过去的侧脸，伸手想摸一摸，最后又缩了回来。

空气乍然安静，她怒意散去，只剩慌张和懊悔。

于诚的眼神黯下去，良久后他才出声："也就是我才会这样一而再，再而三地给你机会。"他说完就走了。

听到门"砰"地关上，苏沅昭在原地站了一会儿才有所动作。她愣愣地坐在沙发上，缓缓想起他这段时间帮她处理的各种麻烦事，心中愧疚又懊悔。

她把手机捏在手里，翻来覆去，想打个电话道歉，问他什么时候回家，可又放不下姿态，最后翻出了一年前跟他发的短信。

她说：我们分手吧。时间是凌晨三点。

几乎没有隔太久，她就收到他的回复：嗯。

他连原因都没问，就发了一个“嗯”字，干脆利落到好像他等她这句话已经等了很久。她甚至可以想象他那种长舒一口气的样子，当下就收拾东西搬出去。在此后的一年里，他再没联系过她一次。他本就不玩朋友圈之类的社交平台，除非特意联系，否则她无从知道他的任何消息。他不打给她，她也绝不理他，哪怕离开他之后无所适从到整夜睡不着觉，她也宁愿爬起来在小区一圈一圈走到天亮，也没有给他发过哪怕一条消息。

所以，她看不懂再次出现的他，更看不懂这满屋子原封不动的痕迹。如果说他出手相帮还可以解释为对身陷囹圄的前女友的一点儿善意，那他逼她跟他纠缠到一起又算什么？

她胡思乱想着，突然有人按门铃。

她以为是于诚回来了，连忙起身开门，可是门外是一个陌生小伙子，说：“你的外卖。”

“我没有点外卖啊！”

“1601，没错啊！”小伙子瞟了一眼门牌，见她还是否定，只好拨打单子上的电话。

苏沅昭正要关门，结果握在手上的手机却响了。

“呃。”她一脸尴尬。

小哥懒得再听她废话，把外卖塞到她手里，然后走了。

苏沅昭悻悻地关上门，打开袋子后才反应过来，这应该是于诚帮她点的外卖。她忽然想到刚才吵架之前，他站在冰箱门前，转头问她：“家里好像没什么菜，你饿吗？”

她的心一下子软得一塌糊涂。

苏沅昭吃着于诚点的外卖，不好意思再傲娇下去，决定给他打个电话服软。

结果几秒之后，手机铃声在家里响起来，苏沅昭循着声音在餐厅的桌子上找到了于诚落下的手机。她如泄气般倒在沙发上，心道：于诚果然还是那个于诚，生起气来连认错的机会都不给别人。

她正胡思乱想着，他的手机又响起来，来电显示是郭涛。

手机坚持不懈地响了很久，她只好接起："喂？"

"是你啊，于诚在吗？"

"你有什么事吗？"

"我的吸尘器还在你们车上呢，叫他帮我拿一下呗。"

要不是看在郭涛给她割过阑尾的分上，她真要把那破吸尘器从十六楼扔下去。

左右无事，她看着手机里还有好几百条未读消息，索性打起精神处理正事，顺便等于诚回家。

苏沅昭针对同学、同事和亲戚几个不同群体，分别写了一段解释文字，然后群发出去，内容和于诚的声明差不多，就是改了一下措辞，写到"和于诚感情稳定"的时候，她觉得自己虚伪，刚才还跟人家划清界限呢，转过头还不是拿他当挡箭牌？

她不得不承认，在如今这种状况下，其实还是她更需要他一些。

她把消息群发出去之后，陆续收到回复，长辈亲戚多是提醒她以后注意言行，大学同学则是马后炮，感慨他们早就知道她插足别人感情一定是假消息，毕竟她跟于诚怎么可能分手。

让苏沅昭精神一振的是领导的回复：你什么时候回来上班？

苏沅昭不敢摆谱，立刻热情地回应：明天就可以。

苏沅昭非科班出身，当初能进电视台完全是走了狗屎运。在台里这几年，她发展得不好不坏，有一档收视率稳定的固定节目，有时还会主持一些户外活动或文艺晚会的分场。总之，她既不出彩，也不出错，直到出现这次的“遛狗门”。虽说网上一出麻烦事，领导就立刻把她撤下来不厚道，可她没什么傲娇的资本，这会儿领导给她一个台阶，她自然听话地下了。

工作问题解决了，苏沅昭顿时放松下来。她伸了个懒腰，活动了一下脖子，再看时间，已经十一点多了，可是于先生还没有回家。

苏沅昭又等了半小时，实在扛不住了，于是转移阵地，到了床上。于诚之前说让她住主卧来着，她便不客气地住了进去，床榻的柔软度、枕头的高度和床单散发的淡淡气息都恰到好处，令人迅速放松下来。

于诚睡眠不好，因此在寝具上极其用心，比如这张床，当年苏沅昭第一次躺的时候只觉得舒服得不可思议，在好奇之下问了一下价格，便惊得差点从床上滚下来，这比房价还贵啊！

苏沅昭躺在从前她惯常躺的位置，夹着被子翻了个身，感觉整个人飘在云朵上，每个毛孔都舒张着。

嗯，她还是挺想念这张床的。

3

第二天早上，苏沅昭伸手关掉闹钟，下床转了一圈儿，客卧床铺未动，看来于诚昨晚没有回来。

她只好把他的手机留在家里，先去电视台。她不大不小算经历了一件事，再回去在气势上还是不能输。早上她花一个小时化妆，又挑选体面但不过于隆重的衣服，一路无视别人探究的目光，镇定自若地与相熟的同事打招呼。

碰到节目编导，她顺口问节目改版的策划怎么样了。编导的表情有些尴尬，支支吾吾地说：“差不多了，下周要开始录了。”她还没来得及多问，编导就行色匆匆地说，“马上要开会，我先过去了。”

直到领导喊苏沅昭进办公室，她才知道刚才同事眼神躲闪是为什么。

节目改版策划已经完成，只是再与她无关，主持人换成了一个公众形象优雅、稳重的前辈，前辈隐退两年，重新出山。

苏沅昭不能接受："为什么？我不是已经澄清了吗？我没有问题啊！"

"我知道你没有问题。"领导揉了揉太阳穴，说，"可是坏事传千里，你看辟谣消息的转发量不如爆料消息的十分之一，大部分人还是先入为主啊！正好趁着节目改版，你先缓一缓，等过段时间舆论平息下来再说吧。"

"可是……"

"行了，台里已经决定了。"领导说，"台里对你有别的安排。台里一直想做网综，你正好这段时间在网上也有热度，我觉得你挺适合的，你找时间跟导演见个面，聊一聊。"

"网综？您让我去做网综？"身为传统节目主持人，苏沅昭对这样的变动一时惊讶大过了愤怒。

领导看出苏沅昭的疑虑，说："不是你想的那种博出位、赚点击量的网综，而是要有新形式、新内容、新内涵。网综以后是大势，比起旱涝保收的固定节目，这里边数据更直观，竞争更大。"领导拍了拍苏沅昭的肩膀，"咱们台里也就你最适合。"

苏沅昭忍了忍，还是没忍住，说："如果让我做台里的固定栏目，再让我去参与一档网综，我会很乐意接受挑战，但是在现在这样的状况下，我真的很难不理解为我是被发配边疆，让我自生自灭。"

"我以为你进台里这么久，早就学会了看破不说破。你那档节目本来就有人盯着，因为收视还算稳定，才保下来，这次是你自己给了别人机会。"领导已经移开视线，似乎不愿再多费口舌。

领导沉默了一阵，抬头见苏沅昭紧抿着唇，似极力隐忍着情绪。领导心有不忍，便安慰道："农村包围城市也是一种战略，你做好了回来，台里的黄金档随你挑。”

苏沅昭想，做好了回来随便挑，可要是她做不好呢？她如果淹没在网络繁杂的信息里，最终销声匿迹，还有什么机会回来？原来，她连行差踏错一步的机会都没有。

多说无益，苏沅昭不再争辩，拿起桌上那张导演的名片，点头离开。

下班之后，苏沅昭在路边等出租车，巨大的失落始终萦绕在心中，压得人喘不过气来。

她看到空车过去，都忘了招手。

直到一辆黑色凯迪拉克直接停在她的面前，两声喇叭响起之后，她才回神。车窗缓缓打开之后，露出的是于诚好看的脸。

苏沅昭脑子里浮现出昨晚激烈的争吵，那些难听的言语在她冲动的一巴掌之后戛然而止。

“你怎么过来了？”苏沅昭低头系安全带，不去看他。

“我在附近办点事，顺路。”于诚发动车子，也没提昨晚的不快和自己的彻夜未归，“没想到你今天就上班了，我以为你要休息几天。”

“嗯，我有事。”苏沅昭低声说。

“你今天还顺利吗？台里没找你麻烦吧？”他随意问道，身边良久无声。

他转头去看，发现她竟然在哭。他一时慌了神：“你怎……怎么了？”

苏沅昭捂住眼睛，眼泪却止不住地从指缝溢出来：“对不起，我没有守住。”苏沅昭哽咽道，“我的节目被拿掉了。”

于诚急忙把车停到路边，下车绕到她那一边，拉开车门，蹲在她面前。他倾身凑过去，把她捂住眼睛的手拿下来，拇指指腹抚上她湿漉漉的脸庞，轻轻擦去眼泪，哄道：“好了，你别哭了，告诉我怎么回事。”

苏沅昭抽抽搭搭把台里的安排告诉他，心里又是一阵委屈，嘴一撇，又想哭。

“我还以为你被开除了呢。”于诚摸着她的头发，安慰道，“做网综就做网综嘛，你这不是还有机会吗，这么大反应干吗？”

“我觉得对不起你。”苏沅昭的情绪渐渐平复，声音却已喑哑，她垂下眼，说，“我很内疚。”

虽然她说得没头没尾，于诚还是迅速意会她所谓的内疚。

当初苏沅昭参加主持人选秀赛的决定显得太像是一时脑热，身边根本没人理她，也就于诚支持她，他还花心思帮她做宣传，提高她的场外支持率。

其实，他也是因为自己交流期结束，快要回美国了，想最后帮她做一件事。那时，他承诺会一直陪她到她被淘汰再回去，没想到她格外争气，次次低飞晋级，竟然从海选一路挺进了决赛，最后还爆冷门拿了冠军，得以进入电视台。

比赛结束后，她期待又惶恐地向他试探：既然我到最后也没有被淘汰，那你是不是可以不离开了？

他当时沉默的时间有些久，再抬头时，他发现她眼里已经蓄满了泪水，好像她一眨眼，泪珠就会滚下来，可她强忍着，倔强地睁着眼睛，一眨不眨地望着他，好像他不亲自说出口，她就拒绝提前承认这场感情的结束。

那双悲伤的眼睛让他突然改了主意。

他笑着抱住她，给出了一个肯定答案：是，我不走了。

他拒绝了美国那边的 offer，留在了国内任教，也改变了自己余生的所有计划，留在她身边。

苏沅昭说内疚，大约是觉得现如今连唯一的节目都没能守住，对不起当初他的牺牲吧。

“都过去这么久了，你怎么还惦记这事？”于诚安慰她，道，“我又没后悔当初留下来。”

苏沅昭摇头，固执地道：“这个位置是你帮我坐上来的，我应该让你的选择更有价值一些的。”

于诚觉得她的脑回路十分好笑，又忍不住嘴欠，调侃道：“那你当初甩了我，怎么一点儿不内疚啊？”

苏沅昭立刻奓毛了，一双分明还湿漉漉的眼睛却好像要迸出火来，她直直地看向他：“那是你活该！”

于诚重新开车上路。

于诚一只手扶着方向盘，用另一只手的手肘撑着车壁，手背贴着脸，拦住嘴角忍不住要拉上来的弧度。

她流泪的原因他占大部分，这件事到底让他心情大好。

苏沅昭此刻心中已经被丢脸的情绪全面覆盖，越发觉得她刚才的真情流露是对牛弹琴。

她冷着脸别过头去，懒得看他憋笑的脸。

于诚干咳两下，突然说：“唉，其实我真想知道你当初为什么甩了我，如果不是因为我扔了阿宝的话。”

苏沅昭看着他，冷笑道：“你真的不知道吗？”

她放弃阿宝回来的那天，其实因为周言偶然提及的捡到阿宝的地点而心生疑窦。那个地方距离她家太远了，那不是一只狗狗能安全抵达的。所以，阿宝走失这件事会否不是意外，而是人为？

她疑虑重重地回到家，看到于诚在收拾行李。她问起，他才说自己要出差一周，去美国参加学术交流会，已经订了明天一早的机票。这个消息来得太突然，她闻言，不高兴地坐在一边生闷气。

良久后，他才发现不对劲儿，看她两手空空的，才问她一句：“狗呢？”

苏沅昭说留给那家人了。

于诚点了点头，又忙他的事儿去了。苏沅昭看着他毫无愧意地自顾自忙进忙出，顿时压不住心中的不满，向他发难：“你觉得是谁特意把阿宝带到那么远的地方扔掉的？”

其实，以于诚的本事，他稍微耍耍嘴皮子就能推掉责任，可那天他不知怎么的，竟懒得应付，由着她胡思乱想。到晚上睡觉的时候，她的脸色已经很不好了，可于诚没哄她，像没事人一样关了灯睡觉。第二天早上，他甚至都没等她醒来跟她道个别，就先行离开了。她憋着一股气，等了他整整两天，最后还是败下阵来，主动给他打了电话，然后发现他失联了。

到第三天，苏沅昭已经彻底慌了，特别是当她从于诚学校那边得知根本没有什么交流会的时候。

她在这段感情里自始至终存在的不安感，在他杳无音讯的这几天里发挥到极致。

在精神濒临崩溃的时候，她才终于接到数日以来他的第一个电话。

听着电话里他煞有介事地说着“交流会”上的趣事，她轻声冷笑了一下，觉得自己活了过来，也死了过去。她不习惯当场戳破，所以仍是平心静气地听他编完那几天的活动内容。

挂断电话之后，她在空荡荡的房子里从白天坐到深夜，最后给他发了条短信：我们分手吧。

最可笑的是，他连原因都没有问就回复了一个“嗯”。

一直以来，苏沅昭没有向任何人提起过和于诚分手的事，很大一部分原因就是怕别人问她为什么。

他从头至尾没有犯什么大错，也不存在什么第三者。即便她将自己的各种心情认真描述一番，恐怕只会换来旁人一句轻飘飘的“矫情”。但她很清楚，他们之间的问题比那些显而易见的矛盾更严重。

“你还记得我们当初是怎么开始的吗？是我先说喜欢你，想跟你在一起的。你记得自己当时说了什么吗？你说，除非我能接受谈一场有期限的恋爱，等你回美国我们就分手。这么渣的条件，我竟然答应了。后来虽然你留下了，但我总觉得，你迟早还是要走的。

“我们在一起这么多年，我对你仍然一无所知。我问你爸妈是谁，你说他们都不在了，没什么好说的。我想去美国看看抚养你长大的亲人，你说自己跟亲人没什么感情，不用管他们。你像一个没根的人，要是哪天突然飘走，我都不知道去哪里找你。其实，阿宝我不是非养不可，我只是想多一样跟你有感情、有联系的东西，可你那么排斥阿宝，好像不想跟我之外的任何东西产生联系……”

于诚偏头看她，只见她垂着眼，泪光盈盈的睫毛泄露着她的悲伤。他忽然觉得心里堵了东西，闷闷的，变得不适起来。

“你失踪那几天，我心慌到整夜睡不着觉。我半夜起来摸着衣柜里你留下的衣服，安慰自己，你还有那么多东西没带走，还有学校的工作，我还在这里，你应该还会回来……我真的觉得自己特别可怜，守着那点毫无价值的东西自我安慰。我仔细想想，你有什么丢不下的？你在国外完全能拿到更好的 offer。至于那堆破衣服，至于我，又算得了什么？”

“好了，你别说了。”于诚出声打断她，不忍再听下去，“我出国那几天只是去处理一些私事，没想到你在家里胡思乱想了那么多。后来，我还没回来你就提了分手。我当时能想到的我们之间唯一的矛盾就是阿宝，有些生气，一时冲动，就……”

“就算当时你是冲动，那你后来就没有冷静的时候吗？于诚，你没有找过我，一次也没有。”

“你不要说得好像你在等我一样。”于诚脸色沉了下去，“你找新欢的速度快到我几乎以为是无缝对接，我怎么找你？”

苏沅昭顿时被噎到了，良久后才把心中这口气咽下去。

她别过头，懒得多解释什么，故意道：“我确实没有等你，毕竟我们早就结束了，要不是这次出事，我和他在一起好好的，都不会再想起你。”

于诚握住方向盘的手指微微收紧。红灯路口，车子缓缓停在斑马线前，面前行人匆匆走过。于诚移开视线，目光再次落到身边人的身上。她的身体背对他往外侧着，只留给他一个侧脸，这是她生气时惯做的动作。她刚刚哭过，眼睛还是红红的，紧抿的嘴唇不自觉地嘟着，腮边的粉底、泪痕犹在，可她还是好看得让人心颤。

于诚一点儿也不意外周言那小子为她弄得身败名裂。他蠢，他贪，可对她倒是真心实意。

所以，她被周言那种愚蠢莽撞、最后害人害己的真心打动了吗？

于诚收回目光，红灯正好跳转，他重新发动车子，加速冲过马路，将后面的车子远远抛在身后。

这种愚蠢的选择，他不答应。

Chapter3 明白你有控制欲

1

那个网综导演名叫李新泽，听说现在人在外地出差，苏沅昭本来打算先打电话跟他打个招呼，但是她挑着不同的时间打了三次，都没人接听。

他电话不接也不回，要么是他出事了，要么显而易见，他根本不想要她这个台里塞过去的主持人。

苏沅昭本想向领导反馈这个状况，但是转念一想，她如果说了自己不被接受这件事，暴露的还不是自己无能？毕竟导演的确有权力决定用谁，她一不带流量，二不带资本，导演没什么非用她不可的理由。导演坚持不肯用她，台里也不会硬逼他。

可对她来说，要是这档节目她连上的机会都没有，那她可就真成闲散人员，可以准备转幕后了。

苏沅昭越想越清醒，最后索性掀被下床，穿上拖鞋，借着窗外月光轻声走出卧室。

关上书房的门，她方才开灯，坐到自己的书桌前，打开笔记本电脑，在搜索栏输入李新泽的名字，想看看这人到底是什么来历。

她不想坐以待毙，至少要挣扎一下。

李新泽不是什么有名的大导演，网上关于他的资料并不多：1985 年出生，现在算是处在一个导演的黄金年龄，但是发展并不突出，从一线台出来之后，进了苏沅昭他们台，做过美妆节目、户外节目，五花八门，共同点是关注度不高，他唯一一档独立担任导演做的综艺节目也是口碑收视双扑街。

就他这履历，新节目拉到赞助都困难，他还嫌弃她？

苏沅昭不免愤愤，敲击键盘的动作不禁重了起来。

她盯着电脑屏幕的时间长了，眼睛发酸。她闭了闭眼，感觉哪里有点不对劲儿，猛地抬头，竟看见于诚正抱胸站在门口，笑吟吟地看着她。

“你什么时候进来的？”她扯下耳机，轻声说，“我吵到你了吗？”

他摆摆手，径自走到自己那张桌子前坐下：“没有，我有点事要处理。”他并没打开电脑，依旧饶有兴趣地盯着她，说，“你在看什么？这么晚不睡，盯着电脑咬牙切齿干吗？”

“那个导演咯。”苏沅昭揉了揉眼睛，打了个哈欠，说，“他不接我的电话，我准备找个时间去会会他，先看看他的资料，了解一下他。”

“哦？”于诚眉毛一挑，起身走过去，看了一眼她的电脑屏幕，“李新泽？”于诚俯身下来，手放在鼠标上，一目十行地浏览她点开的几个网页上的资料，很快扫完，调侃道，“我算是明白你为什么知道自己被调去做网综这么伤心了，这确实是让你自生自灭。不过，导演那边估计也查了你的履历，心情大概和你现在差不多吧……”

“喂！”苏沅昭转头怒瞪过去，却猛然发现他的脸离她这么近，近到她差点就亲上他。

他一只手握着桌上的鼠标，另一只手搭在她的椅背上，俯身便形成一个合围的姿态，将她笼在灼热又压迫的气息里，而他却仍盯着屏幕，恍然不觉自己的动作已太过亲密。

苏沅昭往外挪了挪，拉开她和他的距离。她被他的气息打乱了心思，忘记要回击他的毒舌之语。

“你不是有工作要处理吗，蹲在我这里干什么？”苏沅昭开始赶人，“你还不快去做事？”

“嗯。”他回到自己的那张书桌前，像平常一样打开电脑，一副开始要忙的样子。

苏沅昭这才收目光，重新戴上耳机，点开李新泽以前做的节目看了起来。

不知是节目太无聊，还是时间太晚了，没多久她就一连打了好几个哈欠，抬头时不经意往于诚那边看了一眼，发现他竟闭着眼睛趴在桌上，好像睡着了。

她跳下高脚椅，走过去，轻声叫他的名字：“于诚。”

两三声过后，他才睁开眼睛，睡眼蒙眬，看来刚刚那会儿他真的是睡着了。

苏沅昭说：“你到底是要工作还是要睡觉呀？你要睡觉的话，就到床上去睡，在这儿睡会着凉的。”

于诚的眼神清明了些，他仍趴在桌上没有起身，懒洋洋地看着她，语气软软地说：“我在床上睡不着。”

苏沅昭想起他从前矫情的睡眠习惯，便说：“你去睡主卧吧，你睡那床都睡习惯了。”

于诚眼睛一亮，立刻坐起身，别有深意地说：“那你呢？”

“我？”苏沅昭看他一副不怀好意的样子，立刻严肃地道，“我当然是睡客房啊！你以为呢？”

“哦。”于诚趴回去，恹恹地道，“那算了。”

苏沅昭在旁边站了一会儿，他仍是闭着眼睛一动不动，一半脸埋进臂弯，露出来的半张脸仍能显示出他英俊的容貌，轮廓利落，鼻子又高又挺，可他闭上了眼睛，敛去锐利的眼神，长长的睫毛垂下来，让他的脸上多了几分平时难见的天真和柔软。

她心里有些不忍，不知如何动作才好。忽然，她听见他喃喃道："你去忙你的吧，我就趴一会儿。"

苏沅昭只好坐回她的电脑桌前。

凌晨三点多，她摘下耳机，合上笔记本电脑，那边于诚仍旧睡着，姿势都没有换一下。她看了一会儿，最后轻手轻脚去卧室拿了条毯子，搭在他的身上。

他们即便不再是亲密的关系，但毕竟同居一室，他又那样帮过她，举手之劳，她不该吝啬。

第二天早上，苏沅昭起床时，于诚已经出门了，在餐厅桌上留了温在电饭煲里的粥，还摆了几小碟小菜，是上次苏妈妈让他们带回来的。旁边附纸留言一则：投桃报李。

苏沅昭扑哧一笑。

苏沅昭去李新泽那边的办公室转悠了两天，终于探到消息，他今天下午会来。

中午，她吃过饭便守在那边的办公室，那块的工作人员可能有活动，出外勤，好几个座位是空的。她一个人坐在那里，等了将近两个小时，才等到一个背着背包、衣着朴素的男人进来。他一副风尘仆仆的样子，像是从机场直接到公司，还没回家。

苏沅昭盯着这个走过来的男人，感觉他跟网上的照片不太像，但是又有一些神似。她迟疑了一下，还是站起来准备问一下，他竟直接从她面前走过去，只留下一阵风。

苏沅昭愣了一下，压下心中的不爽，跟在男人后面，说："请问，您是李新泽导演吗？"

男人已经走到了最里面的那个座位——就是李新泽的位置。

只见他把包放在桌上，拉开椅子，方抬眼看向她："你有事吗？"

"我是苏沅昭，之前是《养生堂》的主持人。"苏沅昭走近一点儿，露出礼貌的笑容，仿佛不计前嫌，"我们领导说调我到您的网综节目，我一直想和您聊一下。"

李新泽盯着她看了一会儿，分明没想到她脸皮这么厚。他拒绝的意思都表现得那么明显了，她居然还找上门来。他冷冷地收回目光，同时坐下来，俯身去开电脑主机，再挪着椅子，将自己的身体卡进椅子和桌子中间。趁着电脑开机的几秒钟，他挠了挠耳朵，说："我这个节目你不合适。"

"您还没有试过，怎么知道我不合适呢？"苏沅昭不知他如何下的这个结论。

"我们这个节目是针对年轻人的，受众群是年轻人，参与嘉宾也是年轻人。"李新泽顿了一下，说，"你太老了。"

苏沅昭紧紧握拳，最后还是挤出笑来，说："就台里的主持人来说，我应该不算老吧。"

"不是年龄问题，我是说你的公众形象比较老。我看过你主持那个节目的资料了，你整体形象比较古板，像个老……"可能意识到后面的话太难听，李新泽改口说，"我这人不会拐弯抹角，就直说了。总之，你不适合，我看你还是去试试别的节目吧。"

苏沅昭一时语噎。而李新泽已经收回目光，盯着电脑屏幕忙起来，把她晾在一边。

苏沅昭尴尬地站了一会儿，见他无视她到底，原本想有骨气点儿直接离开，可转身走了两步，心里又实在咽不下这口气。她回来，忽然抬头，扯落自己盘好的发髻，伸手将头发梳开，拢到一边，然后俯身撑着他的桌子，微卷的长发从肩头垂落下来。她扬声道："我怎么就老了？你倒是仔细看看，我老吗？！"

李新泽"唰"地连人带椅子退出老远，一脸惊惧地看着这个突然披头散发的疯女人，忽然愣了一下。也不知是她散下头发，解封了原本端着的做作，还是她生气的表情太生动，她的脸竟蓦地生出一种奇妙的娇俏感，整个人一下子活泼灵动起来。

见他一副被震到的样子，苏沅昭更来劲儿了，瞪着他喋喋不休："你一个做美妆节目的有什么好瞧不起我做养生节目的啊？养生还健康呢！我怎么就配不上你了？你这节目要能请到黎何这样的大牌主持人，我也不上赶着来倒贴了，这不也没有吗？"

苏沅昭最近受多了窝囊气，这会儿是真被他给点着了，嘴巴跟个炮仗似的，突突突说个不停，怼他半天，最后甩出一句："我还不伺候呢！"她说完，扭头就走。

李新泽过了半天才从震惊中缓过神来。

台里给他塞人，他第一反应就是拒绝。塞过来的人就没一个靠谱的，以前就算了，可这次他是想认真做一档节目。他一听说苏沅昭是台里选秀出身，还是第一名，便觉得她可能是一个被内定的关系户，再一看，她常驻的还是一档晨间养生节目，可见她没什么事业心。这样的人他压根不想要，所以一直拒绝，只是今天他才发现，这小丫头竟这么有脾性，嘴皮子也相当利索。

敢情她之前的温顺纯良都是装的啊？

他盯着苏沅昭离开的方向若有所思，最后打了个电话给助理，让她帮他找一下当年苏沅昭的比赛视频。

2

"气死我了！"苏沅昭重复第十遍，"他太瞧不起人了！"

她憋着一肚子气回到家，于诚还没回家，她特意打电话去求安慰当然不行，毕竟今时不同往日，现在他们只是"暂时性的室友"关系，他不再有义务听她倒苦水。

苏沅昭思来想去，最后咬咬牙，拨通了这个国际越洋电话，打给了谢邀曼。

难得苏沅昭的大忙人闺密今天正好有时间，表现出难得的耐心。

“所以你最后就这么骂他一顿，然后走了啊？昭儿啊，我难得见你这么硬气一回。”

“反正他看不上我，而且他居然说我老！”苏沅昭大声说道，然后整个人很快耷拉下来，“说心里话，其实我有点后悔了。我是不是太冲动了？我现在回想一下，觉得自己简直像个疯子，又是扯头发，又是大声说话什么的……”

“你啊，永远硬气不过三秒。”谢邀曼在电话那头笑道，“不过你刚才说他以前是一线台的导演，怎么到你们台里来了？”

“他混不下去了呗。”苏沅昭才不关心这个，翻了个白眼，把手机按了免提后放在床头柜上，空出手来换衣服，“我真不知道他骄傲什么……不过，曼曼，你说我这一闹是不是进他节目没戏了？唉，我还是太冲动了。”

“听你这口气，他也不怎么样嘛，你有什么好求他的。”谢邀曼在国外，平时不玩微博，哪里晓得苏沅昭刚被网络暴力袭击一场，现在不光是爱情上没得选，连工作上也没得选了。

“唉。”苏沅昭叹了一口气。

她今天穿的裙子有点紧，动作受限，手绕到身后扯拉链，摸了半天也够不到，她心生烦躁，收回手，准备换个方向。忽然，身后的拉链自动滑了下来，一路开到腰部，衣服一开，她顺手将连衣裙从肩头拉下来，一只手从袖子钻出来，这才感觉不对劲儿。她转身一看，背后竟是于诚！只见他睁大眼睛看着她，手还停在刚刚拉链的位置，没来得及收回。他一脸惊愕，好像没想到她脱衣服的速度这么快。她这一转身，更是让他一览无余，大饱眼福。

“啊！”苏沅昭尖叫，迅速拉起衣服，遮住露了大半的胸，吼道，“你干什么？你干吗偷看我换衣服？”

“我进来拿我的东西啊！你自己不关门，我看你够不到拉链，帮你拉一下而已，谁知道你脱这么快。”于诚语气无辜，眼睛却在她身上扫来扫去，半点不放过。

苏沅昭气急，随手抓起床上的睡衣，朝他脸上扔过去，叫道：“你还看！”

于诚蓦地被布料兜头罩住，挡住视线，无奈地笑了笑。他顿了一下，等她窸窸窣窣差不多理好衣服，才把睡衣从头上拿下来，披到她的身上，然后转身去翻衣柜，拿自己的东西，嘴上还嘟囔着：“我又不是没看过，你激动什么？”

“于诚！”苏沅昭又恼又气，“你以后不准随便进我的房间！”见他没作声，她又大声强调一句，“你听到了没有啊？”

“是是是，遵命，大小姐。”于诚嘴上应付着，动作很快，拿完衣服便走。只是到门口时，他突然停住，转过身来，眨眨眼睛，慢悠悠地道：“不过，我觉得你真的不用不好意思，你忘了？你今天穿的这件BRA还是我买的。”

啊啊啊！死流氓！

苏沅昭追上去，“砰”地关上门，用力将门反锁上，然后在门后气得干跺脚。

良久后，她才想起自己还在和谢邀曼通话。她立刻冲到床边，拿手机一看，屏幕上已是待机页面，那边不知什么时候已经结束了通话。

苏沅昭正祈祷一向注重隐私且不理闲事的谢邀曼及时挂断，应该没听到什么的时候，苏沅昭突然收到谢邀曼的微信消息：你不是跟他分手了，还找了新男朋友吗？

苏沅昭一边酝酿着说法，一边继续换衣服，换好之后才拿起手机回复：我跟他依然是分手状态，但因为各种情况又住在了一起……

发完之后，她又编辑了半天文字，描述最近种种荒唐的事情。这时，谢邀曼已经发来一条消息：……

谢邀曼是那种从来不发表情包也不发颜文字，纯粹有事说事的人，省略号大概已经是她表达情绪的极限了，说明她此刻真的很无语。

苏沅昭感觉她被鄙视了，连忙加快编辑文字的速度，想解释这一切，还没写完，对方又发来一条消息：刚才没来得及告诉你，我已经打算回国了。这边辞呈交了，我已经在处理房子这些扫尾的事了。

苏沅昭被这个消息震惊到了，立刻把刚刚编辑好的内容剪切掉，手指翻飞，写道：真的吗？你为什么突然决定回国了？你之前不是说那边发展很好，几年内都不考虑回来吗？

过了一阵，苏沅昭像是突然想到了什么：你该不会交男朋友了吧？不然我真的想不通……难道你是为了我？哈哈哈！

苏沅昭热情洋溢，兴奋地一连发出好几条消息，可是盯着屏幕等了半天，对方却没有再回复。

苏沅昭悻悻地放下手机，理了理衣服，方才出去。

客厅里，于诚正趴在地上，一根一根捡头发。

今天，苏沅昭在李新泽那里一激动，皮筋都扯断了，所以最后披头散发地回来，在客厅跟曼曼打电话的时候走来走去，转了好几圈，最后才进卧室换衣服，地上自然有不少“痕迹”。于诚有洁癖，不能忍受地上有任何异物，苏沅昭在这方面则很随便，不过他也不抱怨，只是默默跟在她的身后，把她弄乱的东西重新摆好，把她弄脏的地方收拾干净。

苏沅昭曾经开玩笑，问他会不会后悔让她这么个不修边幅的人搬进来，打乱他的生活秩序。

他却摇头：“你不是闯入我生活的异物，你大概就像……就像我自己的身体一样，我身上弄脏了，自己会整理干净，你当然也是我要负责到底的。”

那时，他那般纵容她，她安之若素，但现在两人的关系已经成了室友，她不好意思劳烦他给她到处擦屁股。

苏沅昭蹲下来，说："我来捡头发吧，你别管了。"

于诚没理，手指仍是贴在地上轻轻旋转，动作熟练地将头发绕进手指，收入掌心，这才开口问道："你找导演不顺利？"

"嗯。"提到这件事，苏沅昭的情绪低落了几分。

"是什么节目？有策划吗？"

苏沅昭摇头。导演都不让她参加，就别说让她看什么策划了。她道："不知道他怎么就那么不待见我，我们以前没什么接触啊！"

听苏沅昭讲完白天发生的事之后，于诚站起身来，拉她到沙发前坐下，眨眨眼睛，说："我今天听到一个有趣的八卦，关于那个导演的。你猜猜看他为什么从卫视出来，去了你们那儿？"

"你别卖关子，快说！"苏沅昭完全被吊起了胃口。

"我们之前还小瞧他了。你知道《流星之恋》吧？"

"当然了！那是前两年最火的相亲节目，做电视节目的哪个不知道。"苏沅昭立刻说。

"那你一定不知道，李新泽也是主导演之一。"

"怎么可能？"李新泽的履历里根本没有这一项，更何况……苏沅昭道，"要是他策划了这个节目，还用来我们台做什么网综？"

于诚摇摇头："他自己退的，原因你绝对想不到……他起早贪黑，做节目不着家的时候，副导演给他老婆送温暖，把他给绿了，这个副导演跟他还是好朋友，上大学时就认识了。"

苏沅昭张大了嘴，一时说不出话来。

"中间具体发生了什么，谁也不知道，反正最后结果就是他离婚了，还辞职了，后来到了你们台，自暴自弃，做些没人看的节目。"

苏沅昭回想起白天看到的李新泽的模样，网上的李新泽的照片都是早些年的，分明是一个眉目端正的男人，但是她见到他本人，觉得他确实给人一点气运不济、发展不顺的感觉。

她忽然明白了自己为什么不招人待见："他该不会是听说过我破坏别人感情的传闻吧……唉，是了是了，他一个被绿过的人肯定对我有偏见啊！"她皱着眉，心中暗叫不好。上次的事情的影响真的比她想象中的大很多啊！

于诚耸肩，脸上是一副"你自作孽不可活"的表情。

"不过说起来，他没什么心思做节目，我是不是不用跟他绑在一起了？反正他做的节目也会扑街。"苏沅昭抓了抓脑袋，"看来，我真的要想想别的出路啊！"

"这次可能不一样。他能策划出《流星之恋》那样的节目，说明能力是有的，只是后来心思变了。不过，我觉得他这次不是随便玩玩……那个副导演今年的节目反响非常好，而且跟他前妻结婚了，他绝对受刺激了，不然也不会主动提出去做网综。"

苏沅昭若有所思地点头，接着又苦着脸摇头："可是我已经把他给得罪透了！"

他拍了拍她的头，站起身来："八卦完毕，对手的来路大概就是这样，剩下的你就慢慢领悟吧。我做饭去了。"

"哎，你给我出出主意嘛。"苏沅昭习惯性地求助于诚。

他回过头，勾起嘴角，说："你过来帮我切菜。"

苏沅昭也顾不上什么面子不面子了，立刻起身，跟他进了厨房。

案板上果然有菜，应该是他刚下班带回来的。她扫了一眼，先拿了土豆出来削。

于诚在一旁看着她熟稔的动作，嘴角毫不掩饰地扬起来。他并没有特意问过她是否回家一起吃晚餐，只是像从前一样，她没有提前得到通知的话，就默认为答案是肯定的，回家跟他一起吃。

于诚心道：阿昭，不管你承不承认，你心里还是有我的。

"你站那儿笑什么？"苏沅昭扭头就看到于诚笑得一脸荡漾。

“没什么。就……我看出来了，过去这一年，你吃外卖比较多吧？你的刀工退步不少啊！”于诚走过去，捏起砧板上切得偏粗的土豆条，扬了扬，“你准备让我炸薯条？”

苏沅昭把土豆条抢回来，嘴硬道：“就你难伺候！”话虽如此，但她还是将那几根粗了点的土豆多切了两刀。

于诚却心生不爽，就他难伺候？她说他难伺候，意思是那个人比他好伺候了？

于诚的笑渐渐收敛回去，眼神变得深沉起来。

“好了，你别切了。”他径自拿出一截莲藕，打开水龙头冲洗起来，就着水声低声说，“我们今晚不吃土豆。”

“我都切一大半了！”苏沅昭扬着菜刀嚷嚷。

“哼。”于诚傲娇地从鼻子里哼了一声。

最后，两人当然还是炒了土豆。

两人吃完饭，收拾完厨房。于诚绝对不是那种能容忍把碗丢到水池，和下一顿的碗一起洗的人。苏沅昭终于得以坐下来，听他出谋划策。

“既然人家是有心想要做好这个节目，那你唯一的方式当然是展示自己的专业，让他知道你对他有用。”于诚说，“你通过别的途径先弄到他的节目策划，给他提点有用的建议，再了解下节目现在推进的难点在哪里，要是能给他提供点帮助当然最好了，那他还能不要你？你现在最大的优势就是……知道了他挺厉害的，而其他人并不知道，所以压根没人跟你争这个主持人的位置，所以你表现专业一点儿，他舍你其谁啊？”

“节目策划好办，我领导那儿应该有。”苏沅昭若有所思地点点头，琢磨一阵于诚的话，听出了弦外之音，“喂，什么叫我最大的优势就是没人跟我争啊？”

于诚伸手揉了揉她的头发，调侃道：“你的反应慢了两秒哦。”

苏沅昭一把拍开他捣乱的手，瞪了他一眼，立刻起身去书房，准备开工。

“哇，好无情啊！”身后，他大声嚷嚷。

苏沅昭：“……”

领导没有多问就把策划发给苏沅昭，还跟她说好好干。

苏沅昭动力满满，挑灯夜战。

看完整个策划，苏沅昭才真的有点相信李新泽的确做过《流星之恋》这种节目了，他这一次竟然策划了一个整容变身的节目。虽然这不是首创，国外也有类似形式的节目，但在国内来说，这确实能让人耳目一新。更何况，对大众来说，变身这个话题永远不会过时，看偶像剧里丑小鸭女主角华服加身后变天鹅惊艳全场的剧情屡试不爽，就知道观众对变身这件事有多艳羡和好奇了。

苏沅昭看完策划后，激动得不行，简直想立刻去找李新泽跪下来赔罪，是她有眼不识泰山，多有得罪。

不过，她看看时间，已经十点多了。她喝杯水冷静冷静，还是找了纸笔坐回来，仔细研究节目中可以优化的地方，先记下来。

“你这个样子真是跟以前追我那会儿一样，殚精竭虑、用心良苦啊！”于诚不知道什么时候进来的，靠在门边上，酸溜溜地说，“不知道的人还以为李新泽是你的新目标呢。”

苏沅昭抬起头，两道如利剑一般的目光“嗖嗖”射过去：“你闭嘴！”

于诚慢悠悠地走过来：“看样子，你找到突破点了。”他翻了翻那个策划，又扫了一眼纸上乱七八糟的笔记。见她很快就抓到了关键点，他露出赞许的目光：“我们家阿昭还是聪明的。”

得到于诚的肯定，苏沅昭莫名多了几分信心，转变态度，凑上去，笑嘻嘻地问这个狗头军师：“你还有什么好想法吗？能打动李新泽的那种，我要一举拿下他！”

于诚斜眼瞟她：“我长得像圣父吗？你还要我帮你出谋划策，让你去拿下别的男人？”

苏沅昭翻了个白眼：“你跟他能一样吗？”

“怎么不一样？”于诚摸摸鼻子，望着她，眼睛亮晶晶的，一副诚心发问的样子。

“你……”苏沅昭差点着了他的道。他明知故问，要她解释要拿下李新泽是因为工作，当初追他却是因为爱情，简直就是要她变相表白嘛！

她生硬地吞下后面的话，怒瞪于诚：“你比李新泽难搞多了！”

3

这一次苏沅昭没敢贸然上门，上次她是运气好，办公室没人，这次她要再随便上去堵人，李新泽要是当众不理她……她还想给自己留点儿脸面。

她十分礼貌地先给李新泽发了一封邮件，态度诚恳地道歉，附上自己整理好的节目优化建议，并且诚心约他面谈。

然而，她一天都没有收到回复。

就在她已经打定主意破罐子破摔，准备去地下停车场守在李新泽的车子旁边等他时，她收到了他简短的回复：七点，电台咖啡厅。

苏沅昭受宠若惊，李新泽居然还正儿八经地和她约在咖啡厅！他这是愿意跟她好好谈谈了？

她迅速回复：好的，我一定准时到。

她立刻去卫生间，把口红换成浅色，把头发抓成丸子头，努力扮嫩，避免“形象太老”再次成为自己的槽点。她本来想披着头发，但又怕唤醒他记忆里那天她发疯的可怕形象，只好作罢。

她进咖啡厅时，李新泽已经到了。他正开着一台笔记本电脑，好像在工作，旁边是吃了大半、服务员还没来得及收走的意面和半杯水。她走过去，站了好一会儿他都没注意，只好敲了敲桌子。他终于抬起头：“你来了，坐。”

苏沅昭坐下，准备诚恳道歉，然而，她才说到“上次的事……”，李新泽就不耐烦地摆摆手：“行了，你别装了，你的真面目我已经见识过了。”

苏沅昭顿时额头冒汗，被噎得说不出话来。

“你直接说事儿吧。我看过你以前参加主持人选秀比赛的视频了，你表现得还不错。”李新泽的语气里有一丝难以发觉的赞赏，“你当时人气那么高，怎么最后只做了一档养生节目？”

“喂，你干吗看不起养生节目呀？”苏沅昭有些不高兴，“我爸妈就喜欢看啊，觉得我主持得很好啊！”

“我不是说节目不好……”李新泽显然是一个习惯直来直往的人，挠了挠头，最后给了一个比较客观的说法，“我是说，你最后选择了一个不那么容易红的节目。”

“哼。”苏沅昭傲娇地说，“我要是想红，没准还能红成叶冰冰呢！”

“哦？”李新泽对苏沅昭露出有史以来的第一个笑，虽然怎么看都是嘲笑的意思，这妹子又在发疯了。

“我比赛完之后，天海还要跟我签约，想把我包装成三栖艺人呢！”苏沅昭十分严肃，这事儿她虽然很少提及，但也是她人生中一件很值得骄傲的事情好吗？她本来没有打算炫耀，但李新泽实在太瞧不起人了。

李新泽干脆笑出了声，见她一脸正经，才勉强把笑意压下去。他上上下下打量了她一会儿，最后还是没忍住，笑道：“圈内数一数二的经纪公司签新人居然这么草率吗？天海看上你什么，一个地方台选秀冠军那点儿人气？”

苏沅昭被堵得半天说不出话来，这个李新泽的毒舌程度还真跟于诚有得一拼。她深吸一口气，露出牵强却不失礼貌的笑。

“还有一件事，我听说你被拿掉那个养生节目的原因好像是……”李新泽犹豫着，像在思考一个不好开口的问题的措辞。

苏沅昭立刻率先自证清白，生怕这个受害者迁怒于她。她举着手，一副对天发誓的样子：“那纯属造谣。我跟我男朋友关系一直很好。我跟那对网红情侣的事完全是误会，是我那只狗狗的事被有心人利用了。”

李新泽点点头，大概是表示对她人品的认可，然后说：“你的情况我差不多了解了。这样，我们制作组有个会议，你过来参加吧。你在邮件里提的点子还可以，你有方案的话，到时候可以过来具体说一下，大家一起商量。”

她这算是……面试通过了？

苏沅昭试图从李新泽的眼神中获得肯定的答案，然而对方已经将视线移回电脑屏幕，重新投入自己的工作。她等了一会儿，终于，他喝水时把注意力分了一些给对面的人，这才补充了一句：“你可以走了。”

“哦。”

从咖啡厅出来，苏沅昭在路边打车时接到了于诚的电话，于诚问她攻擂进展，她回想一下刚才的情况，她应该勉强算是被认可了吧？

“你还没吃饭吧？有人送了我一瓶红酒，我等你回来，我们一起庆祝一下？”于诚十分自然地提议。

“没……”苏沅昭顿了一下，想象她跟他两人吃晚餐还喝红酒的场景，觉得太暖昧，便改口道，“没有，见导演之前我已经吃饭了。你先吃吧，我要晚点回去。”

“好。”于诚语气平静地说。

一辆空车已经停在苏沅昭的面前，她只好先坐上去。

司机问她去哪儿，她想了想：“中心书店吧。”她打算买些专业书，回去学习一下。

这家书店位于中心地段，即便是工作日，晚上人气依然不减。苏沅昭看到店里这么多人，心里有些发虚。自从被“人肉”之后，她还没来过这样的公共场合，总担心自己被哪个人认出来。幸好大家在这里都低头看自己的书，并没人在意她。

她很快就找齐了书，看时间还早，便再逛逛其他书架。从文学到社科，最后到漫画架，她漫无目的地扫着一排排书架上的书名。

她扫过一本书时，心头一震，目光缓慢地沿着刚才的轨迹回转到那个位置，最后落在那个熟悉的名字上，顿时全身定在原地，良久不得动弹。

周言？他出新书了？

是了，之前她和周言还在一起的时候，他就在筹备他的第二本书，还跟她保证过，第二本书绝对不沾顾锦澜的任何光，不卖完美男友的人设，只作为一个画手的作品展示。那时，他想不到那场感情最后会以那样坏的方式收场，他一夜之间声名狼藉，人设全崩。

而他这部新作显然遭到了冷遇，比起第一本的高调炒作和超高人气，这本书几乎没有任何关注度，便悄无声息地上市了。书的铺货位置不再是书店的店长推荐位，不再有漂亮醒目的书堆陈设，而被放在最不显眼的位置，淹没在书海中。

她想起那时他信心满满地对她说，他要靠实力获得大家对他画家身份的认可，而不是依靠顾锦澜的完美男朋友这个身份。

苏沅昭蓦地心疼起来。说起来，其实她内心无时无刻不在怪罪那件事的发生。今天在李新泽面前，她为了维护自己的形象，甚至把和周言的那段感情完全抹灭，装作从来没有发生过。不仅是李新泽，她在父母面前、领导面前，甚至在并不熟的医生郭涛面前，对周言都是全盘否定的，只为了保全她的生活。

苏沅昭取下书，站在书架旁，认真翻看。周言的画风很温暖，又带点儿冷幽默。平心而论，这真的是很好的作品，却没有受到应有的关注和支持。

周言赔上事业、赔上爱情，现在可能过得一塌糊涂，那她凭什么在这里好吃好喝地过着日子？

自从上次他把狗狗还回来之后，两人就默契地不再联系，所以，对于他的困难处境，她一无所知，而对于她的事业危机，她也不曾向他透露。他们都默默承担着当初那件事带来的后果，独自消化一切，因为他们都清楚，靠近和安慰对方不能改变什么，远离对方的生活才是对对方最好的帮助。

她最后还是没有拿出手机来打电话，只是把书架角落里那几本周言的书都拿出来，一起去结账。

“哟，我没想到你还有两手啊！”郭涛吃了一口菜，饶是刚刚气不顺，这时也忍不住夸奖于诚的厨艺。

“嗯。”于诚心不在焉地跟着吃了一口，却没尝出什么味道。

郭涛本想抓住机会讽刺于诚两句，见他这副模样，便不再纠缠，大方地以德报怨，给他添上红酒。

今天于诚去医院复查，就被郭涛拖着等他下班，好让他搭个顺风车。他不是白占便宜，今天一个康复出院的病人硬给他塞了一瓶红酒，他坐在副驾驶座上，跟于诚说起这一切，最后大方地说：“今晚就便宜你了，我们一起把它喝了吧。”

等红灯的间隙，于诚把那瓶酒接过来端详了一会儿，评价道：“确实还不错。”

郭涛扬扬得意：“那是当然。那个病人家里是做红酒生意的，在法国有酒庄。”

于诚微微一笑：“谢了。不过，我们两个大男人喝红酒吃晚餐不太合适。”

郭涛愣了一下：“所以呢？”

“所以，谢了，我会给你剩点儿的。”于诚重新发动了车子。

很明显，他要和他的女朋友过二人世界，至于郭涛，哪儿凉快哪儿待着去吧。

郭涛气得头顶冒烟，一路痛斥于诚重色轻友、过河拆桥。

于诚处之泰然地把车开回家，快下车时终于松动态度，说：“好吧，我也给你留点儿饭菜。”

郭涛气呼呼地上楼。结果，没到半小时，于诚就打电话给郭涛，叫他下来吃饭。

报应来得太快，刚刚还重色轻友、欺负郭涛这只单身狗的人马上就被女人放了鸽子。

郭涛痛快地在电话里说不来。然而，不到五分钟，于诚家的门铃就响了。

有酒，有吃的，郭涛才不和自己过不去。

郭涛轻轻地晃了晃高脚杯，闻一闻，最后装模作样地喝了一小口。他虽不懂行，但也喝得出这是好酒。可是对面这个人明明是个穷讲究的，这会儿却跟喝啤酒似的，毫不优雅地一饮而尽。

看来，于诚的心情确实不太好。

“你这厨艺什么时候学的？”郭涛试着聊点别的话题。

“她之前住院那会儿。”于诚放下筷子，兀自倒酒，“她一生病就挑食，吃什么都没味儿，我就学着做咯，也不难。”

绕来绕去，就是绕不开苏沅昭。郭涛无奈地摇头，有些恨铁不成钢，道：“她生病的时候，你陪在她身边，悉心照顾她，那你生病的时候她在哪儿？”

“她什么都不知道。”于诚摆摆手，显然不想聊这个。

郭涛咽下后面的话：“算了，我们喝酒吧。”

饭后，于诚指挥郭涛去洗碗，郭涛抗议无效，只得一边嘟囔着“天下果然没有白吃的晚餐”，一边端着杯子、碟子进了厨房。于诚走到客厅沙发前，准备坐下休息，忽然仿佛听到窸窸窣窣开锁的声音。他盯着门，见果然是苏沅昭开门进来了，她手里还提着一袋子书。

“你回来了。”于诚笑着说，见她手指被勒得有些发红，便要伸手去接袋子，“这是？”

“我买了几本书。”苏沅昭还在换鞋子，提袋子的手往后挪了挪，避开他的动作，“不用了。”

于诚眸光一凝，缓缓收回手，仍是笑着看她，说：“你怎么一副不高兴的样子，不是说搞定李新泽了吗？”

“我有点累。”苏沅昭换好鞋，勉强笑了笑，便要进卧室。

忽然，厨房那边传来水声，而后是郭涛的喊话声：“于诚，我这是拿手术刀的手啊！你让我给你做手术就算了，让我给你洗碗算怎么回事？”

苏沅昭的脚步顿了一下，她转身去看于诚，目光带着疑惑。

“哦，郭涛晚上在这里吃的饭。”于诚解释了一句，随即坐到沙发上，并没有要去厨房帮忙的意思。

“你怎么能让客人洗碗呢？”苏沅昭把手上的袋子放到一旁，随即脱了外套，钻进厨房。

苏沅昭和郭涛客套一番，最后出来的当然是客人郭涛。他打湿的手在自己的衣服上蹭来蹭去，留下深色的水痕，脸上却是一副意想不到的样子，他嘟囔着：“你这么快就回来了？”

于诚懒得戳破郭涛：“你赶紧滚！”

“嘿嘿。”郭涛不怀好意地笑着，走过去，拍拍于诚的肩，说，“谢谢你的晚饭了，兄弟。”

于诚一脸嫌弃地摆摆手。

在郭涛关门离开之后，客厅一时安静下来，只隐隐传来哗啦啦的水声。于诚看着厨房的方向，表情渐渐凝固起来。他跟苏沅昭在一起这么久，对彼此太过熟悉，只需要一个眼神，他便能感知她今天情绪不对劲儿，并且不是因为工作上的事。

他的目光转了一圈，最后落到她刚刚放在另一侧沙发椅的那袋书上。

他走过去，翻开袋子，袋子里前面几本的确是综艺专业书，而最底下那四本都是署名为周言的画集。他的脸色倏地难看起来，眼睛死死盯着那个名字。这段时间，他尽力不去深想她的过去，现在记忆全部翻上来，令他妒火中烧。这时，厨房的水声停了，他把书放回原位，却仍站在原地，良久没有动作。

苏沅昭从厨房出来，看他一个人在客厅里，随口问道：“郭医生走了？”

于诚没说话，点点头算是回答，而后便走到原先坐的沙发前，拿起手机，准备进卧室。

苏沅昭看着他的背影，忽然开口：“郭医生刚刚说的‘你让我给你做手术就算了’是什么意思？”

于诚头也不回，敷衍道：“我哪儿知道是什么意思？”

“于诚！”苏沅昭忽然激动起来，“你能不能不要什么事都瞒着我？”

他终于顿住，转过身来，直直看着她，目光轻轻扫过她的脸，像嘲讽一般缓缓出声：“我做什么手术跟你有什么关系？”

苏沅昭定在原地，张着嘴，说不出一句话来。

是啊，她怎么忘了，他好的时候可以对人很好，让人幸福到误以为自己拥有全世界。可是，只要他愿意，他只需要说寥寥几个字，便可让人如坠冰窟。

今晚的书房自然是空无一人，两个人都窝在各自的房间里，拒绝交谈。

苏沅昭靠在床上看书，不知是不是工作环境变化的缘故，书上的字她分明都认得，却无法在脑子里形成连贯的意思，她怎么都看不进去。一个小时过去，她只翻动了一页。

她自暴自弃，把书放在一旁，起身去倒杯水喝。

她回来经过客卧，他的门依旧紧闭着，她只是在门外走了一会儿神，便径自走回自己的房间。

她不会再去敲门了。

从前，她敲了很久的门，他都拒绝为她打开。她终于下定决心离开他，就是不想再体会这种抓不住、握不到的绝望。

4

苏沅昭第二天很早就醒了。

她走出卧室，看到于诚的房门仍是关着的，不知他是已经走了还是在家。

她洗漱完毕回来，打开他的房门，床上果然是空的，被子整整齐齐地铺着。她不知道他是什么时候离开的，是今天早上，还是昨天深夜？

当然，她也没有立场询问。

苏沅昭才懒得失落，收拾完就准备出门吃早餐。

她走到小区大门附近那个自己以前常去的粉店，发现那个早餐店的招牌已经换成了进口零食店，这会儿还没营业，大门紧闭。

她站在门口看着那个颜色鲜艳的招牌，一时有些茫然。

“半年前，老板娘的家里出了点事，她就回老家了。”

她的身后传来一道慵懒的声音，她转过身，见来人竟是郭涛。

“郭医生。”苏沅昭笑着打招呼，“她出什么事了？我都一年多没来过了，以前常常在这家吃粉来着。”

“她的家里人生病了吧。”郭涛露出惋惜的表情，“这家的粉味道最好，对吧？走，我带你去另一家粉店，也不远，我现在总在那家吃。”

苏沅昭点点头，跟上他。

郭涛是个话痨，其实两人并不熟悉，但他就算自说自话，也永远不会冷场，毕竟他在医院工作，每天接触那么多人，还愁没故事讲？

苏沅昭一路静静听着，跟他走到那家店。两人点好餐，一落座，她就插了一句嘴：“所以于诚也是因为生病，在医院遇到你，然后跟你成了朋友吗？”

“差……”郭涛一句“差不多”还没说完，惊觉她话里有话，立刻摇头，说，“弟妹，你在套路我啊！”

“弟妹？”苏沅昭微微一笑，毫不犹豫地揭穿他，“刚才我说一年多没过来，也不知道那家早餐店早已易主，你却一点儿都不惊讶，仿佛早就知道我过去这一年多都没有住在这里一样。所以，郭医生，你其实早就知道我们已经分手了，对吗？”

“这……”郭涛直冒冷汗。他以前还当大兄弟这个女朋友只是一个不谙世事的傻白甜，没想到她心思缜密着呢。她特地等到他落了座，餐都点好了才提这茬，可不是故意让他无处可逃，逼他就范吗？

苏沅昭也不再拐弯抹角：“郭医生，我只是想知道于诚到底生了什么病，做了什么手术。你能告诉我吗？”

郭涛已经恢复镇静，露出无能为力的表情：“抱歉，这是病人的隐私，我没有权利透露。”

“可是我真的很担心他。我们分手这段时间确实没有联系过，我也不知道他到底发生了什么，你可以告诉我吗？”苏沅昭哀求道。

郭涛坚持摇头：“对不起。”

苏沅昭的眼神黯下去，脸上露出悲哀的神色来。

郭涛盯着她看了一会儿，才低头继续吃早餐。喝了一口豆浆之后，他好似突然想起什么般，说：“你这么关心他，那你还记得昨天是他的生日吗？”

苏沅昭愣了一下，张了张嘴，却没发出声音。

Chapter4 宁愿紧张得舒服

1

郭涛也谈不上记得于诚的生日。

医院的日子昏天暗地，郭涛并未关注到每天都是几月几号。昨晚，他回去之后，家里打电话过来，问他元旦有没有假，他才特地翻出日历表，看到日历上的数字，觉得有些熟悉，但一时没想起来，直到临睡时才灵光一闪，想起于诚白天到医院复查，病历表上的生日可不就是当天。

他好歹吃了人家一顿饭呢，赶紧补发了一句“生日快乐”过去。

郭涛大概等到都快睡着才收到于诚的回复：哦，你不说我都忘了。谢了。

原来，于诚自己也不记得。

原来，全世界都不记得。

郭涛心里有点不是滋味儿，在对话框编辑半天，最后全删了。他估摸着于诚那边是真的没把生日当回事儿，自己说些乱七八糟的反而显得矫情。

郭涛在医院见过的病人成百上千，注意力通常集中在病情本身，其实很少对某个病人有深刻的印象。于诚是老教授门诊收的病人，胃部肿瘤，需要先做手术，再做病理分析，判断是良性还是恶性。

那天，郭涛还没进病房就听到几个实习护士小妹在讨论，说今天收了一个长得超级帅的病人，长得像古天乐，就是不知道有没有女朋友。

护士们一看郭涛要去查房，一个比一个积极，说“带我去，带我去”。

郭涛没办法，带了三个护士，阵仗夸张地进了病房。房间里没有陪护，病人一个人拿着 iPad 在看电视。郭涛瞟了一眼，只觉得好笑，心道：这么年轻的男人竟然在看这种老头、老太太爱看的中医养生节目。再说了，人都住进医院要做手术了，现在才学养生，未免太晚了吧？

病人听到声响抬起头，把节目暂停了，将 iPad 放在一旁，站起来，向郭涛打招呼：“郭医生。”

病人比郭涛高一点儿，还没换病服，穿着深蓝色薄外套，里面是白色 T 恤，确实有一张年轻好看的脸。

“于诚？”

病人点头。

郭涛给于诚说了几项要做的住院检查以及注意事项，交代完毕之后，他正准备走，习惯性地将手插入口袋，摸到手机，发现不是自己的，再一看胸牌，见写着“刘忻”两个大字。他在心里骂刘忻那家伙老不长眼睛，总穿错衣服……他突然察觉另一件事。

他回过头，问那个年轻男人：“你认识我？”他记得自己刚才一进来，病人就准确无误地叫他郭医生。

“以前我女朋友得了阑尾炎，也是在这里住院的。”

郭涛仿佛听到了身后三个少女心碎的声音。

他仔细看着病人的脸，仿佛真的有点儿印象，但一时没能完全对上号，只好敷衍应道：“原来是这样。”他转身准备离开时，不经意瞟到于诚放在一边的 iPad 的屏幕上，节目正好停在女主持人的脸部特写上。邪了，电视上这人他看着也觉得眼熟。

电光石火间，他想起 iPad 上这女的和面前这男的可不就是 305 床那对情侣吗？

那时，郭涛还是跟在老教授屁股后面的小喽啰，白天忙得跟苍蝇似的，满头乱撞，晚上值夜班，熬得眼睛通红。他负责的病房有个六十多岁的女病人，她儿子来陪护的次数不多，可是每次都强烈地刷着存在感，靠骂医院条件不好、护士不专业来彰显自己的孝心。

那次，一个实习护士去给老人输液，针没扎好，没一会儿老人的手背肿得老高，那孝子把护士叫过去臭骂了一顿。那个护士没经验，给自己辩解了两句，那孝子怒不可遏，竟然上手招呼。

郭涛那时刚好听到吵声，进来后，见那男人要打人，迅速把护士拉到身后，自己却躲闪不及，挨了一巴掌。他早在进医院之时就被叮嘱过，不能和病人及家属起正面冲突。他此刻穿着一身白大褂，纵是满身火气，也只能压下来，好言相劝。但那男人压根不把他放在眼里，骂骂咧咧，还说要投诉。

这时，一道年轻男声插进来："你的行为已经涉嫌侮辱，对方可以起诉你。"说话的是隔壁 305 床的病人亲属，他已经站起来，说，"我是律师，如有需要，我可以作证以及提供法律援助。"

男人将炮火移向这个陌生人，喝道："你吓唬谁呢？"

"我男朋友很贵的。"病床上的女孩子小声帮腔，"一般人还请不到呢。"

也不知哪个字触碰到了年轻男人的笑点，在剑拔弩张的场合中，这个律师竟突然笑出来，方才那气势顿时弱下去，他干脆说："我之前刚听你打电话，好像是黄了一单业务，我猜你应该是天极保险的员工。你这么理直气壮，应该不介意我以旁观者的身份把刚才事情的经过发到网上，再艾特一下天极保险的官博吧？"

男人被看穿根底，不敢再胡闹，骂几句就走了。后来，到他老妈出院，他都没再来过。

郭涛向于诚道谢，后来几天对 305 床多有关注。按照郭涛的经验，像这样的未婚女青年病人，多半是母亲过来陪护，倒是很少见男友全程照顾的，男友白天陪聊，晚上还陪睡。

305 床的病人跟男友的关系是真的好，郭涛几乎每次进去查房，都看见他们在笑。见多识广的护士长提起 305 床都要感叹一句：“要是我女儿以后能找个这样的男朋友，我就别无所求了。”

认出于诚就是当年 305 床病人的男友之后，郭涛颇为好心地劝告护士们不要打于诚的主意，人家不是一般人能撬得动的。可是，两天过去了，于诚的病房里始终只有他一个人，他自己缴费、填单、做检查。到术前沟通时，郭涛说，最好让他的家属过来，他术后行动不便，需要人照顾。他点头签字，但直到他被推进手术室，都没有任何人出现。那时郭涛才猜到，他跟 305 床的病人可能分手了。

那一刻，郭涛有点可怜于诚。无论什么手术，都会有风险，而当于诚失去意识，躺在手术台上时，手术室外并没有人为他等待。

郭涛在医院多年，早已见惯生死，看淡世情。一个人来医院做手术、住院的患者不是没有，但郭涛毕竟曾目睹过于诚当初爱情甜蜜时的模样，如今躺在病床上的人换成他，他却孑然一身，冷冷清清，还要独自等待有可能最坏的病理分析结果。

这般落差让郭涛一个旁观者都有些唏嘘。但身为医生，郭涛能做的只有多留意于诚的情况，必要时为于诚提供方便。有一天，郭涛值夜班，在电脑上整理材料到两点多，突然看到日期，已经显示周一。今天，于诚的病理结果该出来了。郭涛起身，去于诚的病房看了看，然而床上空无一人。

郭涛大惊，四处寻找，最后竟发现于诚躲在安全通道玩手机、抽烟。

按道理，身为医生，郭涛应该臭骂一顿这个刚做完手术就糟蹋身体的患者，可是想到再过几个小时就会出病理结果，估计于诚心里也七上八下，不好受，郭涛便没说什么，索性在于诚后面高两级的阶梯上席地而坐。

见郭涛过来，于诚已经把手机收回去，抽了根烟递给郭涛。

郭涛摆手，他不抽烟。

“烟哪儿来的？”郭涛的鼻子很灵敏。之前，他在于诚身上并未闻到过烟味，一直以为于诚是不抽烟的。

“我在厕所跟一哥们儿买的。”于诚回头瞟了郭涛一眼，如开玩笑般道，“是谁我就不说了，虽然那人半盒烟就收了我十盒的价，但那也是双方自愿交易。”

“你不说我也知道。322 床吧？”郭涛慢悠悠地道。他这鼻子还闻不出哪个是老烟枪？

于诚哼笑一声，没说话。

郭涛试探道：“等下就出病理分析结果……你心里没底？”

于诚摇头，在吞云吐雾之后，才缓缓道：“随便吧。其实，病理分析结果不重要。”

“那你……”

“哦，我只是睡不着。”于诚的嗓音沉了下去，他微微侧过身，好似懒得再应付郭涛。

郭涛早看出于诚这人虽然表面礼貌周到，挑不出毛病，但实际上待人冷漠疏离得很。护士小乔对于诚算是极用心的了，看他住院、做手术都是孤家寡人一个，便时常过去嘘寒问暖。小乔对于诚各种示好，这小子却从不接茬。有时，郭涛转身离开时，不经意一瞥，竟发现于诚礼貌的微笑收得太迅速，神情已然变成不耐烦和漠然。

所以，郭涛有时觉得于诚可怜，有时又觉得他活该。

此刻，郭涛坐在于诚右后方，从这个角度看过去，他侧脸的轮廓流畅，他确实长得好，只是此刻垂着头，情绪不明，又长又密的睫毛垂下来，像个孩子一样，竟难得多了几分天真的气质。

郭涛还得值班，不能在外面久待，只陪了于诚抽一支烟的时间，便起身离开。郭涛拉开安全通道的门，关门时回头，看到于诚的背影在空荡荡的楼道里显得格外孤独。

过了一会儿，声控灯熄灭，楼道陷入黑暗，只余从走廊照进来的些许光亮顺着楼梯向下延伸，越来越微弱。那人蜷缩在阴影里，一动不动，一点香烟的星火忽闪着，亮了亮，又暗下去。

那一刻，郭涛忽然想到数年前经过那间病房时，不巧偏头，一眼望见于诚坐在 305 床边说话的样子。那个床位靠窗，那天上午，暖暖的阳光洒进来，于诚整个人沐浴在阳光里，看着对面的人，嘴角是弯的，眼睛是亮的，连头发丝都在发光。

而此刻，郭涛看着那个缓缓消失在门缝里的背影，突然觉得，那个男人世界里所有的光都随着那个女孩子的离开一并消失了。

2

看苏沅昭被问得整个人愣住了，郭涛觉得他多管闲事了。

毕竟苏沅昭和于诚确实分手了，如今暂住在一起是事出有因。所以，她不记得于诚的生日很正常，只不过，郭涛身为于诚的朋友，又清楚他在这段时间里经历过什么，所以看她的时候总免不了多些责怪。可是，不知者何罪？即便她有罪，又哪里轮得到郭涛来怪罪。

他越界了。

郭涛宽慰她道：“我确实不能透露病人的隐私，但是我可以告诉你，他没什么大问题了。”

苏沅昭紧紧盯着郭涛的眼睛，仿佛想确认他说的是不是真的。

“我向你保证，你尽管放心好了。”身为医生，郭涛太熟悉这种目光，他知道她想听到什么答案。

“谢谢你。”苏沅昭点点头，又自嘲一笑，自言自语道，“我居然忘了他的生日，这真是第一次，难怪他昨天不高兴。”

郭涛吃完后起身，按住要抢着付款的苏沅昭，迅速买了单：“我请弟妹吃顿饭是应该的。我上班去了，我们下次聊。”

苏沅昭只好道谢。郭涛走后，她咬了口小笼包，就着豆浆咽下去，心不在焉，没怎么尝出味道。

郭涛所在的那个科室……于诚应该是有肠胃方面的毛病。她立刻拿出手机，搜肠胃方面的常见病，不同的病种病情有轻有重，但听郭涛的口气，于诚应该不是大病。她回想起这段时间跟他吃饭的情形，发现他确实胃口一般。

苏沅昭已经放弃从于诚那边问出什么情况了，他生病肯定是他们分手之后的事，他避而不谈，分明就是在惩罚她的离开。他就是这样，根本不稀罕谁的关心。以他的脾气，他不想让她知道的事情，她绝不能从他嘴里多知道半个字。

她叹了一口气，只得查些养胃温补的食谱，先收藏起来。吃完早餐，她回家做节目功课。中午等外卖的时候，她拿着手机把玩着，最后还是给于诚发了一条消息：你晚上回家吃饭吗？

她等了半天，果然没收到回复，一直忙到下午，手机才突然响了一下。她立刻点开看，不是他的消息，而是谢邀曼简单粗暴地发了一张航班信息截图过来。

苏沅昭立即尖叫出声。

上次曼曼没头没尾地丢过来一个炸弹，说要回国，可苏沅昭一追问，曼曼又不理人了。后来，苏沅昭打电话，没人接，她还以为曼曼是逗她玩儿的呢。她认真地看航班时间，算算日子，就是下下周。看样子，曼曼是要回来过春节了。

苏沅昭立刻回复：恭迎大驾！我一定准时去机场接你！

谢邀曼傲娇地回了句“嗯哼”。

再看于诚那边，他还是那么高冷，没回复信息。

苏沅昭回想昨天发生的事，最后发现还是她的错。他都打电话过来邀她一起吃饭了，她竟然还没想起是他的生日，还故意那么晚回来。她越想越心虚，最后索性合上书，去超市买些食材，准备给他熬点温补的养生粥。

她等到七点，他并没有回来，她只好先吃，然后钻进书房继续工作。门虚掩着，以便她听到客厅的动静。他不回来吃饭，总要回来睡觉吧？

不知过了多久，苏沅昭听到门锁“咔嗒”一声响，好像有人进来了。她停下转笔的手，微微侧着耳朵听动静，同时在脑海里描摹他的动作。“咔嚓”一声，他应该是把钥匙丢在玄关鞋柜上，中间有几秒静默，他大约是在换鞋。而后，“吧嗒吧嗒”的脚步声很快传来，接近书房，却没有停顿就过去了，一声门响结束一切，他进了卧室。

外面一时静下来，苏沅昭的心却怦怦跳着，她不知道该怎么办。她跳下高脚椅，犹豫着要不要出去看看，忽然又听到外面的门“咔嚓”打开的声音，吓得她又坐回去，拿起笔，低下头，装作认真看书。

外面的人直接进了浴室，苏沅昭听着隐隐的哗啦哗啦的水声，心里焦虑，仿佛天人交战，她等下是装作出去倒水好，还是去厕所好？

她还没考虑好，浴室的水声已经停了。又是一阵脚步声传来，而后是隔壁关门、落锁的声音。这下好了，她想装作在客厅偶然碰到他都不行了。她今天想见他，除非亲自登门，而且，这门他还不一定给她开。

这些人真是一个比一个傲娇！

苏沅昭把笔扔在一边，叹了一口气，想到锅里还温了粥，还是哄他喝一碗吧。

她盛了一碗粥，端过去敲门，然后屏息听着。里面好像没声响，她正准备再敲一次，才抬起手，门突然开了。

于诚堵在门口，面无表情，声调平静地说：“什么事？”

苏沅昭有点儿委屈，却仍是笑着说：“你还没吃晚饭吧，喝点儿粥？”

“我已经刷牙了。”于诚礼貌得很，还说了句“谢谢”。

苏沅昭有些难堪，低头嘟囔道：“我熬了好几个小时呢，你就吃一点儿嘛。”

于诚盯着她看了一会儿，最后妥协，接过托盘，见她还站着不动，也不好直接关门：“你还有事？”

苏沅昭使劲儿点头。

于诚靠在门框上，一副愿意给她时间说话的样子，可就是没有让她进去的意思。

“我有一副耳机找不到了。”她找了一个蹩脚的理由，迅速推开门，绕过他钻进去，“我来找一下。”

于诚跟进来，把粥放在小桌上，然后坐下来继续看材料，由着她在他的房间里翻箱倒柜地找那副根本不存在的耳机。

苏沅昭演了一会儿，偷偷回头观察他，发现他压根没抬头。她慢吞吞地走过去，客房家具不多，只有一张小圆桌，配了两把椅子。这会儿他自己坐了一把，包和一些资料占了一把，她压根没地方坐，只好坐在对面的床边上。

“你找到耳机了吗？”他慢悠悠地开口。

“呵呵。”苏沅昭干笑一声，转而道，“你怎么不去书房？这么小的一张桌子，连笔记本电脑都放不下，你怎么工作呀？”

她明知故问，他当然不会回答。

“你没事就出去吧，帮我把门带上。”

“我还有事啦。”苏沅昭有备而来，从口袋摸出今天写的方案，说，“你帮我看看，这是我写的关于节目的方案。”

于诚接过去，很快扫完，然后唰唰在纸上标注出意见，递给她，加起来都没超过五分钟。

苏沅昭嘴上说着谢谢，心里叫苦不迭。她还没来得及把话题自然地引到她昨天因为导演而一天心绪不宁，所以才没注意到于诚生日这件事上呢。

“那个……曼曼要回来了，我要去接机，可以开你的车吗？”苏沅昭小心翼翼地展开另一个话题。

“曼曼？”于诚微微挑眉。

“就是谢邀曼呀。”苏沅昭提醒道。算起来，于诚跟谢邀曼确实多年不见了。

“哦，她啊！”于诚想起那人永远锐利和带着审视的眼神，眉毛不着痕迹地皱了一下，“你哪天要用？”

“呃。”苏沅昭对数字不敏感，没有记住航班信息上的时间，想看手机，发现手机没带在身上，只好说，“具体时间我再告诉你。”

“嗯。”

良久后。

“你说完了吗？”

他又催她出去！她心一横，不再顾左右而言他了：“好啦，我是来道歉的啦！昨天你生日，我忘了，对不起。”

于诚放下资料，转过身体，正对着她，饶有趣味地盯着她，说：“你折腾半天，就想说这个？”

“你不是生气了吗？你大人有大量，不要跟我计较啦。”

于诚心里觉得好笑，可见她煞有介事的样子，干脆顺水推舟，讨点儿便宜：“既然这样，那你打算怎么补偿我？”

苏沅昭努努嘴：“喏，我特地帮你熬的粥，你快吃吧。你吃了才算原谅我。”

“就这样啊？”于诚扬声反问。

苏沅昭心虚道：“不然你还想怎样？”

于诚笑了笑，不置可否，回过头继续看材料。

苏沅昭注意到他洗了头，头发没完全干，有些挨着睡衣领子，衣领微微湿了。她立刻心生一计，从床头柜摸出吹风机，笑嘻嘻地凑过去，说：“那我再帮你吹吹头发。”她既然已经觍着脸来了，就要把人哄开心、哄满意再走。

于诚头往后一避，同时挡开她的手。

“你湿着头发睡觉不好。”苏沅昭劝道，另一只手又招呼上去。

于诚干脆站起来，右手轻松擒住她的手腕，左手抢下吹风机，然后将吹风机扔到一边。

她下意识挣了挣，没挣脱，抬头看他，正对上他意味深长的眼神，有点儿慌了：“你……你干吗？”

于诚暧昧一笑，直勾勾地盯着她，轻缓却有力地推着她往后退。她被动地退了几步，最后碰到床边才摔坐下来。床很软，她跌坐下去，整个人还弹了弹。她心中顿时警铃大作，双手挣扎起来。于诚配合地松了手，却同时俯下身来，一只手撑在床尾扶栏上，另一只手撑在床边，与床形成一个合围的姿势，将她拢在其中。

苏沅昭身体后仰，避开他颇具压迫性的气息，张着嘴想说什么，偏偏此刻嗓子像被什么东西堵住了一般，竟急得说不出一句囫囵话来。

于诚将她的慌乱尽收眼底，审视她良久，眼神渐渐变得深沉。他沉声道：“你知不知道一个女人三更半夜到一个男人房间里，坐在他的床上没话找话，意味着什么？”

“我不是那个意思……”苏沅昭用力摇头，这会儿肠子都悔青了。方才他连说好几遍让她出去，她竟没听出其中的意味，还非要凑上去碰他的头发，简直是火上浇油，她的眼力见儿什么时候退化到这种地步了？

于诚突然眼神一沉，俯身凑过去。苏沅昭顿时大脑一片空白，只剩下两个字：完了。

谁知，他只是蜻蜓点水般地亲了亲她的额头，再起身时，他眼神中的欲望已经淡去，脸上多了些温柔之色。

“好了，这就当我收个生日礼物算了。”

见她还愣着没反应，他狡黠一笑，故意道：“阿昭，我再给你三秒钟，你再不出去，今晚就出不去了。”

“一，二……”

果然，“三”还没说出口，她就像一只被咬的兔子一样，迅速从他的臂下钻出去，跑了。

一声关门巨响后，余音渐消，房间重新回归寂静，静得让人心里发空，于诚嘴角的笑渐渐凝固。他缓缓坐在床上刚才她坐的位置，目光刚好落到桌上那碗粥上，粥搁置了一阵，热气都稀薄了。

他走过去，舀了一勺吃下去，粥还是温的，绵软地滑过食道，落到胃里，所过之处，温暖妥帖。

她有心了。可这远远不够。

他的小兔子什么时候才能心甘情愿地跳回他的怀里？

3

李新泽的节目策划通过了。他谈好赞助之后就开始执行了，因为点子确实新颖，关注度还不错。

苏沅昭作为主持人，本不必参与前期筹备工作，可她太闲了。按道理，年底是最忙的时候，往年经常会有节目组喊她代班主持，省台那边的跨年晚会也会拨两人去做转场主持，可现在，不知是不是之前的丑闻余力未消，别说什么大型节目，她连个去正式演播室里录节目的邀约都没有，安排给她的都是线下的活动，什么路演、宣传之类的。

苏沅昭闲下来，心里难受，干脆把自己当个编导用，跟着节目组一起准备前期筹备工作。苏沅昭脾气好、没架子，很快就和团队的成员熟络起来，连李新泽对她的态度也好转不少。

A 城这段时间降温，一场大雪将下未下，苏沅昭收到谢邀曼寄到的行李时，发消息叮嘱她，让她回来的时候记得穿最厚的衣服。

年关将近，于诚也忙得很，天天工作到凌晨。自从他要了上次那个“生日礼物”之后，他终于不再闹脾气，把工作地点搬回书房。

每天晚上两人就在书房各占一隅，埋头做自己的事，偶尔会聊聊天，即使不说话，也很舒服。两人相处多年，早已熟知对方的习性，若不深究未来，他们的确是彼此最好的陪伴者。

那天晚上，苏沅昭正忙着整理节目资料，中途伸手拿杯子喝水，发现杯子已经空了。她一时懒得去倒水，干脆撑着脑袋走了会儿神，抬头瞟一眼于诚，他正低头写着什么，嘴唇轻抿，表情专注。

蓝色方格家居服穿在他的身上，少了平时西装革履散发出的冷和硬，却仍不掩低调的贵气。他最近头发长了些，鬓角衬得那张轮廓锋利的脸柔和了许多。他正垂着眼，睫毛是她每晚坚持涂维 E 也赶不上的浓密，掩去他深沉复杂的眼神，让整个人都显得亲近可人。

苏沅昭不止一次明里暗里地感叹过于诚长得太好了，脸上的轮廓无一不流畅，五官分明都是犀利的，偏偏又有些小细节恰到好处地显得脆弱。他的气质可以随着他的心情无缝切换，他不容置喙的锋利是真的，拒人千里的傲慢是真的，可偶尔不经意间流露出的柔软也是真的。

苏沅昭忽然想起以前上大学时两人一起泡图书馆的场景。于诚的专注力比一般人高，苏沅昭却极容易走神，还总爱偷看他，最终总以她被他发现，然后他抬手把她的头扭回去对着书本而告终。

这么多年过去了，她爱走神的毛病还没改，工作效率自然远远不及他。她撑着头，眼神一瞟，发现外面居然下雪了。

“哎！”苏沅昭忍不住惊叫出声，“下雪了。”

于诚抬起头，顺着她的视线看向窗外：“是啊！”

她跳下高脚椅，走到窗边。窗外对着的是小区的中心广场，楼层不算高，楼下立着大功率的长杆路灯，远一点儿还有万家灯火，所以冬夜的天空并不漆黑，反而微微泛白，雪花疏疏落落，倾斜着飘落下来，掉在树梢上、路灯上、地上，触物即融，失去了它原有的形态。

于诚不知什么时候也走了过来，手里还端着两杯热水。苏沅昭接过她的那一杯热水，捧着杯子暖了一会儿手，轻轻啜了一口，温度恰到好处，微微烫口。两人坐在窗边的椅子上看着窗外，房间里很安静，只隐隐听到外面簌簌的落雪声，她的心里忽然生出一种久违的踏实感。

有人说过，最美的雪景就应该是人窝在暖烘烘的屋子里，看着窗外飘雪。

就像现在，无论是这场冬夜初雪，是脚下厚实软乎的毛毯，是手上这杯热气腾腾的水，还是身边的人，都恰到好处。

过了一会儿，于诚说："谢邀曼是明天到吧？"

"哦，对。"苏沅昭突然想起来，"是明天。"

"你要去机场接她吧？下雪天你能开车吗？"

苏沅昭平时开车不多，技术也一般。她望着他，还以为他接下来会说"要不我来开车"之类的话。

然而……

"要不，你就让她打个车直接过来呗。你有什么好接的，她又不是不认识地方。"

苏沅昭翻了个白眼："我们几年没见了好吗？"

于诚瞟了苏沅昭一眼，显然对这两句话之间的逻辑表示质疑，但这么多年了，他早已学会不在女人的友谊和相处模式上多嘴，只道："钥匙我放在玄关，明天车就给你了。"

苏沅昭没好气地道："谢谢！"

于诚偷偷弯起嘴角。她不高兴？很好，这说明她潜意识里已经开始对他有要求了，这可不是对一个普通室友该有的要求。

他拿出手机，低头玩了一会儿才说道："我明天有两堂课，一个会议，不然我就送你去了。”

“我又没要你送。我说什么了吗？我又不是不会开车。”苏沅昭立刻反驳。

“哦——”于诚拉长了尾音，很气人地说，“那你注意安全。”

第二天下午，苏沅昭出门，到地下停车场时，发现自家车位旁站着一个人：“郭医生？”

“哟，你来啦。”郭涛一副没睡醒的样子，说，“我准备打电话问你什么时候走呢。”

“啊？”

“我晚饭有事，要借于诚的车用用，结果他派给我一个任务，让我先送你去机场接人。”

苏沅昭不免勾起嘴角。于诚嘴上说随她自生自灭，实际上还是给她安排了“司机”嘛。

“你晚上要去相亲啊？”苏沅昭脱口说道。于诚跟她说过，郭涛相亲有特点，别人一般是着重注意穿什么衣服，他却喜欢根据不同相亲对象的属性选择当天的座驾，有点像女人选口红色号。

“于诚怎么什么都跟你说呀？”郭涛涨红了脸。

苏沅昭的心情变好，还打趣郭涛：“于诚说，你开车行的朋友多，怎么轮到借他这辆车了呀？”于诚的车低调得很。

“我今天要相的是一个同行，还是一个海龟。这种学霸中的战斗机肯定嫌奔驰、宝马太土豪，还是于诚这辆车低调却有格调，能展示我有点儿品位的经济适用男形象，又不失精英感。”郭涛一本正经地胡说八道，见苏沅昭若有所思地点着头，笑道，“妹子，你真是单纯，还真信了，我瞎扯的。我为啥借他的车？这不是近嘛。我找朋友借车，之后还得给人送过去，借于诚的，可以直接开回家呀。”

苏沅昭笑着摇头：“我们走吧。”

今天的雪下到中午才稍停，路面湿漉漉的，旁边有泥泞和积雪，不是开车的好天气，“司机”似乎哈欠不停。苏沅昭让郭涛停车，进花店买一束花回来的工夫，郭涛竟然趴在方向盘上睡着了。

“啊，不好意思，我昨晚值班，早上有事，没来得及补觉。”郭涛擦着口水解释。

“你这算是疲劳驾驶吧。”苏沅昭攥紧了安全带，低声说，“要不，还是我来开车吧？”

“我闭着眼睛也比你开得好。”郭涛语气肯定，瞟到后座上一束颜色娇艳的玫瑰，说，“你这是接谁啊，这么大阵仗？”

“我最好的朋友！”苏沅昭补充道，“超级大大大美女！”

“哟嚯！”郭涛配合地怪叫，差点吹口哨。

司机虽然疲劳驾驶，但还是无惊无险地把车开到了机场，速度还非常快。熄了火，他说：“你去接人吧，我眯一会儿。”

苏沅昭点头，然后抱着花下车直奔出口。飞机晚点，苏沅昭等了快一个小时才看到谢邀曼出来。她的个子很高，穿着黑色长大衣，里面是短靴、牛仔裤和毛衣，干净利落，身形修长，神色冷漠淡定，直到看到接机的人群中有一个抱花的女人跳起来并夸张地扬手，才没绷住笑出来。可是，当那人如百米冲刺般冲过来给她一个熊抱时，她表情嫌弃，但还是大大地张开了手。

“小昭，好久不见。”谢邀曼笑着回应。

苏沅昭激动地抱着谢邀曼跳了几下才松开，把手上那束鲜红的玫瑰递给她，抱怨道：“我可真是等你等到花儿都谢了，这玫瑰本来颜色更娇艳的。”

谢邀曼低头抱着这一捧明艳的花，素来清冷的眉眼都弯了起来：“谢啦。不过，你也太夸张了，这么大一束花，还占掉我一只手，我不好拿行李。”

苏沅昭了解谢邀曼的脾气，知道这花并没买错，继续没脸没皮地讨巧：

“哪里夸张了？女神回国啊，我恨不得把整个花店都搬来！”苏沅昭说着，一把接过谢邀曼的行李箱，挽着她出去。

她见苏沅昭带自己往停车场走，问道：“你开车来的？”

“那当然。”苏沅昭一脸求表扬的样子。

谢邀曼的表情凝固了一秒，她迟疑了一会儿，然后道：“他开车送你来的？”

“没，他没来。”苏沅昭大声否认道，“我要他送干吗？我们都分手了。”

“哦……”谢邀曼若有所思，又不耐烦道，“你们现在到底怎么回事，分了还住一起？”

听这口气，苏沅昭就知道她又要被鄙视了，忙说：“这事儿说来话长……咱们吃晚饭的时候再慢慢聊。”

谢邀曼没再说话。到停车场时，她一眼认出于诚的车，把行李放进后备厢，然后径直朝驾驶座走去。

“你开车？”苏沅昭问道。

“不然呢，谁敢坐你的车啊？”谢邀曼将手搭在车门上，无奈地摇头，“他也真敢啊，大雪天让你自己开车过来。他不心疼你，也要心疼一下车吧。”

苏沅昭灰溜溜地去了副驾驶座。

她才坐定，还没来得及转身放花，身边系安全带的谢邀曼盯着后视镜忽然来了一句：“你这车里怎么还藏尸啊？”

“啊！”苏沅昭转过头，竟看到两条腿赫然缩在后座上。

高分贝的声音吵醒了郭涛，他睁开眼睛揉了揉，打着哈欠：“你回来啦。”

“嗯……”苏沅昭小声解释，“这是于诚的朋友……开车送我过来的。”

“哦。”谢邀曼哂道，“他果然还是心疼你。”

郭涛睡眼蒙眬，看到驾驶座上好像有人，嘟囔道：“有人开车啊？”

“嗯。”

得到肯定的答案之后，郭涛又睡了过去，隐隐听到一道清越的声音：“你系上安全带。”那声音带着不容置喙的力量，支配着他眯着眼睛也要摸到安全带，然后“咔嗒”一声扣上。

车里有人睡觉，谢邀曼和苏沅昭默契地没有再说话。专注开车的谢邀曼的情绪渐渐散去，神情恢复平时的清冷。她紧抿着嘴唇，盯着前方，目光凝重。

以往上大学的时候，有人谈起谢邀曼，总会说她什么都好，就是性子太冷，调子太高，好像谁都看不起一样。可是苏沅昭知道，她只是懒，懒得迎合、懒得妥协、懒得做表情。她没有看不起谁，在她的世界里，没有谁重要到值得她特意去看不起一下。

苏沅昭方才看着曼曼放行李、开车十分熟练的动作，不难想象，她一个人在美国生活的样子大约和她在大学时一样，独立能干。只是，那时候好歹还有苏沅昭陪在她身边，不知道在美国有没有人陪她吃饭。

当时谢邀曼要去留学的决定很突然，而且是直接通知苏沅昭，没有任何商量的余地。那时苏沅昭刚刚留下于诚，谁知按下葫芦浮起瓢，男朋友留下了，闺密却要走了。苏沅昭心里憋着气，第一次跟谢邀曼吵了架，指责谢邀曼自私自利，不考虑别人的感受。谢邀曼懒得跟苏沅昭吵，直接让她滚蛋。

最后，在谢邀曼走的那天，苏沅昭都没有去送她，可是待在家里又不停地想象她一个人奔赴异国他乡的样子，立刻就后悔了。苏沅昭打不通她的电话，又给她发了十几条短信求和。后来，两人自然是和好了，但是从此以后，好朋友之间便是五个小时的时差、数千公里的距离以及几乎为零的生活交集。

其实，在来机场之前，苏沅昭还有些害怕，怕两人相顾无言而冷场，怕亲自证实时间作用后的疏离。

可是现在，她确信身边这个拒绝她开车、鄙视她的感情问题，还能一脸平静地说出“藏尸”这种话的人还是她那个傲娇又有趣的曼曼。

“我的脸都被你看出洞啦。”前面堵车，谢邀曼减下车速，开玩笑道。

“我多少年没看你了，要让我补回来！”苏沅昭极尽肉麻之能事。

谢邀曼笑了笑，车子一时半会儿动不了，索性熄了火，目光转向窗外，问道：“这是今年的第一场雪吗？”

苏沅昭点头：“你的运气还真好，一回国就下雪，去年好像都没下雪呢。”

“是吗？”谢邀曼轻声道，手肘搭在车窗边沿，撑着头若有所思，目光无意间落到车门的小柜上。斜卡在里面的是一个保温杯，是一种很有质感的黑色，比车内壁颜色稍亮一些，杯身微微高过小柜，斜出小半个头来。

她猛然意识到，自己现在坐的这个位置是于诚惯常坐的。

4

郭涛睁开眼睛，最先看到的是方向盘上的那只手，白皙修长，指节柔和，指尖透明，更重要的是，那双手摩挲方向盘的动作温柔得像在抚摸一个男人。

这人这么喜欢这车？郭涛心生疑窦，目光缓缓移动到这手的主人身上，长卷发，微微露出挺翘的鼻尖和丰润的嘴唇，这显然不是苏沅昭的脸。

几秒之后，郭涛已经清醒，想起方才睡梦中零碎的片段。好像苏沅昭做过介绍了，所以现在开车的这位恐怕就是今天苏沅昭特意来接的好朋友了。

他解开身上的安全带，同时打着哈欠，道：“我睡了个好觉。”

“你终于醒啦！”苏沅昭说，“做医生真不容易，动不动就通宵值班。”

“我习惯了。”郭涛坐起来，看天色都有些暗了，一边摸出手机看时间，一边问，“这到哪儿了？哟，都五点多了！这么晚了！”

苏沅昭才想起他晚上还有相亲局，下午出发还是算早的，只是飞机晚点，返程路上又堵车：“你是约的什么时候呀，来得及吗？”

“六点……”郭涛暗恼他睡得太死，“这还在三环呀，悬着呢。”

“你们约在哪儿？”苏沅昭转向谢邀曼，“要不我们先送他过去，再在附近找个地方吃饭？”

谢邀曼平静地道：“嗯。你指路吧，我开快点儿。”

郭涛说了目的地，他很快发现苏沅昭这个女性朋友开车比自己想象的熟练得多，一连几个路口都轻松超车，赶在红绿灯变红的前一秒冲过十字路口，但行车依然平稳。他所坐的位置对不上后视镜里驾驶座的角度，所以他一直没能看清开车人的正脸，心中却越来越好奇苏沅昭这个朋友的真容了。

车子抵达饭店楼下，谢邀曼找到角度，将车子倒进车位，一气呵成，停车熄火。离郭涛约定的时间还差五分钟，刚好够他上楼。

“你的车开得真好。”郭涛由衷夸奖。只见谢邀曼松开安全带，拔下车钥匙，然后低声回了一句：“还好。”

苏沅昭像一个小粉丝一样，逮着机会就疯狂赞美谢邀曼：“女神就是女神，什么都厉害！”

郭涛看到谢邀曼无奈又温柔地朝苏沅昭笑了一下，一边把钥匙丢给苏沅昭，一边说：“你够了。”

下了车，谢邀曼站在一边等苏沅昭，而郭涛终于看到了谢邀曼的正面。这是一张全素颜的脸，相比因饱满的嘴唇而显得有些性感的下半张脸，她的眉眼倒是寡淡许多。她与他的目光相撞，礼貌地弯了弯嘴角，眼睛里却没有任何情绪的变化，始终平平淡淡、冷冷清清的。

他想跟她说两句话，却发现自己之前在睡梦中错过了她的名字，这会儿不好再问第二遍。

这时，苏沅昭走过来，把车钥匙放到他的手里，笑嘻嘻地说：“郭医生，晚点回来哦。”

郭涛收起钥匙，小声开玩笑：“我努力。”

苏沅昭带谢邀曼去另一个湘菜馆吃饭，等上菜的空当，两人便聊起来。

数年不见，两人自然有说不完的话，苏沅昭终于有机会跟旁人完完整整讲述她这一年经历的大起大落的事情。

“原来是这样。这可以说是……一条狗引发的血案吗？”谢邀曼顿了一下，说，“简称狗血案。”

苏沅昭哭笑不得：“你别开我玩笑了，鬼知道事情怎么会变成这样。不过，我真的跟于诚没关系了，我们现在最多就是室友关系。最多一年，哦，不，半年！等周围的人都淡忘这件事儿了，我就搬家。”苏沅昭信誓旦旦地说。

“就你这黏黏糊糊的性子，我看半年后你不是搬家，是结婚还差不多。没准在结婚的前一晚，你还在满脸无辜地说：‘我是没有办法才结这个婚的。’”

苏沅昭：“……”

“你是不是还喜欢他？”谢邀曼突然问。

苏沅昭立刻摇头：“我不会重蹈覆辙的。”

“哦。”谢邀曼神色微缓，像是想起什么似的，说，“那你还喜欢那个网红前男友吗？”

“周言？”苏沅昭有些惊讶，像是没料到谢邀曼会关心起他来，想了想，诚实地说，“我也不知道。其实，我还是觉得挺遗憾的，他是一个好人。”

谢邀曼摇摇头，恨铁不成钢地说：“求你睁大眼睛，去爱一个正常点儿、有担当点儿的人吧。”

苏沅昭撒娇：“要是你是男生就好了，我非你不嫁！”

两人一顿饭直接吃到饭店打烊，买完单出来，在路边打车。苏沅昭自然准备带谢邀曼回家，可是谢邀曼摇头：“我订了酒店。”

“你住什么酒店啊？你就跟我睡呀，床很大的。你不用在意他，我俩分房睡的，我住主卧，他住次卧。”

谢邀曼自然想得到，苏沅昭口中那张很大的床应该是从前苏沅昭和于诚的卧榻，谢邀曼心中顿时生出一丝不适。

她坚决道：“不了，我已经订好酒店了。”

苏沅昭虽然不太高兴，但清楚曼曼的性子：“那我送你去酒店……你不准说不，我要看着你安顿好。”

“好好好。”谢邀曼让步。

两人坐上出租车，继续聊了一路，都快到酒店了，谢邀曼才突然想起一件重要的事：“哎，我的行李箱好像还在你们那辆车上啊！”

“对哦！”苏沅昭问于诚要了郭涛的号码，想问他什么时候回来。然而，他的手机竟然关机了！苏沅昭苦笑：“他可别真的好好执行我的建议，晚点回来呢。”

谢邀曼的随身衣物和用品都在箱子里，她回酒店没法洗澡睡觉，只好先随苏沅昭回去，等郭涛回家，拿到行李再回酒店。

苏沅昭忘记带钥匙，是于诚开的门。他像是没料到谢邀曼也会一起回来一样，眼里掩不住惊讶：“好久不见。”他礼貌地微笑着。

谢邀曼点点头，然后迅速低下头找拖鞋。于诚把苏沅昭的鞋踢给她，又倾身打开鞋柜，拿出一双新拖鞋，弯腰放在谢邀曼的面前：“你穿这个吧。”

她说：“谢谢。”

苏沅昭一边换鞋，一边絮絮叨叨：“郭医生真是人不可貌相啊，相亲居然能相到这么晚。你还说他是备胎专业户，他明明是一个高手。”

“瞎猫总有撞上死耗子的时候。”于诚反正没句好话，“你喝点儿什么？茶、咖啡、橙汁？”他的眼睛看向谢邀曼。

“白开水，谢谢。”

于诚点头，转身准备去厨房，听到苏沅昭没好气地说：“你怎么就不问问我喝什么啊？”

他连头都懒得回：“你这几天除了红糖水还能喝什么？”

果然，两人住在一起就没有隐私可言。

于诚帮她们准备好茶水，便识趣地退回书房。

苏沅昭和谢邀曼聊了一会儿天，发现她心不在焉，老走神。苏沅昭以为她累了，毕竟她坐了那么久的飞机，还没好好倒时差。这都十一点多了，郭涛竟然还没回电话。

“要不你今晚就住这儿，毛巾、牙刷什么的这儿都有新的，你就穿我的睡衣。”苏沅昭拉着谢邀曼的手，“咱俩又不是没一起睡过，我正想和你好好说说话呢。”

“不了。”谢邀曼起身，“我直接去那个医生家，看看他回来没有，没回来的话我就先回酒店，凑合一晚也没事。你来大姨妈了，早点休息，别跟我出去了，外面冷。”

“曼曼！”苏沅昭不肯让谢邀曼走，“我想跟你一起睡嘛！”

“好了。”谢邀曼端起那半杯微热的红糖水，递到苏沅昭手里，“你喝了就去睡觉。我走了。”

送走谢邀曼，苏沅昭走进书房，满脸不高兴：“郭医生是怎么回事？难不成才相亲见第一面，他们就全垒打，不是吧？”

于诚抬起眼皮：“谢邀曼走了？”

“嗯。”苏沅昭闷声道，过了一会儿，她又重重地叹了一口气，“唉，曼曼不爱我了。”

于诚手指飞快地敲着键盘写材料，但仍分出一丝注意力应付苏沅昭：“嗯？”

“今晚我三次邀请她跟我睡，她最后还是毅然决然地抛下我走了。”苏沅昭的语气中带着失落。

“哦？”于诚终于停下手中动作，左手撑脸，微微歪着脑袋，饶有兴致地看着她，说，“其实，如果你今晚需求确实这么强烈的话，我可以提供陪睡服务啊！”

“滚蛋！”

郭涛零点到家，掏钥匙时看到门上贴着一张便利贴，上面写着一个手机号码，一个酒店房号，还有一个名字——谢邀曼。

郭涛的第一反应是：小区物业不行啊，特殊服务的广告都贴到家门口来了。

他将便利贴撕下来，揉到手里，开门进去。

他把手机插上充电器就去洗澡，躺到床上之后才开机，发现有好几个未接来电和短信，点开一看，是苏沅昭打来的，说她闺密的行李还在车上。

郭涛脑海里浮现出那双清冷淡漠的眼睛，忽然想到刚刚贴门上的便利贴，该不会……

郭涛一下子弹起来，冲到客厅去翻垃圾桶，翻出那团纸，盯着那三个字看了一会儿，最后扑哧一笑，这名字挺好听的。

他重新穿上外套，出门。

第二天一大早，郭涛去于诚家还车钥匙，苏沅昭看郭涛的眼神都变了："啧啧，看不出啊，郭医生。曼曼都跟我说了，你送行李到酒店都那么晚了，昨晚起码是晚上十二点以后才回来的吧？"

郭涛连连摆手："没有没有，同行聊得比较多。"

事实上，是女学霸的表达欲太强，相亲局几乎变成学术演讲，郭涛好不容易挨到饭店打烊，出于礼貌，准备送她回家，结果她一上车就看到后座上那一大束玫瑰。

他还没来得及解释花的复杂由来，她就立刻认为这是他准备的惊喜，欢喜地将花抱在手里，并且一定要跟他约第二场。

"看来郭医生快脱单了。"苏沅昭故意打趣，"谁说的来着，能聊一晚上的人比睡一晚上的难找。"

于诚白了她一眼，没搭理她。就昨天郭涛给她开车的工夫，她跟郭涛就混得这么熟了，还能开玩笑了？

于诚穿上外套，接过钥匙："我们走吧。"

苏沅昭赶紧跟上，郭涛也一起出去，顺便搭个顺风车。

冬天车里温度低，于诚开着引擎，热了一会儿车，手指有一下没一下地敲着方向盘。郭涛坐在后座上看着，忽然想起昨天那个位置上那只在方向盘上温柔轻缓地滑过的女人的手。

他心里忽然生出一个有趣的想法。

于诚正好从后视镜看郭涛："你笑什么？"

"没什么，就是昨天这辆车好像开对了，她好像很喜欢。"郭涛说得意味深长。

苏沅昭以为他说的是他的相亲对象，又"啧啧啧"起来。

Chapter5 未戒掉妥协的欲望

1

临近春节，苏沅昭家里人打电话过来，问苏沅昭什么时候放假。苏沅昭说还没定下来，不过以往年年都年三十，今年早也早不到哪里去。

“阿诚呢？学校放假了吗？”老妈又问。

“他？他放几天假了。”苏沅昭没好气地说，“你问他干吗？他又不回来过年。”

“你这孩子，这叫什么话？他不回来过年，你叫他上哪儿去过年？”苏妈妈又是一通数落，“你能不能消停点？你也不看看自己什么岁数了。”

苏沅昭心知她嘴快了，就应该让于诚自个儿拒绝的，只好说：“好了，我知道了。他已经放假了，到时候看他有什么安排。”

“过年除了回家还能有什么安排？”苏妈妈喝道，“算了，不要你去说，你就是靠不住！你把电话给他，我亲自接他来过春节。”

“他出去了，没带手机。”苏沅昭立刻扯谎，给她留下“暗箱操作”的时间。

挂掉电话，苏沅昭马上冲进书房，把于诚的手机抢在手里：“你赶紧想个合理的理由，拒绝我妈邀请你回家过年。”

于诚瞟了她一眼，懒洋洋地道：“我为什么要拒绝啊？我正好没安排呢。”

“家里不是有阿宝吗？你肯定不喜欢的。”苏沅昭循循善诱，“你想想满屋子狗毛飞的场景。”

“嗯……我是有点儿不舒服。”于诚露出嫌弃的表情。

“你在我家没法儿好好工作，我爸肯定会拉着你下棋，我妈肯定不停找你说话。过年的时候，家里客人多，你会笑到脸僵。”苏沅昭列举回她家的缺点，不小心顺口说出关键原因，“而且家里也没地方睡呀，你总不能大过年的去订酒店吧？你也不可能跟我睡啊！”

于诚眼睛放光：“本来我都准备订去瑞士的机票了，但是你说的最后一条让我觉得可以忍受前面的所有不好呢。”

苏沅昭真的想打人了。

于诚占着主动权，吊着她，不表态，说看她的表现。她心里气归气，还是很识时务地一连几天给他端茶送水，嘘寒问暖，就想请他主动放弃去她家这件事。

苏妈妈的电话再打来是两天后，当时于诚正歪坐在沙发上看电视，苏沅昭则端着切好的水果过去殷勤地伺候他。茶几上的手机突然响了，他瞟了一眼来电显示，狡黠一笑，勾勾手，指示意苏沅昭坐过去。

苏沅昭一眼便知成败在此一举，连忙过来拿起手机给于诚，恭请大爷小心说话。于诚滑过屏幕，接通电话，点了扬声器，苏妈妈的声音立刻传了出来:“喂，阿诚啊？”苏妈妈那声音亲切热情得像在唤她的宝贝亲儿子。苏沅昭翻了个白眼，不巧被于诚发现，苏沅昭急忙傻笑作揖来补救。

“苏妈妈呀。”于诚热情地回应，一只手却不老实地抚上身旁苏沅昭的头发，指尖摸着她的脸，在触手滑腻的肌肤上流连。她下意识要挥开他的手，可他一个警告的眼神便让她不敢乱动了。她这会儿被占点儿便宜，总好过回家跟他同房一个星期吧。

电话里，苏妈妈已经说到邀请于诚春节回家过年的事。

“春节啊……”

苏沅昭屏住呼吸，等他说出什么完美的婉拒理由，没发现他的手已经顺着她的脖子滑到后颈。他忽然发力，往右一带，她猝不及防摔了下去。天旋地转之后，她已横躺在他的腿上，他仍是微笑着，低头凑近，像要亲下去。看着在面前陡然放大的脸，她下意识伸手抵住他的肩膀，拒绝之意溢于言表。

“春节肯定是放假了……”于诚忽然说，语气平和，看苏沅昭的眼神则是“你看着办吧”。

苏沅昭的心都提了起来，她揪住他的衣服，使劲儿摇头，眼神中满是乞求，求他别乱说话。

于诚点点他的嘴唇，示意她主动一点儿。

良久没有听到下半句的苏妈妈追问：“喂喂？阿诚，怎么没声音了？喂？”

苏沅昭眼一闭，心一横，抬身仰头，往他嘴上啄了一口。

于诚眼睛一亮，忽然说：“苏妈妈，有个重要电话打进来了，您稍等一下。”

苏沅昭瞪大眼睛，暗叫不好，未来得及逃跑，于诚已经倾身压下来，准确地吻住了她。

电话还没挂断，苏妈妈那边还在认真等着他“打完重要电话”，苏沅昭被他困在手臂之间，动不能动，声也不敢出，只能任由他为所欲为。

一个电话下来，她已是长发散下，衣衫凌乱，嘴唇微肿，一副被欺负得很惨的模样。她怒目圆瞪，却仍是敢怒不敢言，只是胸口剧烈起伏着，看得于诚气息都乱了。

电话那边传来苏妈妈开水龙头的声音，他的眼神清明了一点儿，他放开苏沅昭，道：“苏妈妈，我看了下日期，正好从小年开始，学校在美国有十天进修交流活动，我恐怕赶不上除夕了，完事儿我过来给您拜年。”

苏沅昭一脱离禁锢，立刻起身，跑开好几步，一边擦嘴唇，一边迅速拉好滑落肩头的衣服，又气又急，差点哭出来。等于诚终于挂断电话，她才脱口说道：“于诚，你太过分了！”

“我亏大了呢。”他毫无愧色，反而一脸惋惜的样子，自言自语，“都怪我禁不住诱惑，怎么让一个吻就给收买了呢？”

“我没见过你这么不要脸的人！”苏沅昭破口大骂。

于诚叉了她之前切好的苹果块放进嘴里，嚼了两口，忽然没头没尾地来了句：“嗯，是刚才的味道。”

苏沅昭一时没听懂，转身时才突然想明白，刚才她是吃了块苹果，然后就……

“你……”苏沅昭指着他，“你”了半天，没说出下半句。只能说，这人无下限的程度能把一个口齿伶俐的主持人也逼到词穷。

第二天中午，苏沅昭接到谢邀曼的电话。她说自己正好在电视台附近办事，苏沅昭有空的话，她们中午一起吃饭。

闺密约饭，苏沅昭当然有空。

谢邀曼先到，点了菜，苏沅昭到的时候正好上菜，两人一边吃一边聊，苏沅昭问谢邀曼工作定下来了没有。

“基本上定了，市第一医院，我以前的导师引荐的，精神科，还不错。”

“市第一医院？”苏沅昭的筷子都停了，“那不是郭医生那个医院吗？那你们要成同事啦。”

谢邀曼的眼里有一丝迷惘：“郭医生？”

苏沅昭提醒道：“上次开车的那个人。”

“哦。”谢邀曼在脑子里将名字和人对应起来，笑着说，“就那个相亲高手啊！”

苏沅昭想起上次打趣郭涛而他一副吃不消的模样："不知道他后来怎么样了。"她说着，拿出手机给他发短信：郭高手，你和海龟美女的发展如何？

郭涛很快就回复：求放过。

苏沅昭：说正事儿，恭喜你即将新增美女同事一枚！你记得帮我好好照顾我的女神哦。

这边郭涛正在喝汤，点开新短信一看，差点呛到：谢邀曼？

他正准备问谢邀曼在哪个科室，苏沅昭又追加一条：你的房东还有房源吗？

郭涛的房东是一个开连锁超市的老板，当时直接买了半层，准备做员工宿舍用的，不知现在有没有空置的房间。郭涛正准备帮苏沅昭问问，电话还没拨出去，苏沅昭又发来一条短信：算了，不用了，女神说不住这里。后面还跟了一个叹气的表情。

郭涛放下筷子，挠了挠脑袋。当初他找房子的时候比较了好几个小区，在医院上班的话，综合来看，这里还是挺合适的。何况，谢邀曼的好朋友也住在这里，大家都住在一个小区，不是很方便吗？

郭涛不懂谢邀曼的想法。

他盯着手机走神，连同事刘忻过来偷他的菜吃都没发觉。

2

小年那天，苏沅昭早上跟家里通电话。苏妈妈找苏沅昭念叨，快过年了，家里有一堆事，她爸就知道去找隔壁老王下棋，什么事儿都不管。苏沅昭忍着没说，心道：那不都是你惯的吗？

结果晚上苏沅昭就接到老爸的电话，说苏妈妈下午擦玻璃时闪了腰。

苏沅昭一下子急了："妈妈怎么会闪到腰呢？她早上还好好的。她去医院了吗，严不严重啊，怎么回事啊？"

这时，于诚闻言，停下手中的事，看苏沅昭的表情不对劲儿，便起身离开书桌，走过来，听她打电话。

“我现在回去一趟吧，我不放心。”苏沅昭急道，“什么没事啊，这么大年纪闪了腰能没事吗？”

眼见她激动起来，于诚伸手要电话：“我来说。”

这种时候他的声音格外能安抚人心，苏沅昭把手机递给他。

于诚很快弄清楚事情原委，原来是下午苏妈妈下凳子的时候不小心扭了一下，只是闪了一下，没有摔下来，不用住院，在家静养休息就好。

他跟苏爸爸商量，他先回去看看，反正他放假了，有事儿帮帮忙。苏沅昭这几天电视台都有安排，不好请假，就干脆晚点再回去。

“你回去？这不太合适吧？”虽然苏沅昭确实在台里走不开，又不放心家里，派于诚回去帮她照看一下是最好的安排，要是换作从前，那是理所当然，可是现在她有什么立场？

“我可不是因为你才要回去的，苏妈妈对我那么好，我不回去看看也不放心呀。”于诚道，“至于你，就安心工作吧，不要瞎操心了。”

于诚第二天早上送完苏沅昭后，就开车去了 C 城，下午打电话过来报平安。

于诚说，老人很有讲究，苏妈妈病情倒不严重，勉强能下床，但是心里还挂念着家里没擦完的窗子、没洗完的窗帘和被单，还有没买到位的年货。临近过年了，家里还乱糟糟的，不像样。苏爸爸不干家务活几十年，这回有心帮老婆干点儿活，可是做什么都不称她的心。

“幸好来的是我。”于诚不吝自夸，“就苏妈妈这高要求，只有我能达到，我立马就把你妈妈哄得开开心心的。”

苏沅昭听于诚语气轻松，安心不少，柔声道：“于诚，我真不知道怎么谢你才好。你别太辛苦了，过个年，不是什么大事，家里可以一切从简。”

“啊，你不知道怎么谢？”于诚笑了笑，“你回来就知道了。”

苏沅昭觉得莫名其妙，直到过了两天接到苏妈妈的电话。

苏妈妈把于诚夸上了天。她说，于诚不光对她这个病号悉心照顾，对别人也是处处周到。她生病的这段时间，家里来了不少亲戚看望，于诚还帮忙招待。这些亲戚个个都对他赞不绝口，回去之后都跟她说，小昭这个男朋友选得好呀，一表人才，为人周到。

苏沅昭听完后，觉得一个头两个大。这么说，于诚已经见完了她娘家所有的亲戚，并且得到大家的一致肯定？或者说，在大家眼里，女婿就是他，没跑了？

“这……”苏沅昭实在是没想到事情会发展成这样。

苏妈妈似是真被感动到了，感叹道：“之前我请他回家过年，他说学校有什么学术交流活动，要出国。我问他能不能别去，他说这个活动很重要，会影响到明年评级。结果这次我不好，他二话没说，第二天就来了，又是干活，又是待客，连轴转。我今天突然想起这个事来，说工作要紧，要他回去，他说什么工作都比不上家人重要……他真是一个好孩子。”

苏沅昭受不了老妈这种一厢情愿的感动，真想说根本就没有进修交流这回事，可她扯的慌，她闭着眼睛也要配合表演到最后。

“不过，阿诚不去也好。”苏妈妈突然开心起来，“阿诚可以在咱们家过年了。阿诚这孩子我真是越看越喜欢。”

“什么？他在我家过年？”苏沅昭反问。

“什么什么啊？马上就是除夕了，你让他上哪儿去？你真是一点儿礼数都没有！”苏妈妈倒戈相向，“你什么时候放假呀？你赶紧回来帮忙，别跟你爸似的，就知道吃现成的。”

“好吧。”苏沅昭放弃挣扎，“我后天就回了。”什么叫赔了夫人又折兵，她算是有深刻的体会了。

工作上安排妥当，苏沅昭收拾东西准备回去。她的东西倒是不多，反倒是于诚要她带的衣服和资料占了她大半个行李箱。老家到 A 城不远，受春运影响不大，她顺利买到了回家的火车票。

临行前一天，谢邀曼说已经租好了房子，准备来苏沅昭这边，把之前从美国先行托运过来的几个大件物品搬过去。

苏沅昭说谢邀曼不会挑时候，于诚不在，车都开走了。

谢邀曼好奇，多问了一句："于诚去哪儿了？"

苏沅昭只好把家里的事告诉了谢邀曼，还以为谢邀曼又会鄙视她的优柔寡断，谁知谢邀曼只是"哦"了一句，说："没事，我本来就打算找搬家公司。"

谢邀曼在国外待久了，对春节竟没了概念，这临近过年，连楼下餐馆都关门了，哪里还有什么搬家工人待命呀。果然，她在网上查了几个号码，打过去都没人接单，好不容易联系到一家，又说师傅得下午才有时间。这边苏沅昭早上的票都买好了，只好把钥匙先寄放到郭医生那边。她过来了，直接去找他拿钥匙开门就是。

安排好这边的事，苏沅昭才放心回家过年。

火车到站，苏沅昭拖着行李箱出去，于诚已经等在出站口。他这一连几天都在她家，又是照顾病号，又是应酬亲戚，她还以为他会很疲惫，没想到他的状态还不错，心情也很好的样子。他见她出来，便伸手接过了行李箱，揽着她往外走。

"你这是有什么开心事啊？"苏沅昭故意问道，"你都笑得合不拢嘴了。"

"我见到你还不算开心事？"于诚还是没脸没皮。

苏沅昭懒得理他。

回到家，苏沅昭可算搞清楚他为什么心情好了。就这么短短几天，他在苏家的地位是如日中天。老妈看他的眼神温柔得仿佛回到更年期之前，老爸想找他下棋还得眼巴巴地排队，等他先处理好家里别的事。苏沅昭回来，放下行李，才收拾完，往沙发上没坐满两分钟，就被苏妈妈唠叨，让苏沅昭进厨房去帮他的忙，还附赠一句："你一点儿都不懂事，也不知道帮衬点儿。"

"你给他们灌了什么迷魂汤啊？"苏沅昭抄着手，靠在门口看他一个人忙活。

"你懂什么？这叫人格魅力。"于诚头也不回，径自开水龙头洗菜，看水流的大小，他开的是凉水。大冬天的，她看着他红红的手都觉得冷。

苏沅昭扫了一眼料理台，几道硬菜已经完工，菜色一点儿都不含糊。以往家里办年饭的都是苏妈妈，苏爸爸帮不上什么忙，只能洗个碗、递个调料什么的。如今苏妈妈行动不便，这重任自然落到于诚身上，再加上年关里里外外这么多事，这几天他估计没停过。

虽然苏沅昭总讽刺于诚面面俱到，有点儿虚伪，但是周到二字不是动动嘴皮子就能做到的。想到这里，苏沅昭觉得她对他还是苛刻了一些，也不知道她哪儿来的气，就知道对着他撒。

"喂，你这几天辛苦了。"她拉下面子说。

他关了水龙头，厨房一下子安静下来。他转过身，说："什么？"

苏沅昭不好意思说第二遍，心想：说不如做，这段时间她对他的态度好点儿吧。她低头走过来，挤开他："我说，我来做吧。"

苏沅昭吃完饭，收拾完厨房，坐到客厅，环视了一周。窗明几净，窗帘、沙发套应该都洗过了，连总容易被爸爸搞成杂物堆的茶几隔层也被分门别类地摆得整整齐齐。看来，于诚的洁癖和强迫症在她家发挥了十分积极的作用，可是……她就是觉得哪里不对劲儿，家里好像少了点儿什么。

她想了好一会儿，没想到，靠坐在沙发上，烤着脚下暖烘烘的暖炉，舒服得昏昏欲睡。她打了两个哈欠，看向墙上的挂钟，看到钟上一个史努比的图案，脑子灵光一现，突然想到家里少了什么，少了阿宝啊！

"我们家阿宝呢？"

这时，从里屋出来的苏妈妈接了一句："你二姑家的小儿子带回去了。"

“什么？”苏沅昭瞪大眼睛，激动地道，“什么时候的事啊？为什么阿宝要给他带回去啊？”

“就前几天。”苏妈妈不以为意，“你二姑带小明来看望我，小明跟阿宝玩得很好，抱着它舍不得回去，我就让他牵回去了。”

苏沅昭气得半天说不出话来，眼看着老妈扶着腰，身体不佳，她不好发作，只好将视线狠狠地射向一边没出声的于诚：“是你吧！”

于诚一脸无辜：“不关我的事啊，我最多是没有阻止而已。”

“你为什么不阻止？”

于诚看着她笑了笑，眼里透着戏谑，仿佛在嘲笑她问出这么一个问题。

是啊，他怎么会阻止？他只差没放一挂鞭炮了。

苏沅昭瞪了他一眼，冲进房间，狠狠甩上门，坐在床上生闷气。她虽然知道二姑家肯定不会亏待阿宝，但这已经是她第二次对阿宝的问题无能为力了。

这件事不说于诚是主导，但他肯定是推波助澜了，他甚至不屑于掩饰这一点。

苏沅昭发现，于诚其实自始至终都没有变过，也不打算改变。他还是那样，可以轻易让她感动和心动，却依旧强硬地坚持自己的原则，不为任何人妥协，包括她。

她捂着胸口，按住那颗时不时就因他动一下的心，告诉自己：她绝不能重蹈覆辙。

于诚开门进来，走到她身边坐下。她头也不抬，背过身去，不理他。

“过年呢，摔摔打打的像什么样。”于诚语气平缓，倒没有责备的意思，仿佛只是陈述这件事，“把阿宝送到你亲戚家是最好的选择，现在阿姨受伤了，叔叔连自己三餐都管不好，就更别说管狗了。”

“借口！这才几天，我不是马上就回家了吗？”苏沅昭在气头上，完全听不进于诚的话，指责他道，“我还不知道你？你巴不得阿宝滚得越远越好！”

“你回来才住几天？那等过完年，我们都走了，谁来照顾阿宝？”

苏沅昭被堵得哑口无言，良久后才低声说：“但是阿宝可以陪爸妈，给他们做伴。”

“那是你一厢情愿。叔叔忙得很，又是下棋，又是研究佛经，经常阿姨喊叔叔半天，叔叔都听不到，阿姨就更不必说了，他们根本不需要一只狗来陪。”于诚在苏家当“上门女婿”，这几天已经完全了解苏爸爸苏妈妈的生活模式。尤其是苏妈妈这次闪了腰，于诚通过家里可怕的客人来访量，已经充分见识到了苏妈妈的好人缘。阿宝在这里就是多它不多，少它不少。于诚道：“而且，收养它的又不是别人，而是你二姑，你小侄子是喜欢它才带它回去的，你能有什么不放心的？你有空也可以去看它。”

苏沅昭良久不语，就在他以为她已经想通时，她忽然说：“要不是你，我根本不用做这种选择题。”

于诚愣怔了一下，仿佛没料到她会这么说，向来笃定自信的脸忽然现出一瞬迷茫。

苏沅昭顿时心疼起来，她怎么能说“要不是你”呢？好像没有他的话，她会过得更好一样。她准备道歉，他却笑了笑，伸手抚上她的脸，轻声说：“那谢谢你，最后永远都是选择我。”

他已经是第三次处理阿宝，她也是第三次不乐意但最终还是同意了。

因为她选择的终归是他，所以她对未选择项的惋惜、对他的迁怒和不满，他都甘之如饴。

3

苏沅昭最见不得他这副“我知道自己很重要”的样子，他说话时，苏沅昭刚想反驳，一个哈欠就冲出来。她为了赶火车，早上起那么早，这会儿确实很累了。

于诚拍拍她的肩膀，让她待在房间睡个午觉休息一下就出去了。

大门一关，她便爬进被子里躺下来，闭着眼睛，深吸一口气。忽然，她的身体一僵，倏地睁开眼睛。这被子里的气息她再熟悉不过，空气里每一个分子都携着气息主人的回忆扑面而来，无论是和衣而睡的夜晚，她背靠在那个怀抱里，鼻尖萦绕的安心和脆弱，还是翻云覆雨时激烈和侵略感都叫她鼻息不稳，整个人变得敏感起来。

苏沅昭立刻掀被子坐起来，被子外的凉意让她清醒了一下。她心中暗骂：于诚为什么要睡她的床？

不过，家里就两个卧室，这几天于诚不睡她的房间，难道睡沙发吗？就算他乐意，苏爸爸苏妈妈也绝对不会答应。苏沅昭懊恼地抓了抓头发，这时终于想起一个更严重的问题，那就是今天晚上他不光要睡她的床，甚至还要和她一起睡！今晚是除夕，她没有任何理由让他去外面，尤其从现在他在她家受欢迎的程度来看，她非要作的话，去外面的恐怕是她。

“天哪，怎么办？怎么办？”苏沅昭迅速在脑子里搜索着方案。她可以借题发挥，以阿宝为由，大发脾气，然后冲出去，彻夜不归。但是，这大过年的，她这么做，肯定伤爸妈的心，得不偿失。

这方案不行的话，那就只剩下第二条了，那就是她今晚通宵，不上床睡觉。

苏沅昭左思右想，这恐怕是最好的办法了。那她现在必须睡觉，不然晚上怎么撑得住。

她再次躺回被子里。

晚饭时，她跟于诚配合默契，该聊天就聊天，该开玩笑就开玩笑，免得爸妈以为她跟于诚吵架了。饭桌上的气氛还不错，饭后，苏爸爸苏妈妈去客厅等着看春晚，她在厨房帮于诚准备凌晨迎新年的饺子。

苏沅昭和于诚平时工作都忙，倒是难得在厨房一起忙活一次，谁也没说话，就低头做事。快完事的时候，苏沅昭听到老妈那大嗓门在喊：“昭啊，你刘阿姨她们来了，你快倒茶。”

“好，我就来。”

苏沅昭起先还没对上号，只顾着先泡茶，把茶端出去之后才看清楚沙发上坐的人，顿时两眼一黑。

这个刘姨是外地人，在这边做生意。苏沅昭小时候跟刘姨家住对门，刘姨经常做好吃的，喊苏沅昭去吃。后来，刘姨搬走了，直到苏沅昭念大四那年，刘姨一家再次出现，还在这个小区买了房子。

苏妈妈跟刘姨久别重逢，又做了同小区的邻居，自然往来多了。刘姨其实还是老样子，只是苏沅昭长大了，儿时甘之如饴的过分关心现在却让她尴尬得无所适从，偏刘姨还特爱跟她回忆往昔，说她小时候馋嘴偷吃或者尿床之类的“趣事”。她都这么大的人了，哪里愿意提起小时候那些蠢事。不过，她是一个好脾气的人，不会跟一个年过半百的人计较，只能干笑着当听众。

苏沅昭端水过去，听到刘姨正跟苏妈妈寒暄：“你没大碍就好，我隔得这么近，没能早点儿过来看看你，实在是不应该！我那个店一年到头就临过年这几天生意好，今天除夕，我上午还在开门做生意呢，下午才收摊，吃过晚饭就过来了。”

见刘姨一脸愧色，苏沅昭十分心虚。她心想，别说刘姨了，她这个做女儿的也是今天才回来看望妈妈呢。

“刘阿姨。”苏沅昭笑着递上茶水。

“哟，昭儿啊！”刘阿姨笑逐颜开，“你什么时候回来的呀？”

“今天上午。”

“你带男朋友回来没有啊？”

苏沅昭知道这个阿姨又开始关心她了，干笑了一下，点点头。

这时，于诚正好笑着走出来，十分机灵地打招呼：“刘阿姨。”

老妈立刻介绍：“这是昭儿的男朋友，就是于诚。”

刘阿姨一脸久闻大名的表情："哟，原来是这么帅的小伙呀！"她寒暄几句，便询问起于诚家住哪里、工作如何，于诚一一礼貌作答。

"他们真是登对呀！你还是有福气啊，女儿女婿都好……"刘阿姨拉着苏妈妈的手，一脸艳羡，话锋一转，问道，"你们今年要办喜事了吧？"

此话一出，大家突然沉默了，苏沅昭是不知道怎么回，而于诚故意不说话，脸上露出一个无奈的笑，看向苏沅昭，眼神十分温柔，他好像在说：就差她点头了。

苏妈妈看他俩一眼，接过了话茬儿，说："今年昭儿二十八岁了，是该结婚了。正好，这次阿诚差不多跟我们家亲戚都见面了，还得到了一致认可，下面就是我们家长看看日子了。"

"我就说嘛，都带回家过年了，那肯定喜事就快了。"刘阿姨热情地介绍，"我听人说，今年有个特别好的日子，六月初……初几来着？等我回去查一查，这日子特别好，我听到好几对小年轻都定了这天结婚……"

"那个，我还得看台里那时候忙不忙。"苏沅昭好不容易找了一个推托借口，忙插嘴道，"他学校也挺忙的。"

"那会儿我应该放暑假了。"于诚诚实地插了一句。

苏沅昭立刻瞪他："你闭嘴！"

"你们先把证领了嘛，喜事可以晚些办。"刘阿姨十分有经验的样子，"反正房、车都有，也不用特意置办什么，倒是你妈这边要忙活起来了。"

苏妈妈立刻来了兴趣，跟刘姨热烈讨论起办喜事的习俗来。

苏沅昭被这话题的发展速度吓得张口结舌，这难道就是一步错、步步错？

一个博得她全家人的好感并且至少看起来跟她感情甚笃、跟她谈婚论嫁的男朋友，她将来要克服多大阻力才"甩得掉"？她好像掉进了一张网，最初因为情况特殊，没敢挣脱，后来这网越来越细密，让她越发不敢动弹，唯恐牵一发而动全身。

于诚见长辈聊得热络，又看苏沅昭一副坐立不安又插不上话的样子，便开口道：“阿姨，你们先聊，我和小昭去楼下走走。”

“好，好，你们出去玩儿。”

苏沅昭如蒙大赦，忙站起来，跟于诚回房间换衣服，然后出去。

路边街灯上挂起的红灯笼都已经亮了，这会儿放烟花、礼炮还早，大多是小孩子在放些花样小炮，时不时就响一声，空气里残余着些许火药味，算是有过年的气氛了。

于诚走在外侧，和苏沅昭的步调保持一致。两人一路慢悠悠地走着，谁也没说话，从热闹的场合出来，片刻沉默倒成了一种放松。

两人走到江边堤上，下面黑黢黢一片，看不见江面流波，却能呼吸到风里的江水潮气。远处有零星几点渔火，近处有影影绰绰的灌木。

“现在过年倒是没有小时候有年味儿了，对吧？你看这江边，冷冷清清的。”苏沅昭踢了一个石子。

“小时候是什么样的？”他笑着问。

“小时候呀，我就喜欢和小伙伴们玩游戏、放烟花什么的，我妈那个时候不放心我，怕我被炸到，非要我爸在一旁看着，给我们点火。有时候，我们还会跟着大家挨家挨户送祝福，到处亮堂堂的，每户主人都会笑着给我们口袋里塞好多糖果和点心。”她看他听得津津有味，便问，“你呢？虽然之前你说在美国不过春节，不过，我记得你说小时候在国内待过几年，你应该也过了除夕吧？”

他看着一片漆黑的江面，想起儿时在国内那寥寥的几个年头，确实没有什么明亮、团圆或温情的记忆：“我不记得了。”他顿了一下，说，“我这几天在你家，第一次感受这些，置办年货，准备饭菜，等待归人，一家人围炉聊些家常。其实，在我的生活里，人的密度从来没有这么大过，但这种感觉比我想象的好。”他在国内待了几年，但对春节并没什么情怀，只是觉得这段时间很麻烦，商户都关门，到处放假，做什么都不方便，不过他现在的想法变了，“我甚至有一点点羡慕他们，羡慕他们有家可以回。”

苏沅昭的心里突地紧揪了一下。她想了想，问道：“你爸妈是怎么……”

“一个破产自杀，一个出车祸。”大概事情已经过去太久了，他平静得像在叙述一件与自己无关的事，“在我很小的时候。”他看不得她这副心疼的样子，笑道，“没你想的那么惨，至少我在物质上没有被亏待过。以前我不说，是因为我觉得过去的事没什么好说的，后来我才知道你很在意，那我告诉你一点儿也没事。”

他伸手撩开她脸上的头发，直视她的眼睛，半开玩笑地说：“怎么样？阿姨说的日子，你考虑一下？”

苏沅昭知道他的意思，可她说不出拒绝的话，也没办法立即点头。

于诚用拇指摩挲着她的脸颊，眼睛亮晶晶的。他说：“如果没有遇见你的话，我应该也可以活得比较好。我比别人多几分聪明和冷静，在大部分事情上都游刃有余，无所期待，也无所畏惧。反而跟你在一起之后，我总是容易紧张，容易期待，容易生气，也容易害怕。可是，你让我感觉到，时间不再是重复的推进，有了被珍惜的价值，节日不再是与我无关的命名，有了值得庆祝的意义。”他慢慢低下头，就在她以为他要亲她的时候，他头一偏，歪在她的肩膀上，他微微一动，调整了一个舒服的姿势，然后在她耳边轻声说，“现在再让我回到从前的话，对我太残忍了。”

苏沅昭的心软成了一摊泥，她抬起手，犹豫了一下，最后还是轻轻落在他宽阔的后背上，完成了这个拥抱的姿势。

远处不知谁家提前放了烟花，在黑沉沉的夜空砰然炸开第一朵色彩明丽的烟花，随后，烟花接二连三重叠盛放，又转瞬散落，消失无痕。灿烂的夜空重新沉寂下来，显得分外落寞。

他靠在她的身上，一动不动，像脱了力。

苏沅昭伸出另一只手环住他。

这时，她的耳边传来他微弱的声音：“小昭，你愿意给我一个家吗？”

4

“曼曼，你快来骂醒我！”

迎完新年，苏沅昭回房间给朋友发拜年信息。她率先给谢邀曼发了个五百二十块钱的红包来表白，然后才发语音说今天晚上的事。她之前信誓旦旦地说不会重蹈覆辙，可是现在，她感觉到自己的心在猛烈地动摇。

她一连发了好几条五十九秒的语音，但是谢邀曼没有回，红包也没收。她抓耳挠腮，心想：该不会真让曼曼给说中了，自己和于诚半年后不是分道扬镳，而是结婚吧？

她想到曼曼“果然不出我所料”的表情，嗷嗷怪叫着一头扎进被窝，不想面对现实。过了一会儿，手机长长振动了一下，她立刻察看，发现进来的不是微信，而是一条短信——

新年快乐——周言。

苏沅昭看着落款那两个字，像被当头一棒，心情凝重起来。

她和周言在一起的那段时间太短了，两人仓促地开始，又以两败俱伤结束，连她闺密在提及她和于诚分手后交的这个男友时，也是干脆地略过，好像周言只是她男友空缺时的替补，不值得评价什么。

但于她而言，周言是她落水之后抓到的一根稻草，他身上有她期待的某种理想生活的隐喻。他当然不完美，贪婪，也不成熟，但这也很好。

于诚进屋时，看到苏沅昭正盯着手机愣神，一边关门，一边随口问道：“你看什么呢？”

苏沅昭被吓了一跳，立刻收起手机，心虚地爬进被窝，瓮声瓮气地道：“没什么，我给曼曼发红包呢。”

于诚关门，回过头，看她已经乖乖躺好，只露出两只眼睛。

他站在床边，抱臂坏笑，盯着她。

苏沅昭怕他看出什么，故意大声嚷道：“你看什么看！”

“没什么，就是我本来打算今晚处理下工作。”他低头单手解扣子，不怀好意地道，“没想到你这么自觉，我觉得，我还是不要浪费春宵了。”

苏沅昭顿时反应过来，立刻掀被子坐起身，才起到一半，就被按住肩膀压回原处，脑袋陷进松软的枕头里。

“喂！”苏沅昭用眼神警告他。

不过，这显然没有起到作用，他仍扬扬得意，故意道：“我刚说你自觉，你怎么这么不经夸啊？你不乖哦！”

“我……我还没答应你呢！”苏沅昭提醒他。

“对啊，要是你答应我，我就不急了。”

刚刚经她一掀，被子已经滑到她的腰际，她穿的睡衣不厚，贴在身上还是看得出身体的起伏，他打量着她，像一只猫盯着一条鱼，只差舔舌头了。

“我告诉你啊，你要是乱来，我就……”当她感觉到他的唇轻轻碰触她的额头，她的声音戛然而止。

于诚很快离开，拉起被子，帮她一直盖到脖子，然后退回床边，轻哼一声，说：“我都做这么久的柳下惠了，还差这几天？”他说着，倾身去关床边的顶灯，“晚安。”

苏沅昭好一阵没有动作，眼睛感觉到那边书桌有一点儿微弱的灯光散开。外面经历过一场鞭炮齐鸣、烟花齐放的热闹之后，此刻已是万籁俱静，房间里只有他翻资料的轻微声音，窸窸窣窣的。

她躺了一会儿，心里胡思乱想着，睡不着，索性翻身换了个姿势，侧脸枕在自己的手臂上，面朝书桌的方向，看着他伏案的背影。

眼皮渐渐变得沉重，她沉入无意识的睡眠之前，迷迷糊糊想到的是：曼曼，你尽情嘲笑我吧，我被打脸了。

Chapter6 你更放肆得漂亮

1

春节假后，苏妈妈身体好转不少，苏沅昭放下心来，和于诚回了 A 城。

回到家，于诚接了一个工作电话，然后就进了书房。苏沅昭便回房间整理行李，突然发现谢邀曼的那几个箱子还在，但是位置好像动了。

苏沅昭打给谢邀曼，一问才知道，谢邀曼过年搬家的经过那么坎坷。那天，谢邀曼来找郭涛拿钥匙，开了于诚家的门，东西都搬到住处了，开门时竟然发现手上的钥匙打不开门。

谢邀曼问房东，才发现房东给错了钥匙，给了谢邀曼一把房东家的钥匙。这会儿房东已经回老家了，没法给谢邀曼换钥匙，严词拒绝她撬锁的提议，说大过年的，兆头不好，她只好把东西又先搬回苏沅昭这里。

“那你现在呢？你不会还住在酒店吧？春节期间酒店的住宿费应该很贵吧？”

“怪我自己，我忘了春节是一个特殊时期，还什么都理所当然。”谢邀曼这次可真是吃够了考虑不周的苦，“现在我已经进来了……房东给我的毕竟是自家钥匙，房东估计有点儿担心吧，就提早回来了。你已经回来了是吧？我放你那里的东西，我这几天过去搬。”

“我让于诚给你送过去？”苏沅昭想到谢邀曼没车，不方便。

谢邀曼沉默了一阵，忽然轻笑一声：“你已经可以这么理所当然地使唤人家了吗？看样子，半年后我确实是要喝喜酒了。”

苏沅昭猝不及防被抓包了，不好意思地撒娇：“哎呀！”她上次给谢邀曼发过年红包，顺便告诉谢邀曼于诚在她家发生的事，本想求骂醒，但是谢邀曼只把红包收走了，其余的就懒得理会。

大概谢邀曼那个时候就已经看出苏沅昭没救了。

“行吧，你们开心就好。”谢邀曼不咸不淡地说，“我先挂电话了，等下要出门。”

“好，拜拜。”

苏沅昭挂了电话，正望着打开的行李箱走神，于诚走进来：“你想什么呢？”

“哦，是曼曼。她的东西还没搬过去，什么时候你找个时间给她送过去吧？”

于诚点点头：“我有事，要出去一趟，晚上你自己吃饭，可以吧？”

苏沅昭正准备点头，又觉得气势太弱，故意仰着头说：“我本来就打算自己吃饭。”

他笑了笑，低头凑过来，盯着她看了一会儿，十分诚恳地说：“那我还是建议你少吃点儿。你过年脸都吃圆了，等下上镜要挨骂咯！”

“什么？”

苏沅昭顾不得追杀于诚，先奔去镜子前仔细观察正面，使劲儿低头看下巴，然后又拿出手机，用平视角度自拍，发现于诚并不是在吓她。李新泽那个节目节后就要录了，她这边得对自己严格管理起来。那她就从今晚开始不吃饭。

节后回来，苏沅昭台里的新节目启动，自然忙，于诚竟比她还忙，有时候回得比她还晚。按道理，学校是过了元宵节才开学，他应该闲在家才对。她问起来，他则开玩笑道：“学校那点钱哪儿够我结婚啊！”

苏沅昭脸一红，傲娇地道：“谁跟你结婚啊！”见他憨笑，她才意识到自己的反应不对。他又没说要跟她结婚，她对号入座，真是此地无银三百两。

苏沅昭回来，一个星期之后才见到郭涛。苏沅昭在小区门口正低头看手机上的信息，身边一阵喇叭声响起，她往边上挪了挪，声音还是没停。她抬头一看，发现那车里坐的是郭涛。

“上来，我载你一程。”郭涛热情邀约。

苏沅昭自然乐意，坐上去便打趣：“你又借车，才过完年就相亲？哟，你借的还是新车呀。”

“我真是被于诚这小子黑得这辈子翻不了身了。”郭涛无奈地摇头，“这车是我买的。”

“哟！喜事！”苏沅昭以为他和上次那个相亲女成了，一个劲儿地感叹他神速，还打趣什么时候能喝喜酒。

没想到，苏沅昭被他迅速地反将一军：“那我什么时候能喝你和于诚的喜酒呢？”

苏沅昭被问愣了，心里暗骂：于诚这个大嘴巴这么嘚瑟，这么快就让郭涛知道了。不过于诚连个戒指都没有拿来，连正式的求婚都没有，她才不要随便承认这回事呢！

“什么喜酒啊，我怎么不知道？”苏沅昭装糊涂。

郭涛了然一笑，不再追问。

两人沉默了一会儿，郭涛忽然先开口：“你朋友的行李搬走了没有？”

“嗯？”苏沅昭一时没反应过来，迟疑两秒后才想到他问的是谢邀曼，“还没呢。她说这两天来搬行李，估计挺忙的，还没来，我是想让于诚给她送过去的，结果他这几天也不知道怎么回事，天天在外面，别说送行李，早上都没空送我上班。”苏沅昭说着说着，语气还带了几分埋怨，连她自己都吓了一跳。她在不知不觉中对使唤于诚都已经这么理所当然了。

“哦……”郭涛犹豫了一下，小心提议道，“要不然我帮你给她送行李好了，反正我有车，很方便。”

“可以吗？那当然好呀！”苏沅昭感觉她帮谢邀曼解决了一件大事，开心地道，“那晚上你下班了就喊我，家里有人的话，我就把东西先搬到你的车上。”

郭涛的手指轻敲着方向盘，他想到那张倔强的脸，嘴角不着痕迹地勾了勾，轻声应道：“没问题。”

晚上，于诚倒是难得回来得早。苏沅昭跟他说，郭涛会帮忙给曼曼送东西，他这才知道郭涛买了新车。

“看来郭少终于有对象了，好事儿。”于诚倒是很高兴。

“我还以为你早就知道了呢。”苏沅昭说。

“我回来都还没见过他呢，上哪儿知道？”

苏沅昭闻言觉得纳闷。如果于诚跟郭涛还没见过，那郭涛怎么知道“她跟于诚的喜酒”的？她未及多想，已经接到郭涛的电话，他问她在不在家，他下班回来了，准备往她家走。

“我在呢，于诚也在，你俩可以一起搬行李。”苏沅昭说。

没一会儿，郭涛来了，和于诚一人一个箱子，把东西搬下去。

苏沅昭坐在沙发上，正准备给谢邀曼发微信，告诉她让郭涛送行李过去时，忽然电话响了，不是苏沅昭的手机。苏沅昭循着声音找了一会儿，在书房的书桌上看到于诚的手机。

来电显示只有一个字——“顾”。电话响了两遍没停，苏沅昭怕有什么急事，所以帮他先接了。

“喂？”

“喂？你好！”没有听到回应，苏沅昭再次出声。

于诚存了这个号码，说明这应该是他的熟人。她只好礼貌地说：“你好，你听得到吗？我是于诚的女朋友，他现在有事，晚点给你回电话。”

然后，那边直接挂了电话。

苏沅昭觉得莫名其妙，放下手机，很快又忍不住拿起来，翻了一下通话记录，发现这几天于诚跟这个“顾”往来还比较频繁，这有可能是于诚最近接的案子的当事人吧。

苏沅昭没有多想，坐回客厅，继续编辑那条给谢邀曼的微信，本以为会受到夸奖，没想到谢邀曼的反应并不好：……你怎么让他送行李？行李已经搬过去了吗？

苏沅昭回道：嗯……行李应该才搬上车，要我叫停吗？

谢邀曼：算了，不用了，这样更奇怪。

苏沅昭满头黑线，心道：到底哪里奇怪了？曼曼为什么不想让郭医生帮忙啊？他哪里得罪她了？他也是一片好心啊！

苏沅昭默默为郭涛打抱不平了一会儿，但是很快又想到：曼曼或许不想外人知道她的住址。以前上大学时，她在学校附近租了房子，喊苏沅昭去玩，苏沅昭在路上碰到同班同学，同学非要跟过去，她开门后脸色就变了，后来还跟苏沅昭发了脾气。

苏沅昭虽然不太理解谢邀曼这种习惯，但一直尊重和配合她。

苏沅昭：我是不是做错事了？后面又发了个可怜的表情。

谢邀曼：不关你的事。

苏沅昭正盯着手机思考这句话的语气，于诚回来了。

“你想什么呢？”他心情不错的样子。

“你们搬好行李了？”苏沅昭抬起头，“郭医生准备什么时候送过去？”

“我没问。”于诚似笑非笑，意味深长地道，“说不定他今晚就去了呢。”

苏沅昭点头，突然想起电话的事儿：“刚才你的手机响了。”

“哦。”于诚点头，拐进书房，顺手关上门，很久都没出来。

于诚曾说过，苏沅昭对节目的重视程度跟她录节目前的运动量和节食程度成正比。

这次提前半个月开始坚持只吃鸡胸肉和爬三十二层楼梯的苏沅昭，拼命程度堪比当年参加主持人选秀。毕竟她是坐了这么久冷板凳的人。

于诚说，苏沅昭录第一期节目那天他会去探班，苏沅昭自然开心。一开始就一直是他在她身边，他从最初比赛时给她当粉头，宣传拉票，到她真正入圈之后为她庆祝每一次小进步，帮她分析每一个小失败。

上次她因为微博上的事被拿掉节目，即便当时她跟他的关系很僵，可在她那么狼狈又难过的时候，还是他帮她擦眼泪。

新节目开录这一天是她职业生涯里的一个新起点，她当然希望他在场。

那天上午于诚有课，他说下午过来，正好赶上，结果她直到晚上录完节目都没有看到他的人影。她录完节目，回到化妆间看手机，才看到他下午发来的一条短信：我临时有事，没法来探班了，我的错。

她的位置上还有一大束花，自然是于诚因为人没到场做的一点儿补偿。

苏沅昭低头闻了闻，笑着回复：要不是看在一切顺利的分上，我没这么容易放过你！花收到啦，谢谢，很漂亮。

不知是刚录完节目太兴奋，还是怎么回事，她发完没两秒，又补了个“亲亲”的表情。

“你跟男朋友发消息呢？”化妆师林姐不知什么时候进来了，打趣苏沅昭。

苏沅昭捂着脸，不好意思地问：“有这么明显吗？”

“你只差把心思写在脸上了。”林姐笑着说，“看样子，喜事将近了？”

“没有啦。”苏沅昭想了想，“我还是把节目做好再说。”

节目开始录制之后，节奏很快，录完马上进入紧张的后期制作。苏沅昭担心太仓促，前期宣传不到位，没什么人看，没想到首期数据还不错。

首先是微博上的一个视频博主转发了节目的精彩片段，说：我不小心点开了一个无明星、无大牌的节目，结果点进去就停不下来。

后来，渐渐有流量很高的视频营销号自发转载，还有各大娱乐论坛的一些“自来水”安利，再加上节目质量过关，点击量一下子就上来了。苏沅昭跟着沾光，微博涨了不少粉，八卦论坛里零星出现几张“那个主持人蛮有气质的”之类的帖子。

看到网络上有动静，台里领导重视起来，特意来节目组这边视察打气，说节目好好做，保持这个势头，把网站的流量带起来。

第二期节目数据又创新高，节目组开会时，大家都沉浸在一种酒香不怕巷子深的兴奋中，虽然前期噱头不足，但节目的内容毕竟是好的，所以渐渐形成了口碑效应。

开完会，大家准备聚餐，李新泽没动身，苏沅昭看他一直没说话，便缓了动作，等其他人出去之后，才问他怎么了。

他摇摇头，盯着表上的数据，轻拧着眉毛，最后才摸了摸鼻子，说：“好像有贵人相助。”

“贵人？什么贵人？”苏沅昭不解。

“我们节目没有大牌，宣传方面因为经费铺得也不开，可是这个数据一上来就很猛，这个现象不正常。”李新泽挠了一下鼻子。

“不是因为有几个视频博主主动帮我们发了好评吗？”苏沅昭做惯了传统电视节目，对网络宣传没有太系统的概念，只是单纯对节目质量有信心，因为它好看，所以有越来越多的人看。

“天上没有馅饼掉。”李新泽摇摇头，“网络上信息太多，大家都在说自己好，你的声音不够大，哪怕你确实揣着一个好东西，那也可能被别人盖过去。这次是有人在帮我们吆喝，至于是谁……”他没再说下去。

这时，有同事进来催：“老大、昭姐，可以走了吗？大家都等着呢。”

李新泽起身：“走吧，我们先吃饭。”

晚上回家，苏沅昭跟于诚说起这件事，于诚倒是十分赞赏李新泽：“李新泽还是挺敏感的，谁说他只会埋头做节目的？”

“你说，到底是谁在帮我呢？”

“我啊！”于诚语气坦然地上前领功，果不其然，被她白了一眼。

他解释道：“你想啊，这段时间就因为你要减肥，想更上镜，我陪着你吃了大半个月的素食呀，最后这节目拍出来，主持人这么美，也有我的一份功劳吧？”

“我可没逼你跟我吃素食。”苏沅昭虽然看起来不以为意，但嘴角压不住地往上扬，被这拐弯抹角的夸奖哄得很开心。

2

“怡海娱乐。”李新泽托朋友查了出来，但是他跟这个公司并没有交集。

“你知道这家公司吗？”他问苏沅昭。

“怡海……”苏沅昭努力回忆，最后一脸茫然地摇头。

“老板是陈叔和，算是圈里的老大哥了，以前是天海的高管，后来出走，自己开了新公司，还带走了两个当红艺人。公司年份不长，但是成绩很漂亮，去年投资了一个低成本网剧，把自家公司一个纯新人推到了准一线。这公司手里控制着上百个微博营销号，做话题、做传播确实很漂亮。”李新泽越发想不通，他跟这陈叔和素昧平生，陈叔和为什么要帮他？

“天海？”苏沅昭自然是知道天海的，“那不就是当年给我递橄榄枝的公司吗？”

“这个梗你还要玩多久？”李新泽记得他明明已经就这件事羞辱过她。

“你怎么就不信啊？”苏沅昭不满地道，“我有那么差吗？”

“你虽然也不差……但那是天海啊！”李新泽提及天海，似乎十分有感情，感叹道，“天海以前出了多少风华绝代的美人，索心艾、于小曼，就算现在的人差点，那也是叶冰冰那级别的。天海别的不说，老板看美人的眼光还是让人心服口服的。”

李新泽说来说去，就是说苏沅昭不够格。苏沅昭翻着白眼，却没法发作，谁让他话糙理不糙，别说索心艾这种老一辈的大美人了，就是和叶冰冰比，估计苏沅昭也得一秒被衬成丫鬟。

“话说，我有个问题一直想问你。你当年拿冠军，真的没走后门？”李新泽突然认真地道。

“喂！”苏沅昭真的有些生气了，嚷道，“你否定我的长相就算了，还要否定我的专业啊？”

“不不，我不是那个意思。”李新泽自知出言不妥，让人误会了，连忙解释道，“我只是觉得，那种比赛应该是有内定人员的，这么多人使着劲儿，怎么就让你拿了冠军。”

“当年那个准冠军最后决赛直播的时候出了事。”

苏沅昭当初参加比赛也听到过风声，说有内定人选，其他都是陪跑。不过，苏沅昭别的没有，就是心态好，她本来就没关系背景，也不是科班出身，报名的时候就做好了“一轮游”的准备，能进入决赛已经是烧高香了。最后决赛宣布前三时，她听第三名、第二名都没有自己的名字，已经做好了榜上无名的准备。就在主持人即将宣布冠军人选时，直播突然中断，插入广告，她还以为是要设置悬念，制造紧张感，后来才知道当时网上突然爆出五强中的一个选手的大尺度艳照，艳照正在以爆炸式的速度传播，节目组临时紧急更改冠军人选，而她竟白白捡了个漏，陪跑陪成了冠军。

说起以前的事，苏沅昭心虚，别人出了事，她倒捡了个便宜：“其实，我就是运气好吧。”

李新泽其实是不太相信运气这种事的，只是这事儿偏偏发生在她的身上……他只能当是傻人有傻福吧。他想了想，说：“算了，陈叔和也不是什么做慈善的，怡海这么做肯定有理由，先给点甜头，示个好，以后要用到的时候，人自然会出现的。”

提到这眼看着红起来的节目，苏沅昭又开心起来，拍手说：“我终于要翻身了！”

李新泽看她像个孩子似的笑得单纯又真心，被感染了，终于暂且放下这段时间心里的顾虑，不再想怡海这目的不明的帮助。

“我冒昧问一句，既然天海都向你递了橄榄枝，你当初怎么没去呢？你要去了的话，这会儿也不用窝在一个小台，跟我做什么网综了。”

“我啊，能当个小主持人就心满意足了，签了天海，肯定就要离开这里，跟我男朋友也会分开，没准儿他一生气就跑了。我觉得还是他比较重要。”苏沅昭想起当年面临的巨大诱惑，其实心里还是狠狠动摇了一下，只是一想到他的脸，她立刻就冷静了。

哪怕中途她选择的事业和爱情都辜负过她，她也没有后悔过。

李新泽看着她，忽然笑了笑，说：“你这个人吧，真的是天赋刚刚好。”

“嗯？”苏沅昭眼神带着疑惑。

“你有刚刚好的优秀，刚刚好的野心，刚刚好的善良，还有点……刚刚好的运气。”李新泽似乎很少这么夸人，说到后面，有点别扭，声音都变小了，他匆忙收尾，“反正你是一个有福之人，以后应该会过得很好的。”

苏沅昭都不好意思了，尤其说这话的是那个之前死活不肯让她加入节目组的李新泽啊，多不容易！她心里生出满满的成就感，只差站起来给他鞠个躬。她说：“谢谢导演！”

随着节目的热播，苏沅昭在台里的地位显著上升，领导多次表扬她，同僚也来说恭喜，大家好像渐渐遗忘了她当初是被下放才接了这个网综节目的。而当初她出事之后，通知她拿掉《养生堂》的领导也是一副事后诸葛的模样，拍着她的肩膀说：“我就说现在网综的发展好吧？”

苏沅昭不敢飘，自然点头称是。

录完最后一期节目，苏沅昭全身紧绷的弦松懈下来，疲惫终于袭上心头，由着工作人员拿下麦克风，心里只想回家，脱了高跟鞋，躺在那张床上大睡三天三夜。

她回化妆间拿东西，发现手机上有几个未接来电，没有来电显示，还有一条短信：你给我回个电话。

而这条短信上方的历史消息还是春节时收到的一条祝福短信：新年快乐——周言。

苏沅昭回了电话过去，他说有很重要的事情，一定要当面告诉她。

在苏沅昭犹豫的那十秒里面，想到的竟然是，如果他们见面，被有心人拍到，把照片放到网上加以炒作，会不会又产生什么误会？她好不容易挣回来的工作机会会不会再次毁于一旦？

很快，她又开始鄙视自己，她竟然生出了这种想法。

她也许是想否认自己卑鄙和功利，答应了和周言见面。赴约之前，她给于诚发了条短信：台里还有事，我晚点回去。

于诚的车子停在路边，他背靠着车门而立，更显得腿长，手里把玩着一个质感高级的小盒子，嘴角勾着，露出势在必得的笑，心跳却泄露着压在内心深处的一丝紧张。

感觉手机在振动，他把手机从裤袋里掏了出来，看到苏沅昭的消息，眉头微拧。不过，今天是一个好日子，他大方地决定不计较她的迟到：好，我等你。估摸着她一时半会儿出不来，于诚只好先坐回车里。

这时，他的电话又响了，他看到来电显示上那个“顾”字，脸上浮现一丝不耐烦。

“喂。”

“诚哥。”那边是一道清亮又甜美的女声，“这次的事真的谢谢你，没有你帮忙，我也没办法这么顺利地跟公司解约。不知道方不方便请你吃顿饭，我正式感谢你。”

“不用了。我只是受人所托，你要谢就去谢陈总吧，算他看得起你，愿意……”于诚的声音戛然而止。

那边等了半天没等到下文，疑惑地道：“诚哥？你怎么不说话了？”

于诚维持着接电话的姿势，目光落到不远处，那个穿着一袭红色风衣、戴着墨镜、行色匆匆地从电视台走出来的女人，他当然认得出，她身上那件衣服是他今天早上出门的时候亲自帮她选的。

只见她径直走到路边一辆牧马人旁边，四处张望了一下，低头上了车。

于诚看着那车子开走，眼神一沉，立刻发动车子追上去。

电话那边猜到他临时有事，便不再作声，耐心地等着他回话。

过了一会儿，她终于重新听到他的声音：“我问你一个车牌号，AY6X7，你认识吗？”

这次轮到她良久无声。

就在他耐心耗尽时，电话那边的声音再次响起：“是周言的车。”

于诚一脚踩下刹车，将车停在路边，前面那辆车很快脱离了他能看清车牌号的距离，越来越远，直到消失不见。

此刻，电话两边都骤然安静。于诚动作僵硬地维持着之前的姿势，一股狠意缓缓从心里升腾起来。

“周言？”于诚冷笑一声，将手机摔进副驾驶座，“很好。”

3

其实，苏沅昭一上车就后悔了。

虽然于诚没有特意说，但是按照惯例，今天她节目最后一期拍摄结束，他肯定是在家里等她回去庆祝的，他回复的信息里的一句“我等你”无疑证明了她的猜测。

她却撒谎，来见一个他绝对最不愿意她见的人。

苏沅昭的心情有些复杂，距离那场轰动一时的事件已经过去大半年了，网络上的热搜早已换了无数个。那件事或许早被遗忘，就连在各自生活里留下的后遗症也开始慢慢痊愈，至少对苏沅昭来说，到这次节目播出为止，她已打赢了这场翻身仗。

她和周言当初燃得迅猛热烈，然后又被生生掐灭的感情似乎没有想象中那么深刻，她当初流着泪，满心的惋惜和不舍，到现在只剩下相顾无言的平静，她甚至有暗自度量后果的理性。

“这段时间你还好吗？”她先开了口。

“不太好。”周言诚实地说，“第一本书被告了违约，第二本画集市场惨淡。不过我还在画，只要有人给我出，我就继续画。”

对于他的情况，苏沅昭其实大体知道一点儿，不说详细，只说他们时隔数月再见，他那双曾经澄澈明亮的眼睛如今多少黯淡了些。此时，她不知道如何才算安慰他，良久后才开口：“我在书店看到了你的第二本书，画得挺好的。”她想起那次去书店，看到他的书稀稀拉拉地摆在角落的样子，心里有些难过。像努力证明她说的话不是安慰一般，她又强调了一遍：“我真的觉得很好，我还买了书。”

“谢谢。”周言笑了笑，这时，车已经开到江边，两人并没有下车，毕竟苏沅昭现在曝光度高，又和他这种有过牵扯的人见面，若是被拍到点什么，也能被人借题发挥，还是车里最安全。苏沅昭心中感谢他的安排，很快又为自己心中这份庆幸感到羞愧，她对利益得失的考虑终归压过了感情用事。

周言熄了火，说：“我看了你的节目，你状态挺好的，我就放心了。之前看到你的养生节目换了主持人，我还很担心，怕你受了那件事的影响，本来想找你问一下，后来一想，我也帮不上什么忙，在风口浪尖贸然联系你，怕给你添麻烦，就忍着没找你。”

“嗯。”苏沅昭点点头，自是理解他的想法，她看到他的情况不妙时，心里何尝不是这样一番纠结，最后还是摁下了自己的手，“我之前是被拿掉了节目，但是现在算是因祸得福。我这边一切都好。”

“一切都好……”周言的眼神黯下去了，他轻哼一声，语气冷起来，“这个一切里也包括你和于诚吗？”

包括于诚吗？

诚实来讲，她方才说一切都好时，心中是将于诚囊括在内的，但现在特意要她强调一遍，她说不出口。她和于诚旧情复燃这件事对周言来讲太残忍。他仿佛成了那个养生节目，拿掉它，她反而获得更好的机会，收获了更高的奖赏。

她的沉默已经说明一切，周言冷笑一声，阴阳怪气地说：“也是，毕竟他是你的初恋男友，他不在我还能当个替补，他回来了，你正好重温旧梦不是吗？”

“周言！”苏沅昭难以置信地看过去，之前她和他的那段感情虽然短暂，但毕竟是真心实意的，他怎么能这样概括？这不仅是在侮辱她，更是在侮辱他自己。

“对不起。”周言深吸了一口气，压住心中的怒意，用尽量平静的声音说，“我只是怕你被他伤害，那个人的心机城府不是你能应付的。”

苏沅昭没出声。

“你知道我们上次在网上被曝光的视频是谁拍的吗？”周言终于讲到今天的主要目的，语气凝重起来。

“不是顾锦澜吗？”这件事是由顾锦澜一手主导策划的，顾锦澜亲口承认了。

“是你那个好男朋友！”周言一提及这个便压不住怒气，狠狠捶了一下方向盘，“我本来也以为是顾锦澜，但是后来冷静下来，仔细一想就发现不对劲儿。顾锦澜的脾气我最清楚不过，那个视频是夏天的时候拍的，如果顾锦澜早就知道，不可能忍到等我宣布分手才发。或者，假如是任何一个局外人，都不可能把这个证据藏这么久。这个人分明在等一个时机，等一个我没办法狡辩也没办法挽回的时机。这个人只能是于诚！他跟顾锦澜一个唱红脸，一个唱白脸，配合得真是天衣无缝！”

苏沅昭按照周言的思路一想，察觉出不对劲儿，但这毕竟只是推测，没有实质证据。

“本来我还不敢肯定，但是最近我听说顾锦澜要签新经纪公司去当艺人，现在正在和公司闹官司，你猜帮她打官司的人是谁？对，正是于诚。”周言此刻已经无比肯定于诚和顾锦澜关系匪浅。

“什么？”苏沅昭睁大眼睛。于诚怎么会去帮顾锦澜？之前那件事闹开，对于苏沅昭的惨状，于诚亲眼所见。对顾锦澜这个始作俑者，苏沅昭不要求他为她做些什么，但他不至于去与顾锦澜为伍吧？

“不可能的！”苏沅昭坚决不相信。

“你对他的手段到底了解多少？”周言讽刺道，“你别被人背后捅了一刀，还对他感恩戴德。今天就是他帮顾锦澜办妥这件麻烦事的日子，不信你可以找人去打听替她出面的人是谁，说不定她能和怡海娱乐搭上线也有他的一份功劳。”

“怡海？”

“就是顾锦澜要签的经纪公司。当个网红已经满足不了她的野心了，她要当大明星。”

苏沅昭迅速将最近的一些事情联系起来。李新泽说他们节目能迅速推红，是因为怡海娱乐在暗暗相助，她本来还不明白这个八竿子打不着的怡海为什么好心帮忙，但如果说于诚跟怡海娱乐有什么联系的话，那倒是解释得通了。

“可是于诚跟怡海有什么关系呢？”苏沅昭怎么想都想不通一个法律系老师跟一个娱乐公司会有什么牵扯，这两方甚至都不在同一座城市。

“这我没有查到。反正看样子，他还说得上话。”周言顿了一下，把话题拉回正轨，“现在的关键是，他确实和顾锦澜关系匪浅，甚至是联系密切。你们住在一起，你一点儿都没有发现有什么不对劲儿吗？”

苏沅昭缓缓摇头。她攥着手机，恨不得立刻打电话给于诚，问清楚他到底做了什么。

“啊！”她突然想起另一件事。

“你想到什么了？”周言连忙问。

她想到上次于诚和郭涛搬行李的空当，她帮于诚接了一个电话，可是那边的人听到她的声音，就一直没有说话，最后突兀地挂断了。而那个号码在于诚手机里的命名只有一个字——顾。

顾。

苏沅昭默念这个字，难道那人真的是顾锦澜？

这件事简直荒唐到苏沅昭不知该露出什么表情。

周言看出她信了，趁热打铁，道：“我被于诚害成这样就算了，但你们是这样的关系啊！他竟然眼睁睁看着你被骂得出不了门，看着你被拿掉节目，我真不知道是该夸他理性，还是说他冷血。他出场倒是一副拯救者的姿态，谁知道幕后推手根本就是他啊！他对你都可以这么狠，我真是自愧不如。沅昭，你真的还要继续跟他这种人在一起吗？”

苏沅昭摇头，却不知这是在说不，还是说不知道。

如果周言说的都是真的，那她当初对于诚出手相助的感激算什么？对他陪她共渡难关的感动算什么？这段时间她抑制不住的再次心动又算什么？她仿佛是一个堆砌完最后一块砖的工匠，退身一看，却发现那是一座空中楼阁，在她看清底层虚空的真相时，一切轰然倒塌。

苏沅昭脸上露出茫然的表情，让人有些心疼：“我累了，你送我回去吧。”

“你回哪儿？”周言反问。

苏沅昭一愣，沉默片刻，最后轻叹了一口气：“清和园。”

她不回家了。她暂时不想见到于诚。

4

谢邀曼闻声开门，看到苏沅昭面如死灰地站在门外，便猜到出了什么事。

谢邀曼一路随苏沅昭进来，最后挨着她坐下，还未开口询问，她的手机先响了。谢邀曼看着她从包里掏出手机来，扫了一眼来电显示，赫然是于诚。

苏沅昭却没接，径自按了静音，然后将手机放在茶几上，看着手机上依旧亮着那个名字，不再有动作。

“你们吵架了？”谢邀曼问道。

苏沅昭却摇头：“我不说了，反正你也不爱听。我不是来倒垃圾的，就是过来住一晚。”

谢邀曼确实不爱听恋人分分合合的事，不过苏沅昭毕竟是谢邀曼最好的朋友，她为苏沅昭破例的事儿还少吗？

这边苏沅昭已经瞧见窗边桌上满屏英文的电脑，还有旁边一堆摊开的资料：“你去忙吧，不用管我。我坐一会儿，等下就去睡觉。”

见苏沅昭这么懂事，谢邀曼的心软了下来，她干脆地做出了取舍：“那个不急。你先说说吧，跟于诚怎么了？”

苏沅昭答非所问，说：“你猜他会给我打几个电话？”她顿了一下，已经说出答案，“一个，永远只有一个。”

手机来电显示闪烁的名字此时恰好应声而灭，变成一条横幅消息：未接来电一，而后果然再无动静。

“看吧。”苏沅昭自嘲一笑，“什么夺命连环call？反正只有我Call他。我是害怕找不到他，可是他好像总笃定我不会离开他一样。或者说，我离开了，他也有这个信心，在他需要我的时候让我回去。可是我呢？我在他身上什么都抓不到。这一次，我本来以为他已经打开那扇门，可是最后发现，一切只是精准的算计。他精准地算计着让我在什么时候跌落谷底，他什么时候出现，把我捡起来，拍拍土，摸摸头，哄一哄，然后把我重新送回正轨。以前我哪怕再没有安全感，但我至少相信他对我的爱是真的，只要这个没错的话，他就不会随随便便离开我。可是现在我在想，他真的爱我吗？

如果是的话，他为什么可以这样冷酷、这样理性、这样自信？”

谢邀曼听苏沅昭说完事情的始末，一时有些难以置信：“以前我就知道于诚做事确实有点极端……不过，这件事你要不要找他确认一下？毕竟周言那边的一面之词你也不能全听，好歹给他一个解释的机会。”

“我知道。”苏沅昭说，“我只是还没有准备好。万一这是真的，我该怎么办？”

“你犹豫了。”谢邀曼迅速抓住重点，叹了一口气，道，“你心底还是不想离开他。如果说之前你还有勇气做一次决定的话，这一次你恐怕是真的舍不得了吧。”

苏沅昭想反驳，却说不出话来。

“你别去求证了。”谢邀曼说出她的想法，“你干脆糊涂到底吧。”

苏沅昭最终还是没在谢邀曼那里过夜，半夜两点到家，打开门，轻手轻脚地关上门，放下钥匙，转身却被沙发上的人影吓了一跳。她急忙开灯，沙发上的人自然是于诚。

“你这么晚还没睡？”

“嗯。”于诚没动，兀自盯着没有声音的电视，脸上没什么表情。

她瞟了一眼，电视里正在放着法制频道的栏目，是他偶尔会看看的。她环顾一周，客厅和餐厅一贯如常，整洁干净，没什么特殊准备。或许是她多心了，这只是一个普通的夜晚。

苏沅昭反而松了一口气，家里一切如常的模样倒是比他苦等多时、酒残花谢的场面要让她好承受得多。

“台里有事，我回来得晚了点儿。”苏沅昭随意解释了一句，算给他那个未接来电做交代。见他仍专注地盯着电视，她也不再多言：“我去洗澡了，你也早点休息吧。”

她径自拐进卧室，没有注意到身后他的目光已然阴沉起来。

今晚忍着没有发作的可不止她一个人。

听到那边水声隐约传来，于诚终于动了动有些僵硬的身体，瞟了一眼时间。

六个小时，自她上了那个人的车开始，已经过了六个小时。

这六个小时里他们做了什么？于诚克制不住地想象，可越想象，越让人嫉妒得发狂。不说别的，哪怕他们只是纯聊天，也足以说明他们有很多话聊。

于诚不由得攥紧了拳头，心里那一团火正在烧心灼肺。

他大概需要抽根烟冷静一下，下意识去摸口袋，口袋自然是空的。他揉了揉脑袋，努力静下心来。

其实，周言不足为惧，于诚今晚跟顾锦澜多问了几句，知道周言境况并不好。他作为微博第一情侣中的男方，猝不及防地被曝出轨，引起的轰动和留下的问题都不容小觑。虽然他后来做出澄清，但是澄清的传播力度远远比不上当初的曝光度，他的形象已经严重受损，出版方在稿费尾款上大打折扣。而他第二本书的合作方由国内数一数二的出版机构变成了一个名不见经传的小公司，印量只有第一本书的零头，无声无息地上市，然后无声无息地扑街。

周言的微博虽然人气大不如前，但总归还有些余热，之前打理得干干净净、只发些漫画图的微博，这会儿已经开始发商业广告。瘦死的骆驼比马大，他目前的境况即便不好，也好过许多同龄的画手。只是，对一个曾经站在人气巅峰的人来说，这样普通的待遇已经是谷底绝境。

于诚对这些知道得越清楚，对周言回头来找苏沅昭的这种行为越感到不齿。

自身难保的人何必还来影响别人？他安安静静地蹲到一边去，自生自灭不好吗？

这一年，于诚是陪着苏沅昭走过来的，亲眼看着她花了十二分的力气才在风雨飘摇里稳住脚跟，她如今终于打开局面，难道要被周言这小子毁干净？

就是她答应，于诚也不答应。

淋浴的水声停止了，于诚推测她接下来做的动作需要的时间，等了一会儿，终于起身，打开卧室的门，她正好从浴室出来。

“啊？”她惊了一下，“你有事？”

于诚直直地看着她。果然，她图方便，只裹了条浴巾出来。今天录节目做了发型，所以即便已是深夜，她也坚持洗了头发。湿漉漉的长发散在右边肩头，左侧垂出几绺黑发，贴在白皙的脖颈上，像水墨画上的几笔斜枝。残留的水珠从她的脸上滴落，滑过锁骨，滚入胸前浴巾里，引人遐想。

此刻，他的眼神却十分纯粹，他点点头：“嗯，有事。”

他拉着她坐到床边，俯身从床头柜里拿出电吹风：“我帮你吹头发。”

他给她吹头发当然是临时起意，只是开着电吹风多少有些声音，不方便聊天，他索性没开口，先把这件事做完。她乖乖坐着，表情凝滞，有些发愣，明显是在想着什么事儿，走了神。

于诚手指熟练地在她的长发里穿插，过了一会儿，他说：“好了。”

苏沅昭没动。

“喂。”他又喊了一声，“头发吹干了。”

“啊？”她回过神来，匆忙应了一声，“哦，好。”

她说着，转头接过吹风机，拢着线，把吹风机塞回柜子里。头发随着动作滑落下去，露出背部一大片光洁的肌肤。

于诚的眼神微微一变。

待她重新坐好，他的手已经从后面环上来，压着她的手臂，绕过胸前，将她轻轻锁在怀里。他倾身凑过去，脑袋埋在她的颈间，深吸了一口气，还蹭了一下。

他的意图已经太明显。

感觉到她的身体僵硬，于诚觉得好笑，故意道：“警觉性太低呀，你现在才发现不对劲儿，有点迟吧？”他说完，又笑了笑。他不是没看出她一直心不在焉，但她这会儿衣服都没穿好，任由他这种时候待在卧室，甚至是在床边待了这么久，她这种对他习以为常的无视和放松让他的心情很好。

她的身体依旧僵硬着。这种时候，他当然不会认为她还在走神，他霸道的存在感已经占据她全部的注意力，她只是在犹豫。也就是说，她没有直接拒绝。

于诚顺势将手指从她的肩头滑到胸口浴巾的边缘，已经攀上那脆弱的布料边缘，另一只手则轻轻捏了捏她的手臂，他试探道：“可以吗？”

他只等了一秒，便探手扯开了她身上临时包裹的浴巾，一大片雪白的肌肤出现在他的眼前，他的眼神终于被欲望覆盖，变得深沉。他不再迟疑，抱着她滚到床中间。

他的呼吸轻轻扫过她的颈侧，他再抬起头来盯着她，她的脸上依然是有些茫然的表情，她仿佛还不太清醒，不知自己身处何地、在做什么，这副认不清现实的模样让人忍不住想破坏。

他毫无预兆地撞向她，她疼得惊叫一声，涣散的目光终于凝聚到他的脸上。

她的表情分明带着细碎的痛意，她却还是没有抗拒他。

于诚看着她隐忍的表情，心里已控制不住胡思乱想：你做什么对不起我的事了，愿意这样补偿我？

他的嫉妒已经压过理智，眼神越发灼热，动作越发狠起来，双手卡着她的腰，撞得她摇摇欲坠却无处可逃。

苏沅昭下意识地扭着身体，想躲开，却挪不开一分，只换来更猛烈的冲击。她伸手想要推开他，手却迅速被他扣住，手腕被压过头顶，她上下皆受钳制，反抗不得。在这暴风骤雨般的强势冲撞中，她的声音被撞得支离破碎，她良久后才攒够力气，说了两个完整的字：“于诚。”

她的声音纤弱，尾音婉转，语气里有委屈、怨怪，还有几分祈求。这声音钻入他的耳朵，忽然安抚了他如走火入魔般的嫉妒，理智渐渐归位，他终于放缓了动作。

愧疚也好，补偿也罢，总之，现在拥有她的人是他。

周言算什么？周言什么都不是。

他们在一起多年，彼此早已契合，只要他愿意，随时可以切入正确的节奏。终于听到她染上情欲的声音，他俯身，凑到她的耳边，喘息着说："你到底还是爱我的。除了嘴，哪里都承认了。"

一晌贪欢。

苏沅昭枕着这只熟悉的手臂，缩在他的怀里，后背与他胸膛的肌肤相抵，觉得温暖而踏实。

她在他的试探中退无可退，终究默认了一切的发生。哪怕开始的时候她茫然无措，但现在已完全清醒。她当然没有后悔，他说得没错，她爱他。

因为她爱他，所以戒除他比沉迷他痛苦一万倍，而第二次戒除比第一次还要痛苦一万倍。

只要她假装什么都不知道的话，就可以继续在温柔的陷阱里食髓知味，在甜蜜的梦里永不醒来。她干脆把脆弱的后背交付给他吧，或许他的爱不如她这样纯粹，可在他人情稀薄的世界里，她终究是比别人都重要的一个。

就这样吧。

"你刚才来找我是有什么事吗？"她想起一个未得到答案的问题。

于诚正用手指把玩着她的一绺头发，轻轻转着，发丝便在他的手指上绕成圈圈。他盯着手指愣了一会儿，忽然松开手，倾身从扔在地上的裤子口袋里掏出一个小盒子，打开，取出一枚亮晶晶的戒指，然后径直捞起她的左手，对准无名指，将戒指套进去。

今晚临时起意的事太多，他已经想不起自己本来是想做什么了，就这样吧。

Chapter7 恋上共 绑匪同床

1

节目告一段落，苏沅昭的时间稍稍松动下来，正好于诚的学校快要放暑假了，他便提议，让她趁这会儿不忙请几天年假，他们一起出去玩一趟。他拿来旅游宣传手册，兴冲冲地问她喜欢哪个地方。

她看着琳琅满目的风景图片，精神恍惚。

大约是筹备节目时整个人紧绷了太久，她这会儿只觉得身心俱疲，对旅行其实兴趣不大，只是见于诚难得有兴致，不忍扫兴，便胡乱指了一个。

“这儿吧。”

“泰国？”于诚微微挑眉，“干吗，你这么早就帮我省钱啊？”

苏沅昭瞪他一眼：“少来。”

“好吧，泰国就泰国。”于诚爽快答应，去哪里都不重要，反正都是国外。

前几天苏妈妈打视频电话过来，问苏沅昭新节目怎么样。网综不比电视节目，不是打开电视、选定频道就看得到，苏沅昭远程教了几次，家里老人还是不太懂怎么在电脑上看。苏妈妈只好多打几次电话过来，问些情况。当时苏沅昭正在吃饭，聊了两句便转手将手机给已经吃完饭的于诚。

这个“人肉手机架”跟苏妈妈聊了两句，最后当然还是把镜头移回苏沅昭身上，眼尖的苏妈妈迅速注意到自家女儿托碗的左手上那一枚多出来的戒指，立刻喊出了声：“嘿，你快把手拿近些，给我看看……啧啧，这么大的钻戒啊！”

苏沅昭吓得手一抖，差点把碗扔了。

她下意识把求助的眼神投向于诚，后者表情十分无辜，用唇语说：你别问我，我什么都不知道。

这边苏妈妈“啧啧”感叹了好几声之后，当场就决定要开始帮他俩操办婚事，还叮嘱他俩抽空把证领了。

“正好你工作上的事做好了，轮到这件大事了。”苏妈妈对自己的安排十分满意，看向于诚的目光分外慈爱。显然，丈母娘看女婿，越看越喜欢。这会儿于诚已经大大方方地坐到苏沅昭身边，跟她在手机里同框，还握着她的手跟手机里的苏妈妈表态，说他一定会照顾好她。

苏沅昭没有附和，却也没说不，不过戒指都戴上了，这会儿脸上的犹豫自然被苏妈妈看作小女儿家的矜持和羞涩，不好意思表态而已。苏妈妈心满意足地挂了电话，然后便欢欢喜喜地找亲戚朋友打听起婚宴的酒店来。

“太快了吧？”挂断电话，苏沅昭沉默了一会儿才开口。她莫名其妙地接受了于诚，心绪纷乱时被套上了戒指，这会儿家里也知道了。以家乡的习俗来说，家人操办的婚宴比领证的承认度更高，大人那边动起来，消息传出去，婚事基本就是板上钉钉，不好再叫停了。

于诚仍是笑着拨弄苏沅昭的手指：“不是什么大事儿，你别紧张。结了婚，我们的生活基本上不会有任何变化，你想做什么，照样可以去做，家庭或者至少是我，都不会成为你的羁绊。”

她好像没有什么反驳的理由，只好说：“嗯。”

虽然她最终给出了肯定的答案，但对于她的犹豫和迟疑，他自始至终一览无遗。至于她犹豫的原因，他想都不用想，肯定跟那个突然出现、扰人清静的人有关，跟那天晚上他没有参与也无从猜测的六小时有关。

对那个不知轻重的破坏者，于诚没办法大方到不管不顾。所以，在结婚之前，他还有一点儿事情要做。

其实，周言若是干干净净，那于诚也拿周言没办法，可他偏偏漏洞百出。

周言微博的合作方的品牌基本上是一些不知名的产品，于诚便着重调查了一下与周言深度合作的那个化妆品品牌，果然就查出了问题。微博和论坛上都有人说用了那个牌子的面膜，结果发红过敏，只是人微言轻，没有得到什么关注。

于诚买了那种面膜回来扔给郭涛，让他请同事检验一下成分，然后以律师的身份主动联系了那些受害者，获取更多信息。成分很快查出问题，汞超标，而受害者那边的产品获知渠道有周言的微博推广的一份功劳。于诚把信息整合了一下，再稍微玩下文字游戏，周言便首当其冲。

万事俱备，只欠东风。在事情全面引爆之前，于诚势必要引开苏沅昭，以免节外生枝。

他瞟了一眼泰国的行程安排，松散些，他跟苏沅昭可以走十天，足够国内网络上一场热点风暴的席卷和消失。

临行前一天晚上，苏沅昭才开始收拾两人的行李，她拿了一个大号行李箱，三分之一的空间用来放于诚的东西，剩下的就都归她了。虽然她对这场旅行兴味索然，但是她这会儿挑着适合出游、颜色适合拍照的衣服，突然来了感觉。在选择困难时，她只好拿着两件衣服拐去书房，找他征求意见。

他将目光从电脑上移开，分出一点儿注意力给她，瞟了一眼衣服便迅速指出一件，她予以采纳。来来回回几道，她终于选好了自己要带的衣服。

“你要带什么衣服？我帮你一起收拾了。”苏沅昭关心起他来。

“我就随便拿几件衣服换洗吧。”于诚盯着电脑没动。

“这么随便啊？”这人怎么比她还没兴趣？

“我反正负责给你拍照嘛。”他们又不是第一次一起旅行，他早就知道她的套路，“我就带好我苦练已久的拍照技术，不浪费你带的那么多套衣服就行了。”

苏沅昭点头，对他的自觉表示十分满意，然后回卧室去收拾他的行李。

搞定行装，她瞟了一眼时间，已经不早了，于诚还窝在书房里。苏沅昭忍不住过去问：“你还有这么多事儿要忙吗？学校不都已经放假了吗？”

“嗯，我多赚点老婆本。”

“嘁。”苏沅昭撇撇嘴，转身走了两步，又顿住，还是回过头来眼巴巴地望着他。

他却仍盯着电脑，噼里啪啦敲了好一阵键盘，才慢悠悠地开口：“看来有个人今晚很迫切哦。”

“滚蛋！”她转身就走。

“好了好了，我关电脑了。”于诚果然关了电脑，起身跟上来，忍不住掐了掐她的脸，说，“劳您再坚持几分钟，容我洗个澡再来伺候。”

“你走开啦！”苏沅昭简直气笑了。

于诚拿了衣服钻进浴室，很快便传来水声。苏沅昭躺在床上，百无聊赖地翻着杂志。突然，床头柜上他的手机振动起来。

这么晚还有人找他？

苏沅昭心里纳闷，一眼扫到来电显示上的字——顾。

上次苏沅昭接了于诚的电话之后，立刻噤声的人极有可能是顾锦澜。

苏沅昭看着这个字，迟疑片刻，还是将手机放回原处，由着那刺耳的嗡嗡声继续放肆。过了一会儿，于诚洗完澡出来，她仍盯着杂志，语气随意地道：“你的手机一直在响，你赶紧回个电话吧。”

“哦？”他拿起手机，瞟了一眼，眉头一皱，又不着痕迹地看看她，最后还是拿着手机走出卧室，去打电话了。

苏沅昭听着他关门离开时发出的“吧嗒”一声轻响，心仿佛跌落谷底。

这是一个需要刻意避开她的电话。

他们哪怕同床共枕，甚至即将缔结婚约，他依旧在做着将她革除在外的事，不准备结束，也不打算坦白。他从前是这样，以后也会是这样。她害怕说破之后收不了场，所以才装糊涂，可她真的能安心待在一无所知的领域里不闻不问吗？哪怕她真的勉强做到，心里会没有芥蒂吗？

她将头埋进被窝里，像一只将头钻进沙子里的鸵鸟。

于诚再开门进来，发现她已经睡下了，为他留了一盏小灯，莹莹亮在那里。

他望着那个背对着自己的人，眼神变得温柔起来。他轻轻关上门，轻手轻脚地走过去，关灯，侧身躺在她的身边。她感觉他的手搭上她的腰，仍是没有动，直到身后的呼吸渐渐均匀，她才睁开眼睛。主卧的窗帘遮光度最好，一点儿月光都透不进来。此刻，她睁开眼睛，看到的是漆黑一片。

她睡不着。

她有些悲哀地想：他把她当依赖，她把他当后盾，他们分明是亲密契合的姿势，却偏偏同床异梦。

2

苏沅昭和于诚订的是上午十一点的飞机，不算太赶。

苏沅昭从早上起床就兴致不高，于诚只当她昨晚没睡好，没有在意。

出门前，于诚在玄关等苏沅昭，苏沅昭则在里面检查最后一遍，看看家里的电器是否都关好了。这时，苏沅昭搁在鞋柜上的手机突然响了一下，于诚正好瞟到，亮起的屏幕显示的是一条短信：你跟他说清楚了吗？

没头没尾的一句话，于诚一眼扫过，本没有上心，但只顿了一秒，又迅速移回视线。这个号码苏沅昭并没有存，所以手机上其实没有显示署名，可于诚对这串数字眼熟得很。这正是于诚最近在调查的周言的手机号码。

于诚死死盯着屏幕上的寥寥几个字，目光几乎要在屏幕上凿出洞来。

毫无疑问，周言所谓的“他”自然是指于诚了，那么，苏沅昭要和他说清楚的是什么呢？分手还是摊牌？但是，凭什么由周言来过问苏沅昭和他之间的结果呢？

于诚握紧了拳头，恨不能一拳砸飞手机里这个阴魂不散的人。

听到她的脚步声越来越近，于诚才敛住心神，拉着行李箱，不动声色地说：“走吧。”他虽作势先走，但眼角余光始终没离开过她，他眼看着她换鞋、拿包、拿手机，摁亮屏幕，然后整个人一顿，竟好一阵都没有下一步动作。

“几点了？”他故意凑过去，却见她迅速将手掌一翻，将手机背到身后。

“还早，还来得及。”苏沅昭十分不自然地笑着，想掩饰方才夸张的动作。在于诚眼里，她却漏洞百出。

“哦，那我们走吧。”

两人一前一后出去，等电梯时，苏沅昭一直低着头，若有所思。于诚心里憋着火，可在这个节骨眼上对她发作不得。于诚面上不动声色，却已经打定主意，要把为周言准备的那场舆论风暴的影响力再扩大十倍，叫他不得翻身。

电梯来了，两人进去，才按下楼层，她的手机就响了。她掏出手机来，一瞟便知不好，偏偏此刻两人都在电梯里，她躲都没法躲。

于诚略带疑惑的目光已经扫过来了，她只好先接起电话。那边周言说什么，她根本没心思听，“嗯嗯”“哦哦”了两声就迅速收尾：“我再打给你，先挂了。”

苏沅昭低着头，感觉如芒刺在背，度秒如年，幸好于诚什么都没问。

电梯门打开，她率先走出去，心里微微松了一口气。

两人打到车，直奔机场，一起坐在后排，却很反常，一路上都没有说一句话。连前排司机都忍不住好奇地多看了两人两眼，心道：这两人看着郎才女貌，像是小夫妻去度蜜月似的，这还没上飞机就吵架了？

到机场准备换登机牌时，苏沅昭发现她竟然忘了带护照。于诚难以置信，她会犯这样低级的错误？他坚持让她再找找，她把小包和行李箱翻了几遍，可都没有见到她的护照。

苏沅昭低声道：“怎么办？”

于诚仍是平心静气地说：“我们回去拿吧。”他说完便接过行李箱往回走。

苏沅昭迅速跟上去：“对不起，我错了。我明明记得放在包里的……我们现在回去拿的话，肯定赶不上飞机了。”

于诚没说话，脚步却没停。

“要不，你先去？我们没必要两个人都耽误。”苏沅昭提议，“你可以先到泰国等我嘛。”

荒谬。于诚懒得理她，径自低头拿手机查下一班航班：“没关系，我们改签就是了，先回去拿护照吧。”

苏沅昭跟在他的身后，懊恼地看着机场行色匆匆的人群，心里甚至有一瞬希望他发对她发一顿脾气，这样她也许会好受些。他提醒过她，要她确认重要证件，她随口答应下来，却没有去确认。

从某种程度上来看，她默许了这件事的发生。

或许，她本来就不想去旅行，只是看着于诚那兴致勃勃的样子，说不出拒绝的话。

在返程的出租车里，她偷偷看着于诚，他正撑着脑袋闭目养神，侧脸的轮廓流畅而又锋利，她看了好多年都没有腻。她总会轻易地被他牵动情绪，不忍看他黯然，害怕他的冷漠，又心疼他某一瞬的脆弱。就像此刻，即便他故意闭上眼睛，掩住自己的情绪，她还是能从他紧抿的嘴唇中察觉出他在生气，便又愧疚又自责。

她想起谢邀曼曾经评价她，说她性格黏糊糊，不能坚定地接受，也从不肯定地拒绝，总在被动之中半推半就，然后把事情拖得更糟。这次也是，她一开始不说，非得等他把机票和酒店都订好了，临行时她却搞出这种令人无语的事。她这样心不甘情不愿的态度，哪怕去了泰国，恐怕一路上就是一部致郁机，白白给他添堵，而她也跟自己为难。

苏沅昭考虑了一路，终于在到家的时候用探询的口气说："于诚，我们要不别去了？我其实最近有点累，等过段时间我们再出去玩好吗？"

于诚身子一僵，转过身来盯着她，如同再给她一次机会般，再问了一遍："什么？"

苏沅昭却越发肯定她的想法："我不想去了。"

于诚懒得再粉饰太平，冷笑道："怎么，周言发一条短信就让你魂不守舍了？你护照都不带，跟我出国一趟就这么勉强吗？"

苏沅昭闻言，顿觉指头发僵，喉头发堵："你……看到了？"她的声音发涩，脸色霎时惨白，心中隐隐翻涌出一种恐惧，像怕光的灵魂突然暴露于烈日下，即将显出丑陋的原形。那些她极力掩饰和逃避的东西仿佛都要赤裸裸地翻到台面上来。

"跟他没关系，我自己不想去的，你不要瞎联想了。"她还在努力避免血溅当场、短兵相接。可在于诚的眼里，她便是心虚到连借口都编不出来，像纸糊的窗户，让人偏要一举捅破。

"这临出国了，他一条短信发过来，你就变了心，不想去了。要是在我们的婚礼上，他本人出现，你是不是会变心逃婚？"于诚怒极反笑，嘴角弯着，带着讽刺的意味，冷冷地望着她。

苏沅昭深吸了一口气，强自压下翻涌的情绪，低头不语，越过他，预备先回房间，等他冷静，也等自己冷静下来，然后再说。

可这形同默认一般的模样更是激出他心中滔天的怒火，他索性不再顾忌，干脆地下了通牒："好，既然你坚持不肯出国，那你就留在这里，亲眼见证一下他身败名裂的过程。”

她果然转身，蹙眉追问：“你什么意思？”

“字面上的意思。”于诚慢悠悠地走到沙发前坐下，说，“在你俩闹得满城风雨的时候，我就警告过他，让他有多远滚多远。他这才安分多久，又跑过来了。这种挥不走的苍蝇，一巴掌拍死最好。”

苏沅昭走过来，急道：“你要对他做什么？”

“告诉你也无妨，与他微博深度合作的品牌有严重的质量问题，证据确凿，我都备好资料了，明天开始全网推送，上次的事他不长教训，这次我要让他直接弃号重练。你就等着看他身败名裂吧！”于诚冷漠地宣布自己为他设计的命运。

苏沅昭心中巨震，抓住于诚的手，说：“你为什么要这样对他？”

“你现在这样为他一脸心痛地指责我的样子就是我这么做的原因。我讨厌你为他魂不守舍，更讨厌你为他跟我翻脸。”于诚一根根掰开她的手指，先堵住她要说的话，“你不用想什么办法来求我收手，现在没有哪件事比这更让我解恨。这是他应得的。”

她难以置信地看着于诚，妄想着在他脸上找到一丝松动，可是他脸上浮现的只有残忍。

“所以，你急急忙忙要带我去泰国是想引开我？你到底……”她想到上次录完节目那天晚上发生的所有事，身上顿时冒出阵阵寒气，“你早就知道那天晚上我是去见他对不对？从那天开始，你就在计划这一切？”

于诚的沉默令人绝望，苏沅昭的眼神彻底黯淡下去，她良久后才有气无力地说：“于诚，你真的……太可怕了。”

“你未免太偏袒他了。我又没逼他去接那些‘三无’产品的广告，你不要把他摘得这么干净，我不过是顺水推舟，拿来做做文章而已。在那些受害者眼里，我还是替天行道呢。”于诚三言两语就把自己撇得干干净净，“你最好别想着去通风报信，提前知道自己的死期这件事并不好受，你也最好不要想着出面帮他说点什么。你在台里刚有点儿起色，犯不着为他断了前途。”

“前途？呵呵，我的前途还不是拜你所赐？它是好是坏，还不是看你的心情？”苏沅昭冷着一张脸，索性不再顾忌她苦心维持的和平，“我之前被污蔑成第三者的事，你敢说跟你没关系？你就真的是碰巧赶上了，然后出手相助？如果真是这样，你为什么跟顾锦澜还有牵扯？你为什么到现在还要帮她处理解约的事？”

于诚显然没想到苏沅昭会突然提起这一茬，目光避了避，皱着眉，一时没说话。

“看来这是真的。”苏沅昭露出悲哀的神色，眼睛涩得发疼，“好一招先破后立，若是使在别人身上，我只会赞你一声好手段，可这次是我啊！我以为你哪怕城府再深，手段再狠，至少是不会伤害我的。可现在看来，是我自视甚高了。只要能达到目的，你根本不会顾及我的感受。”

素来杀伐果决的于诚的脸上难得出现了一丝心虚。

当初两人分手，他答应得干脆，后悔也来得很快。他几乎没过多久就决定去找苏沅昭挽回这段感情，可是他撞见她已经另觅新欢，而那个新欢就是她口中所谓的捡到阿宝的好心人，是那个跟女朋友秀恩爱秀出一片天的微博网红。

于是，在于诚看来，她将好不容易寻回的狗留给那个新主人的做法便有了更合理的解释，而她在他离开的那几天里突然提出分手，也有了更恰当的理由：她荒唐地对一个有女朋友的男人一见钟情，甚至还没等他回来就迫不及待地搬离了他们的家，奔赴那个人的身边。

那种背叛感深深攥住了于诚，他看到苏沅昭和周言牵着阿宝笑盈盈的那一刻，对苏沅昭的恨其实更甚于周言。所以，其实在他最初的策划里，本是没有他出场将她从旋涡里打捞出来这一步的。

只是，走到最后，他舍不得而已。

后来，苏沅昭因为那件事影响到工作，让她的工作几乎停摆，于诚眼看着她在台里碰着钉子却跟父母粉饰太平的心酸模样，有过一丝犹疑：他当初是不是过分了？但是，他一想到若不是自己那么做，恐怕她还在跟周言风流快活，他那一点儿愧疚便立刻消失了。让她吃点苦头也好，反正，假以时日，他有办法让她从那场风波里全身而退。他以为那件事早就翻篇了，没想到她突然知道了。

面对她的控诉，他有一点儿心虚，但只有一点儿而已。

“我是有把握让你全身而退才那么做的。”他仍振振有词，“你看自己现在比之前差吗？没有，你现在甚至比之前的节目邀约更好，身价更高。”

“是，多亏你借着怡海的手来推我的节目，我才能翻身。”苏沅昭讽刺道，“我是不是还应该谢谢你让我因祸得福？”

于诚皱着眉，看来她知道的比他想象的还多一点儿。

“总之，我针对的只有周言一个人。”于诚顿了一下，还是先把另一件事解释清楚，免得苏沅昭胡思乱想，“顾锦澜那边，我帮她解约，只是利益交换，怡海要签她，正好我让怡海帮我做了点儿事，我投桃报李而已，并且仅此一次，你不用放在心上……”

“我放在心上的不是这个。”苏沅昭大声打断他，“我放在心上的是你，是你啊！我早就知道这件事，却没有戳穿你，因为我怕，怕跟你闹到没法收场，所以我装作什么都不知道。哪怕是刚刚，只要你流露出一点点后悔或者抱歉，我都会忍不住想原谅你，可是你一点儿歉意都没有。于诚，你简直无可救药。”

苏沅昭说完，便低头取下左手无名指上的那枚戒指，将戒指拍到桌子上，然后转身就走。这时，她身后传来一句轻飘飘的警告：“我劝你不要激怒我。我对周言所有的不满都是因为你，如果你执意为了他离开我，那我不介意干脆多给他扒出几个罪名。”

一句话果然成功将她钉在原地。

于诚缓缓站起身来，拿起那枚戒指，走到她跟前，牵起她的手，将戒指套回原位。

“我戴上的戒指只有我能取下来。苏沅昭，你现在想走，太晚了。”

3

“你不要动他。”

苏沅昭挣开手，却没有再去碰那枚戒指，两只手安分地垂到一侧。这一个动作算作是她的妥协，而后她说出的话却是交换条件。

于诚的眼睛突地一跳，一股躁怒腾地涌上来。他一直没把周言放在心上，可是现在看来，那小子在她心中的分量倒是比他想象的还要重上许多，竟值得她拿自己来换。

于诚望着她平静却坚毅的脸，突然感觉胃闷闷地痛起来。是了，当初他对她笃定的掌控可不就是被那浑蛋的小钩子刺出了一条口子吗？还有，在他缺席的那段时间里，她跟周言之间可能发生的种种，他仅是偶然窥到他俩在青天白日里不算过分的一角，便心如刀割，更何况暗夜无人时恋人之间无数可能的亲昵缱绻。

于诚从不过问她跟周言在一起的事，也尽量不去想象，不过是怕自己嫉妒到走火入魔，伤害到她。

其实，对挽回她这件事，于诚自始至终是自信的，毕竟这场感情从一开始就是他放风筝似的吊着她，收收放放，那根线始终握在他的手上。他享受她的追逐，在虚虚实实的推拉之间将她圈进他的生活，将她嵌在一个最贴近他的位置。他始终自信，只要他这个位置还留着，她就一定会回来。

但现在他发现自己想得太理所当然了，他的线放得太远，竟让另一人趁机缠了上来，她的考虑不再只为他一人，她的轨迹在另一人的作用下与他的预想产生了偏差。

他的自信破了洞，漏出一些患得患失的不安来。

苏沅昭不知他心中这番思量，仍是轻声轻气地为周言开脱：“反正周言威胁不到你，你又何必把人家逼上绝路呢？你查到的那件事还是大事化小吧。”

于诚不着痕迹地退了一步，以便看清她的眼睛：“其实，有个问题我一直很好奇，你到底看上那小子什么了？”

“的确，他不如你聪明，也没有你能干，之前微博上那点名气其实大部分是顾锦澜经营的结果，他就是按照顾锦澜说的桥段画点儿小图，刚好长得好看，就这么被架上高位。他舍不得那个人设是人之常情，处理不好我的事情，我不怪他。”苏沅昭第一次在于诚面前谈起周言，语气十分平静，像在讲述一个与自己无关的人，他好就是好，不好就是不好。

可是于诚还是觉得刺耳，反驳道：“怎么我做事使点手段就是有心机、有城府，他欺骗几百万粉丝，你还把他说得那么无辜，还说是人之常情呢？你对我太不公平了吧？”

苏沅昭没理于诚，继续说：“我最喜欢他的一点就是坦白。你们都说他懦弱、没有担当，其实不是这样的，他其实很勇敢，或者说他心里有一种安全感，让他不惮于暴露自己。”

苏沅昭想起她与周言一起遛狗的许多个凌晨与深夜。那时，周言白天赶画稿，晚上出门，一整天没人说话，所以每逢在小区碰到苏沅昭，话格外多。在此之前，两人在生活和工作上没什么交集，周言聊完阿宝，便只能聊自己了，从小时候爬树摔下来腿上留下的疤聊到高考失利复读那一年的失败感。一个算经历过一些事的成年人却好像一点儿提防之心都没有，絮絮叨叨地跟她和盘托出他的全副身家。那种被全心信任和依托的感觉是她从未在于诚那里得到过的。

苏沅昭承认，她被打动了。她内心太渴望这样一场普通的、舒服的、简单的恋爱，两个人可以分享彼此的喜怒哀乐，可以彼此交底、彼此信任。

“我跟你在一起几年，可是知道关于你的事远不及和周言那短短几个月里知道的丰富。因为我了解他，所以我更容易理解他的行为。我知道他只是一个普通人，会有欲望，会贪婪，会有功利心。”苏沅昭顿了一下，说，“可是我不了解你。于诚，你从来没对我和盘托出过。”

于诚皱着眉，感觉胃又闷痛起来。他下意识地伸手往那个位置按，半路想到可能会被她看出什么，索性变了方向，莫名其妙地解了自己的一颗衬衣扣子。他避开话锋，开了个玩笑：“我们都裸裎相对过了，还要怎么和盘托出？”

苏沅昭没理于诚，径自坐回沙发上：“周言和你不一样，他让我觉得安全，或者说哪怕发生什么变故，我都可以预见一点儿。但是你，我抓不到。”她顿了一下，低头叹了一口气，轻声说，“于诚，其实跟你在一起，我很累。”

这一刻，于诚有点儿慌了。

他突然觉得自己才是那只风筝。他在她的天空胡作非为，扑腾游走，百般拉扯着她的目光和脚步，可如果有一天那根线断了呢？如果有一天她收回所有的爱呢？

于诚压下心中的不安，走过去，坐在她对面的茶几上，长腿分跨开来，将她围在其中，双手握住她的肩膀，耐心地跟她解释：“他跟你坦白不过是转嫁自己的压力。他承担不了的东西，想拉一个人跟他一起承担而已。即便他跟你交代一切，也并不能改变他本质上就是一个功利又虚荣的人。”见她仍不以为然，于诚继续道，“比如上次的事，如果由我来处理，我会处理得比他好，因为我足够强大，也足够坚定，不需要你为我承担我的压力。”

于诚捧起她的脸，认真地说：“我答应你，不动他。我踩死了他，反而让你可怜他、心疼他。我不仅不动他，还要寻个机会帮他。我要让你看看，那种人的爱有多廉价，而你所谓的安全的感情又是多么不堪一击。”

“你要做什么？”

“我还没想好。不过，既然我答应你不动他，那我做的只会是对他有利的事情。”于诚笑了笑，说，“你刚才说想知道我恐惧的事情是什么？”

她点点头。

“我现在最恐惧的事情是你离开我。”

他在这世间游荡这么多年，总被当作舍弃的选项，只有她一个人永远把他当作最重要的选项。他们这段感情表面上是她一直在追逐、迁就、妥协，可是只有他自己清楚，其实是他越来越离不开她。

苏沅昭察觉他眼里几乎是沉重的认真，将手覆在他的手背上，示意他放心：“我只是希望你不要什么事都瞒着我。”

“好。”于诚答应的速度快得有点儿不真诚。

苏沅昭立刻抛出第一个问题：“你跟怡海是什么关系？你不要跟我说仅仅是帮怡海打过官司，一个单纯的合作律师没那么大的面子请人家那么出力来帮我做宣传。”

“先母和陈叔和是故交，我借了她几分面子。”于诚这次毫不拖泥带水，现学现卖，运用周言那项备受她青睐的技能。

苏沅昭虽然知道于诚跟怡海关系匪浅，却没想到跟他关系匪浅的是人家大老板。李新泽说过陈叔和的背景，陈叔和是前两年才从天海出来自立门户的，她顺着想到一件事：“我那会儿参加主持人选拔比赛，之后就有天海的人联系我，要签我做艺人，该不会就是陈叔和的意思吧……还是……是你的意思？”

“不是我的意思。不过，我的确借了他一点儿力才能那么顺利送你进决赛，那是我回国以后第一次联系他。后来你夺冠，他想给你一个更好的发展机会，所以让人联系了你。”

“什么？”苏沅昭顿时有点怀疑人生，亏她还以为自己当年是靠实力赢得冠军的，甚至还引起了国内顶级娱乐公司的注意，为此沾沾自喜很多年，没想到搞了半天，她是一个关系户啊！

于诚笑了笑，安慰道：“放心，你还是有实力的。当年，我毕竟不想你当关系户当得太明显，所以没有直接请天海出面，只是找和叔要了一些宣传资源的支持而已。”

“好吧。”苏沅昭尴尬地笑了笑，想起她跟李新泽信誓旦旦地说自己是凭实力上位时那个骄傲劲儿，顿时满头大汗，总算有点明白于诚所谓的“有些事还是不知道的好”。

“相信我，我这几年为你做得最多的就是听你发发牢骚，顺便给你出出主意。”于诚连忙稳住她地动山摇的自信心，“今天的一切是你自己挣来的。你知道的，我帮忙也是看人的，从不扶烂泥。”

她点点头，心里似乎稍微得到了安慰。

“你还有什么想问的吗？”于诚今天是要现学现卖到底了。

苏沅昭连连摆手，感觉她需要缓一缓。

Chapter8 为你忍受当享受

1

泰国这场旅行，两人一个力不从心，一个另有目的，计划最后自然是“流产”了。

苏妈妈打电话过来，偷偷问苏沅昭是不是又跟于诚吵架了。苏沅昭不可能照实说，只好解释为台里突然有事。苏妈妈盘问了一会儿，苏沅昭都对答如流，她才稍微放下心来，说：“你们不去泰国也好，这么热的天，你们等结婚了再出去，叫什么来着？对，度蜜月。”

一提起这茬，苏沅昭就觉得头大，目光落到左手那枚被取掉又套回来的戒指上，心里还是惶然。那天剑拔弩张的场面还历历在目，以双方各退一步结束：她不再追究他在一年前那件闹得满城风雨的事情里扮演的微妙角色，而他放弃以激烈的方式毁灭周言。

但于诚在整件事里表露出的控制欲与惊人的手腕还是令她心惊胆战。

“对了，酒店我已经联系了。”苏妈妈想起正事儿，“这办喜事还要排队呢，好点儿的酒店都排到一年后了，咱们运气好，正赶上一家人取消了婚宴预约。十月十日，日子倒是一个好日子，就看你跟阿诚工作上能不能安排得过来。”

“十月十号啊……”这也太快了吧！但这话苏沅昭不敢说出来。苏妈妈那边刚刚还在问苏沅昭跟于诚是不是吵架了，她这会儿要求推迟婚期的话，可不就是摆明了他俩关系不稳吗？

“我得问问导演。我现在是在特殊时期，不好随便请假。”她还是先把锅推给工作。

“成，那你早点儿给我一个准信儿，酒店可紧俏着呢，晚了就让人抢了。”苏妈妈顿了一下，说，“等会儿我再给阿诚打个电话，问问他的时间。”

“别别别。”苏沅昭连忙阻止，要让他顺水推舟一把，这事儿就再没改变的余地了，“浪费那个电话费干吗？我直接跟他说就好了。”

安抚好家人，苏沅昭心里却一点儿都没松快。她说不清楚自己的犹疑究竟是为什么，但她至少清楚，待嫁的心情不应该是这样的。

周言一直在追问她和于诚的情况，她抽了个于诚不在家的时间，给周言打了一通电话。

“你跟他怎么样了？”周言还是最关心这个问题，抢在她之前开口。

“他承认了，视频是他拍的，也是他给顾锦澜的。”

“然后呢？”周言追问。

苏沅昭不好说内情，于诚那边攻击周言的计划已经偃旗息鼓，她当然不会再提。所以，闷了半天后，她说：“我不追究了。”

“你说什么？”周言难以置信，一连反问了好几句，“你连这个都可以不追究？你对他到底纵容到什么地步了？你是不是被他卖了还要给他数钱啊？”

“总之，情况有点儿复杂。”苏沅昭顿了一下，说，“谢谢你关心我，我跟他……唉！”她叹了一口气，不知道要怎么说明眼下的情况。

周言听出她的语气不对劲儿，忙追问：“你是不是有什么苦衷？他是不是威胁你了？”

“不是，你别瞎想了。”苏沅昭立刻否认，顿了一下，把话题转到自己这通电话要说的正事上，叮嘱周言尽快结束和有问题的品牌的合作。她不想增加他对于诚的敌意，话里自然把于诚抹去了，只说她偶然在网上看到有消费者维权，所以提醒他一下。

可她把话说得太轻了，周言便不以为意："可能是有些人的身体对产品不耐受，没什么大问题的。"

"我看到有些患者做了检测报告，说产品有害元素超标了。"她进一步强调，"你要对粉丝负责嘛，万一闹大了的话，对你也不好。"

"哦……"周言敷衍地应承下来，"我跟商家签了合同，还有两个月到期，续约的时候我再认真考虑一下。"

苏沅昭皱眉。虽然在于诚面前，她努力为周言开脱，但是此刻她也觉得周言的做法有些过了："你好自为之吧。周言，无论如何，我都希望你过得好，不要再发生什么变故了。我先挂了。"她的速度很快，挂断之前那边分明还有未说完的话，她却没有多给对方几秒时间。

她挂断电话之后，心里涌出一丝不忍，但只能如此了。

她正发愣，门突然开了，于诚探头进来，笑着问："你在干什么呢？这么热的天，你怎么站在阳台上？"

"啊？没什么！"苏沅昭这才感觉脖子上出了汗，解释道，"我妈刚打电话过来。不知道为什么，我在房里听不清声音。"

"哦，她说什么了？"于诚饶有兴致地问道。

"没什么，我们随便聊聊。"苏沅昭低头避开他的视线，从他打开的门缝里挤进去。

于诚微微挑了挑眉毛，却还是任她从他的臂下逃过去，没有追问。

之前为了旅行，苏沅昭已经把年假请了，后来计划取消，这几天便空了下来，百无聊赖地待在家里。于诚倒是总有事情忙乎，放暑假也不常在家。

这倒也好，他们毕竟才吵完架，像现在这样在家大眼瞪小眼的，其实有点尴尬。苏沅昭抱着腿坐在沙发一角，将脑袋搁在膝盖上，盯着电视，一副认真看节目的样子。

于诚走过来，挨着她坐下：“怎么，你想要孩子呀？”

“什么鬼？”苏沅昭觉得莫名其妙，瞪了他一眼，又回头看了一阵电视，突然发现她目不转睛看的是一个购物台，节目里主持人正在用各种方式验证自己推销的这套婴儿奶瓶耐摔、耐打、耐高温。

苏沅昭默默地换了一个频道。

于诚狡黠一笑，靠过去，将整张脸凑到她眼前，大言不惭：“电视有什么好看的？你看电视还不如看我呢。”

“滚。”苏沅昭推开于诚的脑袋。这人却像得了软骨病一样贴在她的身上，还顺势挤开她的身子，躺在她的腿上，蹭着她的肚子，慢悠悠地道：“你在家里闷得慌吧？晚上我带你出去玩。”

“上哪儿去？”苏沅昭被勾起了一丝好奇心。

于诚已经闭上眼睛：“你可以先猜一下。”

苏沅昭真想起身，让这人滚到沙发底下去，可低头看着他浓密的睫毛，他此刻柔柔软软的，像个孩子似的，她还是没出息，觉得于心不忍。她没动他，还拿遥控器把电视声音调成了静音。

这一觉他似乎睡得格外安稳，闭着眼睛，一动都没动。

他睡饱了，一觉醒来，明显精神好了很多。他去卫生间稍做整理，然后便饶有兴致地拉苏沅昭到衣柜前，选一会儿要穿的衣服。

“这……有点夸张吧？”苏沅昭看着他翻来翻去，最后塞到她手里的竟然是一件白色T恤加粉色短裙，这种少女装还在她的衣柜里简直是奇迹。她提醒他：“我今年二十八岁了，不是十八岁。我们到底要去哪儿啊，要穿成这样？”

“等会儿你就知道了。”于诚也相当“犯规”，挑了特显嫩的一件白T恤和一条蓝色牛仔裤，再把刘海弄下来……谁说人无再少年来着？

但是，这个少年能多点矜持和羞涩，不要这么直接当着她的面脱衣服、换衣服就更好了。

于诚一路上神神秘秘的，不肯说，结果最后停车的地方竟然是 H 大。她偷偷瞟了于诚一眼，心想：他干吗？缅怀青春？

这会儿正是傍晚，日头已经下去，但暑热未散，苏沅昭一下车便感觉到闷热，万幸于诚没带她搞什么校园散步，而是径直拉着她拐进学校旁边那家冷气十足的饭店，熟门熟路地点上两人从前都极爱的水煮鱼，还有几样小菜。

“我们运气不好，老板娘今天不在，我没法刷脸打折了。”于诚看了眼前台那个不认识的收银小姐，跟苏沅昭打趣道。

苏沅昭白了他一眼，想起从前老板娘明显的性别歧视加外貌协会的属性来，到底是暑假，店里的生意还是淡了不少，以前总是爆满的小店今天只坐了一半客人。随手一算，她毕业有五六年了，这饭店算是历史悠久了，这两年估计重新翻修了一番，墙壁刷得白得刺眼。

菜端上来，她先尝了一口，眼睛立刻亮了：“好吃，味道跟之前的一样。”

于诚见怪不怪，笑了笑，也夹了一块鱼肉，在他碗里的白米饭上滚了滚，留下一片辣油痕迹，这才慢慢吃下去。

桌上的菜很快被消灭干净，苏沅昭的白 T 恤不出意外溅上了三滴油，等于诚结账那会儿，她仍在徒劳地擦着衣服上扎眼的油点，忍不住埋怨：“哎，我们出来吃这个，你干吗还让我穿白衣服？你存心的吧？”

于诚故意低头看他的胸前，不说话，就笑了笑。

苏沅昭看着他依旧洁白无瑕的 T 恤，再瞅她，简直怀疑他们吃的不是同一顿饭。

两人走出饭店，日头下去了许多，两人填饱了肚子，对散步也就能接受了，所以当于诚优哉游哉地拉着她往学校走时，她没有异议。

H 大别的没有，就是树多，没有什么刻意的园林设计，绿树浓荫，随意地扎着堆。两人走到校园深处，温度明显比外面低一些。大学校园是一个好地方，他们一进来就感觉身心都放松下来，脑子里纷乱的思绪和纠结得以暂时放下。

苏沅昭正欲开口说点什么，于诚的手机先响了。

“我从东门进的呀，谁让你拐去西门的？”

“算了吧，我告诉你在哪儿你也找不到，你在门口蹲着等我吧。”

于诚三言两语便挂了电话，然后往他刚才在电话里说的西门走。

苏沅昭很尴尬，亏她还以为他是特意带她来学校约会的，搞半天是他跟别人约好了，顺便带她啊？她气鼓鼓地跟着他，故意憋着不开口问等在那边的是什么人。

走到西门，苏沅昭冷眼瞧着于诚四处张望，寻着来人。这时，不远处的一辆车打了个双闪，距离太远，光线太暗，苏沅昭看不太清车牌。过了一会儿，驾驶座和副驾驶座的门打开，两边分别走出来一人。

等两人走近，苏沅昭才认出，右边这人可不是郭涛吗？

“哎，你怎么在这儿？”看到熟人，苏沅昭也不计较什么了，反倒比于诚先跟郭涛打起招呼。

郭涛偏头，冲他身边的大高个儿努努嘴：“喏，政治任务。”

这男生的鼻子长得十分笔挺，嘴和下巴长得跟郭涛有几分说不出的相似感，年纪明显比他们都小了许多，眼神却出奇沉稳严谨，反倒衬得身边挤眉弄眼的郭涛有些轻佻。

苏沅昭笑着问道：“这位是？”

“你应该就是郭束吧？”说话的却是于诚，“你长得比你哥帅多了。”

“你滚！”郭涛抗议。

郭束没有得意，而是十分礼貌地跟他们问好：“诚哥好，昭姐好。”

经他们解释，苏沅昭才知道原来郭束是刚高考完的准大学生，家里希望他的志愿不要填太远，就留在省内。郭家“太后”听说郭涛认识一个大学老师，自然就让郭涛带弟弟出来见一见，来学校看一看，看是选 H 大还是 Z 大。

“这会儿高考分数还没出来吧？”苏沅昭家里正好有个表妹今年高考，家族群里时不时发些与高考相关的消息，所以苏沅昭对今年高考的时间节点有一点儿了解。

“嗯，还没出成绩。”郭朿点点头，道，“不过，就填省内的大学的话，问题不大。”

苏沅昭震惊了。H 大和 Z 大虽然不比清华、北大，但好歹也是省内顶尖的两所大学，在全国都能排上号的，郭朿却说得好像已经确定可以随便挑学校一样。换了别人，她非得泼泼冷水，让他清醒一点儿不可，可是郭朿这表情太平静、太淡定了，不是故意深藏功与名的低调炫耀，而是平平淡淡地陈述着，就跟在饭桌上说“我来尝尝哪个菜好吃”一样。

苏沅昭汗涔涔地想起她当年高考后等分数时那个紧张劲儿，最后她走了狗屎运，录到 H 大，还特地听老爸的劝说，去南岳衡山上了一炷香，怕以后折寿。

不过，这种被人噎到的感觉她倒是十分熟悉。她没好气地瞟了一眼于诚，心想：这郭朿怎么越看越像于诚的弟弟啊？

几人走着走着，于诚跟郭朿就走在了前面，你问我答，十分热络地聊起来，留下苏沅昭跟郭涛慢慢地跟在后面，大眼瞪小眼。

“你跟我介绍介绍你们学校呀。”郭涛好奇地张望着。

“这有什么好介绍的，你又不是没上过大学，不都差不多吗？”苏沅昭觉得莫名其妙。

“那不一样嘛。”郭涛嘟囔一句，好像还有点委屈。

苏沅昭见他确实感兴趣，便跟他闲扯了起来。他不是考察学校的准大学生，想听的自然不是建筑规模、师资水平之类的。她便跟他说了些学校的逸闻八卦，还有她以前上学时的趣事。

苏沅昭说起她的大学，自然避不开谢邀曼。作为谢邀曼最好的朋友，苏沅昭在恋爱之前几乎大部分事情都是和谢邀曼一起做的。

“看不出来啊，她……”听到苏沅昭说她俩以前经常卡着门禁偷溜出宿舍吃夜宵的事，郭涛摸着鼻子，一副难以置信的样子，“我以为她是那种……不会给自己找麻烦的人。”

“哈哈，她就是看着冷。”苏沅昭向来对自己的闺密“不吝夸奖”，“其实，我们玩熟了之后，她疯着呢！而且，她是那种想到了什么事就一定要做的人，小到半夜突然想吃北门的张记烧烤，就算爬墙也要去，大到专业学得好好的，突然出国跨专业考心理学。反正她做什么我都不意外。”苏沅昭顿了一下，补充道，“除非哪天她谈恋爱了，我倒真要好好意外一下，看看到底是什么人能把她拿下。”

郭涛有些意外：“她读大学时没有交男朋友？”

“唉，她能看得上谁呀？对于那些男孩子，她都是用智商碾压。说句心里话啊……”苏沅昭朝前面于诚的背影努努嘴，压低声音说，“我觉得能配曼曼的，他勉强算一个吧，可惜两人不对盘呀。”

“可惜？”郭涛挑眉反问。

苏沅昭发现说错了话，连忙解释道：“我不是那种意思啦。就是说，比如你生命中有两个非常重要的人，那你肯定希望他们能合得来嘛，最好三个人能一起玩，不用担心冷落了谁。”

郭涛看苏沅昭的脸上好像是真的可惜，她好像真的希望男朋友和好朋友能够关系融洽一点儿。郭涛有些无奈地摇摇头，心道：苏沅昭真是天真，天真到察觉不出自己的好朋友百转千回里的情愫以及最终为了不生是非而独自远走的意思。

其实，苏沅昭天真得有些残忍了。

“说起来，我有一阵子没见到曼曼了。”苏沅昭上次跟谢邀曼见面还是录完节目跟周言见面的那天晚上。那时，她心里太乱，无处可去才去找的谢邀曼。她道：“我感觉又需要曼曼给我炖心灵鸡汤了。”

郭涛顺着苏沅昭的视线看去，果然，她的目光又落在于诚的身上。也是，她最近事业打了个漂亮的翻身仗，哪里需要什么安慰？所以，她要找谢邀曼，肯定是因为感情问题了。

郭涛想到那双总是平静如湖泊的眼睛和被他一语点破时那般慌乱失措的神情，以及明明讨厌他却还是放低姿态请求他保守她心中的秘密的样子，到底有些不忍。

“哎，你别找她了，可以跟我聊啊！”郭涛俨然摆出一副妇女之友的姿态，然后顺利收到一个鄙视的眼神，他不介意，继续劝说道，“你看啊，你不是说她跟于诚不熟吗？你跟她说能有什么结果呢？你还不如跟我说，至少在你不在的时间里，可是本人陪着他的。”

苏沅昭想了想，还真有事情是得问郭涛的，正欲开口，却已经听到郭涛飞快地补充道：“在不违背本人职业道德的前提下。”

苏沅昭瞪了他一眼，懒得再理他。

2

一行人在校园里转了大半个圈，天已经黑下来了。

郭涛摸着肚子，说有点饿，晚饭是在家里吃的，一直被催恋爱、催结婚，他压根没吃多少。

苏沅昭看了郭束一眼，见他不反对，便一拍胸脯，说：“那本校夜市文化由我来科普！”

苏沅昭说完后，便带着他们直奔小吃夜宵街。这条街历史悠久，甭管哪一届学生，吃货都多，一代接一代维持着这条街的热闹，并且大家都很实在，好吃的宁愿为它排队等位，不好吃的店“欢迎光临”喊再多遍，大家也不理。而苏沅昭要科普的自然是她以前经常光顾的好店。果然，美味经得起时间的考验，那几家店铺竟然都还在。

苏沅昭晚饭吃得很饱，这会儿并不饿，但是有的东西是不饿也可以开心地吃下去的，比如她以前跟谢邀曼钟爱的张记烧烤。想到这里，她忍不住给谢邀曼打了个电话，问谢邀曼要不要来吃。

“你真的在学校？你去那儿干吗？”谢邀曼说，“你这么一说，我好像真的好多年没吃过了。”

“我在给一个小朋友介绍咱们学校，这不刚高考完吗？”苏沅昭说，“你想吃就来嘛！”

“还……”谢邀曼那边说了句什么，但是苏沅昭正好从一个街头歌手身边走过，音响的声音很大，她没听太清，不过她猜谢邀曼应该是问店还在开没。

“开开开。我刚看到了，现在正往回走呢，你快点过来啊！我点你最爱吃的烤茄子和蒜蓉金针菇！”

谢邀曼哪里经得起这般诱惑：“二十分钟，你等我！”

这会儿还不到吃夜宵的高峰期，苏沅昭带领几人进门，找了一个位置坐下，然后热情地跟一个刚好从后厨出来的服务员打招呼，虽然人家已经不记得她的名字了。

她毕竟走入社会了，不像上学时那样攥着一点儿生活费，精打细算的，现在点菜时豪爽地指了几道菜出来，然后说：“除了这些，其他的都要。另外，烤茄子和蒜蓉金针菇来两份。”

这个量震惊了正在喝水的郭涛，郭涛直接呛了个大红脸。郭束内心也很震惊，只是他比较有礼貌，把表情管理得比较到位。

郭涛咳了半天，终于勉强说话：“虽然，喀喀，我知道应该会很好吃，但是这个量也太多了吧？我以一个医生的立场建议你少吃点……”

“等下还有一位同学要来。”苏沅昭已经合上菜单，跟站在旁边等着他们统一意见的服务员说，“就这样吧。”

郭涛内心在咆哮：五个人吃这些也很多啊！

他不由得朝身边的于诚挤眉弄眼：你也不管管女朋友？

然而，后者连头都没抬一下。方才他在路上就看见她在打电话，这会儿点菜又把那两样菜重点突出，他用脚想也知道等下谁要来。这种时候，他不需要发表意见，只需要付钱就好。

菜端上来，苏沅昭将视线转向门口，其余人很有眼色，没有动筷子，忍着扑鼻的香气等那位贵客。

谢邀曼把时间算得很准，没让他们久等，熟门熟路地找到张记，一进门便看到苏沅昭热情地招手。谢邀曼点头，走过去，却在看到苏沅昭身边的于诚时迟疑了一下，心道：他怎么在这儿？这时，桌上原本背对谢邀曼的一个人回过头来，谢邀曼干脆地顿住脚步，心道：他又怎么会在这儿？

一桌四人，一个她不敢见，一个她不想见，还有一个不认识的，这到底是什么搭配？

谢邀曼忍住掉头就走的冲动，勉力走过去，坐到苏沅昭留的座位上，却正好跟对面的郭涛大眼瞪小眼，齐齐震惊。

谢邀曼实在受不了，站起身，说："我去下卫生间，昭儿过来给我把下门。"

张记厕所的锁有问题，不过那都是老皇历了。苏沅昭正想提醒一下谢邀曼，可是谢邀曼已经起身走了，苏沅昭不好大声叫唤，只好先跟上去，谁知谢邀曼一把将苏沅昭拉进了卫生间。

"干……干吗？"苏沅昭结巴了，这是让她在里面把门吗？

"他们怎么会在这里？你不是说带你表妹参观 H 大吗？"

"不是表妹啊，是郭涛的弟弟啊！我妹哪儿有那本事啊，能考个普通一本就要去庙里拜一拜了。"

谢邀曼顿时满头包，这是天大的误会啊！

回到饭桌，谢邀曼不想说话，也懒得抬头，免得跟对面那人撞上视线，只好埋头苦吃。

于是，郭涛眼睁睁地看着她面无表情地干掉一盘又一盘烧烤，中途低声问了一句：“你吃这么多东西，不怕胃受不了吗？”

然而，没有人理他。

苏沅昭把最后一串虾丸拿在手里，说吃不完，谢邀曼面无表情地分了一半过去。

郭涛深深觉得，他可能一直对女生的食量有误解。

吃完夜宵出来，一行人往回走，苏沅昭晚上喝了点酒，心情十分松快，走路都是打着转儿的，还拉着谢邀曼在大马路上大声说：“曼曼，你还记不记得我们以前在这儿学骑自行车啊？我一想到就觉得好好笑啊！”

“你可闭嘴吧！”不过，谢邀曼虽然嘴上嫌弃，却没有松开拉住苏沅昭的手，就像当年一边骂苏沅昭太笨，一边牢牢地扶稳单车一样。两人走到一处十字路口，苏沅昭忽然停下脚步，看着不远处的于诚，附在谢邀曼耳边，轻声说：“十月十日，我们的婚宴定在十月十日，你说我要去参加吗？”

谢邀曼僵立在原地，连声音都发不出来。

苏沅昭一边大笑，一边往后退：“哈哈，你看你也回答不上来，我怎么会回答？我的成绩一直比你差啊！”

不远处的于诚看到苏沅昭在马路中间倒着走，正要开口提醒她小心点，却看到一道车灯从另一个街口照过来，隐约有汽车奔驰的声音。于诚想说话，喉咙却发不出一点儿声音，但脑子是清醒的，迅速支配着他像箭一般飞速冲过去，一把捞起她，转身将她紧紧护在怀里。车子惊险地擦着他过去，司机却发现前面还有一人站在路中间，迅速偏转方向，却还是闪避不及，刮到了大脑还处在凝滞状态的谢邀曼。

一声尖锐的急刹声扎进几人的耳朵里，苏沅昭还在于诚的怀里，惊魂未定，郭涛已经跑过去，看到躺在地上的谢邀曼，全身抖起来，迟疑地伸手去碰谢邀曼的手腕，声音变得跟平时不太一样：“谢邀曼！你……你怎么样？”

谢邀曼避开他的手，自己撑坐起来：“没事。”她淡淡地说着，正准备站起来，却感觉脚踝发力的这一刻几乎痛入骨髓。他迅速扶住她，问道：“你怎么了？”

“我好像扭到脚了。”谢邀曼低头看了一眼，然后试着挣开郭涛的手，靠自己站稳。他却没有松手，反而更加强势地将她揽到他的身上。

谢邀曼觉得莫名其妙，看着他，却发现他的表情严肃，让她一时无法拒绝。

这边苏沅昭已经挣开于诚，大呼小叫地跑过来，一通紧张的问候和自责。确定谢邀曼除了脚踝和手臂擦破皮，没有别的伤之后，苏沅昭才稍稍放下心来。

肇事司机态度挺好，送他们去最近的医院处理伤口，付完医药费，还留下名片给谢邀曼，说有需要就请联系他。

“那你把我们送回西门吧，我的车停在那里了。”郭涛一点儿也不客气，一边掏钥匙递给郭束，一边跟于诚说，“这一车坐不下这么多人，你们就自己回去取车吧。于诚，你帮我把郭束带回去，我送谢邀曼回家。”

郭涛如是安排，众人挑不出错来，只觉得他今天有点儿不一样，有点儿强势，有点儿不那么“郭涛”，可是有人不听话。

“不用了，我打车就好了。”谢邀曼说，“我只是扭到脚了，不是不能走。”

“不行！”果不其然，还不等郭涛开口，苏沅昭已经高声反对，“你打车让我怎么放心呀？要不然我送你，等会儿我去取于诚的车。”

“别别，那样更麻烦。”谢邀曼只好妥协，由郭涛送她回家。

“你开慢点啊，小心点啊！”苏沅昭喋喋不休，叮嘱完之后才关上车门，目送他们离开。

“我们也走吧。”于诚拉着她的手，招呼郭束，一起去东门那边取车。

见她还忧心忡忡的样子，于诚挠了挠她的手指，说：“你放心吧，别忘了，郭涛是一个医生。”

“哦，也是。”苏沅昭笑了笑，回握住于诚的手。

方才车子冲过来的那一刻，虽然她的身体反应不及，但意识是清醒的，所以，她清楚地看到那一刻他冲过来时惊慌的表情以及毫不犹豫护住她、以他的身体去隔开危险的动作。

他的拥抱紧得几乎令她无法呼吸，他的心似乎快要跳出来了。

她想起那天他回答她，他最恐惧的事情是什么。

他说："我现在最恐惧的事情是你离开我。"

那一刻，她确信了。虽然有那么多不如人意的地方，但是他爱她，爱得不择手段，也爱得奋不顾身。

一场惊险过后，他没有责骂她什么，也没有感慨什么，毕竟受伤的是她的好朋友，她心里不会好受。

只是，在回去取车的路上，他坚持让她走在马路里侧，不肯再松开她的手。

他们聊着有的没的，好像刚才什么都没有发生过。

苏沅昭抬头看了看天上的月亮，莹莹的，无害地注视着如蝼蚁一般的人群。

人这一生不长，谁知道以后会发生什么呢？信誓旦旦的诺言有可能成为空话，岁月静好的生活也可能有意外突如其来，她执着于不可把控的未来又有什么意义？

重要的是，此时此刻，她握着他的手，心有余悸又满怀感恩，好像全世界的人都幸存下来了。

是啊，方才那一刻，感受到身心战栗的不止他一个人。

她也好怕失去他。

"于诚，我妈打电话过来，说可以订到十月十日的婚宴酒席。"她低着头，突然感觉有些不好意思，顿了一下，还是闭着眼睛把话说完，"你那天有没有时间？"

他顿住脚步，愣了一下，然后盯着她，露出"你仿佛在逗我"的表情。

“你有时间吗？”她被看得面红耳赤，气急，又说了一遍。

“我当新郎当然有时间，其他的嘛，没空。”于诚笑着逗她。

“当然是新郎……哎，你真是！”苏沅昭反应过来，气急，甩开他的手，径自往前跑，没跑两步就被他拉了回来。他一把将她搂在怀里，把头搁在她的肩上，喃喃道：“上哪儿去啊，媳妇儿？”

跟在后面的郭束吃不消，别开目光。

他看上去再怎么老成，也只是一个没满十八岁的孩子啊！

3

年假休完，苏沅昭回台里上班。

这会儿正值节目收官，网络讨论度达到顶点，作为节目主持人，苏沅昭这会儿俨然是一个红人了。当初领导给她定的“农村包围城市”的方法终于奏效，她现在得到很多节目邀约，不过她还是把自己的第一档期交给了李新泽。

虽然当初她来的时候李新泽不情不愿，但的确是他在她遭受冷遇的时候丢来了一根橄榄枝。在制作这档节目的过程中，她已经完全认可了他的能力。所以，只要他开新节目，她一定无条件配合。

她去李新泽经常写策划、约人谈工作的咖啡馆，拍着胸脯跟他保证了这一点。

“嗯。”李新泽点头表示知道，反应十分平淡。

苏沅昭尴尬了：“我这掏心掏肺呢，你这……好歹高兴一下好不好？”

“我挺高兴的啊！”李新泽认真地说。

苏沅昭翻了个白眼，懒得与面瘫计较，又问道：“你下面准备开什么节目啊？”

“我早就有想法了。”李新泽说，“你过来看看策划。”

苏沅昭坐到他身边，看着他的电脑，扫了几页之后，惊诧道：“前任？

一起旅行？”她顿时起了一身鸡皮疙瘩，“这也太尴尬了吧？”

“对，尴尬！”一年四季面瘫的李新泽只有在谈节目时表情才会生动一点儿，他点头道，“放大尴尬，所以有趣味。放大破碎，所以有思考。”他试图让苏沅昭理解他的意图，“你想啊，一般人开始谈恋爱的时候总有一些仪式，但是分手总草草收场。我觉得可以给那些潦草收场、心有遗憾的人一个告别的仪式感，或者甚至可能给他们一个转机。我就是想做一个治愈的情感节目。”

“真没想到你还有这么细腻的一面……”苏沅昭说着，心里很自然地想到之前耳闻的他悲催被绿的事。他分手时想必也是潦草收场，一地狼藉。好的综艺导演是通过节目来表达自己对世界的理解，他想做这个节目，应该多少是受了前任的影响吧。

当然，苏沅昭憋着，什么都没问，饶是被他狠狠毒舌过，这种给人伤疤上撒盐的事她也做不来。

李新泽以为她在质疑他的能力，道：“我以前做过相亲节目……”不过，他顿了一下，并没有把那个如雷贯耳的节目名字说出来炸一炸她，末了只是闷闷地说，“反正情感类节目我是可以做的。这个构思我早就有了，因为刚开始，各种资源的配合肯定不够，我就先做了个别的，但是现在条件成熟了。”

“你说得我好期待呀。敢问你这节目有没有我的一席之地呀？可别是我剃头挑子一头热啊！”

“有。你的气质没有攻击性，其实挺适合这种节目的。”李新泽分明是在说夸赞的话，可是他的声调和表情平淡得仿佛在背课文，让人怀疑他到底是不是真心的。

不过，这种背课文般的话已经很难得了，苏沅昭点点头，勉强表示认可。

听了他的点子，苏沅昭还是挺好奇的。他的想法当然很吸引人，但是这个节目究竟要怎么做呢？她确实一时理不出头绪。这厢他已经把目光移回到自己的电脑，一言不发地工作起来。他们合作一段时间下来，她早就熟知他的风格和脾性，知道这会儿他的意思是她可以走了。她虽然心里还有很多疑问，但是没再追问，就等他先把思路整理成型吧。

“不过，我有一个特殊要求啊！”苏沅昭站起来时，突然想到一件事，“这个节目应该不会拖到十月份才录吧？”

“那会儿应该都播了。”李新泽对她质疑他的工作效率很不满。

“那就好，反正十月十日我得空出来。”苏沅昭笑嘻嘻地说完，转身准备走，却听到身后的李新泽多问了一句：“十月十日是什么日子啊？”

苏沅昭粲然一笑：“我结婚的日子。”

台里开完会，苏沅昭回来得早，便去家附近的一个大超市，准备买些筒子骨，回去炖汤给谢邀曼喝。苏沅昭站在生鲜架前，徘徊了一会儿，终于选定了一块长得最好看的筒子骨，正要去拿，却被旁边的一只手先抢了去。

她抬头一看，吃了一惊：“郭医生？”

郭涛闻声，手一顿，看见是她，张大了嘴：“啊？这么巧啊……”

巧什么巧，小区旁边不就这么一个大点儿的超市吗？苏沅昭觉得十分好笑，瞟了一眼他的购物车，见里面竟然都是一些肉还有蔬菜：“看不出来啊，郭医生，你还做饭？配得还挺有营养的。”

郭涛干笑了一下：“哦，这不是我弟这两天住我那儿嘛，他嘴刁，吃不惯外卖。”（郭束：我没有，谢谢。）

“啧，你们果然是亲兄弟。”苏沅昭的目光最后又落在郭涛手上的那一截筒子骨上，“这根骨头给我算了，我这是给病号炖的，你俩健健康康的，随便再挑一根嘛。”

郭涛连忙拱手相让。

既然碰上了，两人便一起逛。

郭涛不着痕迹地观察她拿的东西，如闲聊一般问道："卡士？你很喜欢这个牌子的酸奶吗？"

苏沅昭随意地道："不是我喝，我一喝奶制品就长痘。"

"哦……"郭涛点点头，在心里记下这个牌子，"这种饼干好像不怎么常见？"

"是的，曼曼喜欢。"

"那真是太好了！"郭涛掩不住笑，再次记下。

"什么？"苏沅昭觉得莫名其妙。

"啊，哦，我是说，你俩的关系真是太好了。"郭涛连忙说，"这些都是你给她买的吗？"

"对啊，她伤了腿，买东西肯定不方便。"

郭涛大喜过望，发挥完人生所学的套话之术之后，又玩起最强大脑，把苏沅昭拿的东西全部输入记忆。

两人逛完超市，苏沅昭买的东西已经堆满购物车。郭涛感叹："这次逛超市收获颇丰。"闺密果然是一座宝藏。

苏沅昭以为他是说她买得太多了，笑了笑："好像是有点儿。"

出了超市，郭涛很绅士地帮她提东西，还不停地说"应该的，应该的"。他把她送到家之后，她叫他进来喝杯水，他摆手，说："不用了，我这儿也有东西要放回冰箱。"他说着便要走，突然想起什么事，转过头来问，"对了，你准备什么时候把东西给谢邀曼送过去？"他好避开一下。

"今晚啊！"苏沅昭又觉得莫名其妙，"你问这个干吗？"

"没有没有，我随便问问。"郭涛一时没想好理由，只好快点走人。

苏沅昭看看时间，这会儿不早了，她便马上进厨房准备起来，顺便给谢邀曼发了一条消息，让谢邀曼等她的爱心晚餐。

于诚回来的时候，苏沅昭还在厨房里乒乒乓乓地忙着。

"你今天心情这么好，还做饭呢？"他钻进厨房，却看到她正在往保温桶里盛汤，他撇嘴，吃醋道，“哦，你不是给我做的啊！”

“哎，你回来得正好。”苏沅昭匆忙把食物装好，放到包里，“我来不及了，你帮我收拾一下厨房。锅里还有些菜和汤，是给你留的。”

于诚倚着门框，委屈巴巴地望着她，满脸写着不高兴，

苏沅昭拿好东西，凑上去亲了他一口，哄道：“谢谢啦。”

可是，于诚哪有这么容易哄？他顺势握住她的肩膀，反身将她压在门框上，得寸进尺，吻了上去。她刚刚尝过汤，唇齿之间有浓郁的香味，他一点点尝尽，还仗着她两只手都拿了东西，腾不开手来推他，他的手掌已然欺上她的身体。

交完“过路费”，苏沅昭终于得以走出厨房，身后那人还在叫嚣：“你快点回来喂我，光是前菜我可吃不饱。”

“滚蛋！”

“大小姐，等你一顿饭可不容易啊！”谢邀曼开门让苏沅昭进来，嘴上却不饶人，“你再不来，我都要饿死了。”

苏沅昭红着脸，不敢多说，默默把菜摆上餐桌，让谢邀曼过来吃。

谢邀曼瘸着腿走过来，坐下后先喝了口汤：“嗯，还可以。你过来，我们一起吃呀。”

虽然苏沅昭平时做饭的次数少，但其实在母亲的调教下，她的手艺还不错，尤其对谢邀曼这种常吃外卖的人来说，她这种水平的厨艺已经够谢邀曼胃口大开了。饭菜很快一扫而光，汤都不剩一滴。

谢邀曼摸着肚子感叹：“我被你的爱心胀饱了。”

“必须的啊！”苏沅昭得到了极大的肯定，开心地说，“我明天要是回来得早，就再给你做。”

“别了。”谢邀曼摆手，十分理智地说，“你把我的嘴喂刁了，以后我还怎么吃得惯外卖？”

苏沅昭闻言，开始日常心疼自家闺密：“我家宝宝什么时候能遇到真命天子哦？”

“打住。”谢邀曼利落地终止话题，转而问苏沅昭，“你跟于诚怎么回事啊？”

谢邀曼这么问，自然是因为苏沅昭引起车祸那天的那一通莫名其妙的话，什么叫婚礼去不去？日子都定好了，她还在考虑去不去？

“我已经想好了，我决定嫁给他了。”苏沅昭眼睛一闭，“好了，你可以嘲笑我了。”

谢邀曼沉默一阵，最后反而是松了一口气，笑道：“挺好的，我祝福你。”

“你这么爽快？”苏沅昭瞪大眼睛，甚至在谢邀曼面前扬了扬手，“是你本人吗，曼曼？”

“你走开啦。”谢邀曼挥开苏沅昭的手，“其实我不是很意外，真的。”

谢邀曼想了想，说：“以前我瞧不上你对他的感情，你们吵吵闹闹、分分合合，你一边委屈巴巴，一边又舍不得放手，黏糊糊的，一点儿都不干脆、不漂亮。但是现在我好像有点理解了，对于喜欢的人，就会不顾姿态地去靠近，就算跟他的关系破破烂烂，也愿意努力去修补。自尊心在我这里大过天，在你那里却远不及爱情本身重要。我做不到你这样，难怪什么都得不到。”

“啊？我怎么有点听不懂？”苏沅昭摸不太透谢邀曼这番话里的褒贬含义。

“你听不懂才好。总之，你啊，能忍常人所不能忍，会幸福的。”

“什么叫……我能忍常人所不能忍？”

“你能忍得了于诚，还能忍得了我，这还不叫能忍常人所不能忍？”谢邀曼挑眉。

“什么啊？你干吗这么说自己？你俩都很好啊！”

“我跟他是一类人，自私、敏感、防心重，很难与人深交。”谢邀曼想起那个人的脸，那种同类感大约是让她蠢蠢欲动的原因，“你能同时搞定两个这么难搞的人，还不叫能忍常人所不能忍？”

苏沅昭被夸得有点飘，捂着脸说：“原来我这么厉害。”

谢邀曼伸手捏了捏苏沅昭脸颊上的肉：“是啊是啊，你是块宝，软软的，很好捏。”

苏沅昭十分受用，然后继续积极表现，收拾好桌子，又去洗碗。

谢邀曼靠着椅背，望着苏沅昭忙碌的背影，想到自己这几年卑鄙又卑微的隐秘心事。叫嚣着“喜欢有什么错”和“喜欢闺密喜欢的人，你要脸吗”的两个小人左右互搏，以致她偶尔冲无辜的苏沅昭发了些无名火，但所幸最终没做出什么出格的事来。谢邀曼最终只是自行冷冷淡淡地远离，却又干干净净地站在原地。

从前她总觉得苏沅昭太简单，也太单纯了，看不懂他的复杂，也察觉不出他的阴暗。可是她不一样，她看得懂他。但是现在她明白了，理解和包容不是一回事，毕竟两只刺猬要怎么相拥？

幸好，她什么都没有说过。

在阴暗、狭隘、潮湿之地错发了芽的种子未等到花开就无声枯死，至少她还完好地拥有这个好朋友。

“十月十日是吗？”谢邀曼忽然开口，“你不请我做伴娘？”

Chapter9 糊涂地软弱当善良

1

李新泽节目的设定时间是十天，前五天是日常生活，两个嘉宾该工作就工作，只是必须回到节目组准备的房子里过夜；后五天是两人一起旅行，旅行的行程提前规划，但是前面两天两人必须在一起，后面的三天，两人每天都可以选择是继续一起旅行，还是分开旅行。最后一天两人都出现在最终目的地则表示复合成功，有一方没有出现或者两方都没有出现，那就是失败。在节目的录制过程中，节目组会安排一些重要人物出镜，推动两人关系发展，可能是好转，也可能是恶化。

有意思的是，李新泽还设置了一个演播厅点评，就跟大家看视频发弹幕似的，李新泽也准备组织一帮“吃瓜群众”做点评，只是这“吃瓜群众”的构成十分特殊，除去一男一女两个主持人之外，还有一个动作心理学家、一个众所周知有复合经验的人气明星，再加一个男方朋友、一个女方朋友。

“太棒了。”苏沅昭感叹道，“这个节目一定会爆吧？”

从业较久的人都知道，收视率是一门玄学，不到节目播出，李新泽也不敢打包票。他说：“我们先好好做吧。”

“不过，制作组要做这档节目挺不容易的。”苏沅昭看出工作重心还是在制作组上。这种嘉宾挺难找的，毕竟是电视节目，虽然嘉宾是做素人，但也不可能太“素”。嘉宾不光要相貌上镜，谈吐要大方，男女之中至少得有一方是在自己职业领域内成绩还不错的，毕竟观众并不想看太平凡的人的故事。更难的是，情侣关系破裂之后，恐怕很少有人愿意去面对前任，节目组估计还需要做大量的沟通工作。

“韩综已经有类似的模式了，不过人家是谈恋爱。”李新泽实话实说，“我是第一次学习，不知道效果怎么样。”

“放心，我一定支持你！”苏沅昭再次表忠心，显而易见，她的位置就是演播厅吃瓜群众之一的女主持人了，“另一个男主持人是谁？”

“还没确定，可能是黎何吧。”李新泽仍盯着节目规则，似乎在思考还有哪些地方可以完善。

而苏沅昭已经惊叫出声：“黎何？”

“嗯。”

苏沅昭心道：你不要淡定得好像不是在说那个省台一哥黎何好不好？

苏沅昭饶是想表现得见过一些世面，还是按捺不住自己内心的激动。黎何毕竟是大咖，他的固定档节目收视率碾压其他节目，有口皆碑，国民度少有人能敌。只要他接哪档节目，广告商就会去哪档节目排着队求赞助。苏沅昭哪会想到，这号人物能对这种小台网综节目感兴趣。

苏沅昭说出她的疑惑，李新泽表情仍很平淡：“这有什么？他本来就是从我们台出去的，节目好，他当然会有兴趣。不过我还没和他具体聊过，也不知道他适不适合我的节目。”

苏沅昭好想抓住李新泽的肩膀，做马景涛式的咆哮：“你醒醒！”

平心而论，黎何已经有了比较突出的个人风格，确实有可能会掩盖或者带偏节目本身。面对这样的大咖，李新泽还能够这么理性地以节目为主，让她更加佩服。

“好吧，导演，你说的都对。”苏沅昭最后还是点头，“是我的话，我一听可能要跟偶像同台，就什么都不管了。”

“你急什么？人家不做主持人，也可以做制片人啊，这节目他反正是想插一脚的。”李新泽慢悠悠地开口，“你想跟他合作，以后多的是机会。”

“大哥，你把话一次说完行不行？”苏沅昭没忍住，瞪了李新泽一眼。而且，什么叫插一脚？人家是热心支持的强大助力！

不过，对李新泽而言，苏沅昭这种程度的情绪变化他感受不到，他仍是淡然自若的样子。

见他还要忙，苏沅昭打完招呼便起身离开，才走出两步，他突然叫住她：“喂。”

“嗯？”她转过身。

“你要结婚了，怎么一张请柬都没有？你不要份子钱啦？”

苏沅昭愣了一下，然后笑了，忽然想起她和他初次见面的场景。当时，她气呼呼地撒了一顿泼就离开了，把他吓了一跳。没想到短短几个月，他们已经成为合作愉快的伙伴，甚至可以说是朋友。

“李导要能抽空来，还需要什么请柬？您直接刷脸就可以了。”她眨了眨眼睛，笑了笑。

不过，李新泽倒真是提醒她了。虽然婚礼她打算一切从简，但是像请柬这种最基本的东西还是要准备的。

过了几天，她抽了个时间淘宝，本打算速战速决之后去看几部综艺，不过她还是低估了女人在婚礼这件事上的本能兴趣，起了个头就没完没了。于诚进来时，她的电脑上已经点开了 N 个网页，不光是不同式样的请柬，还有各种配饰，每一样她都要挑好久。

“哎，你快来帮我选一选，我又眼花了。”见他进来，苏沅昭连忙招手。

于诚凑过去，一个接一个看过去，思考半天，最后说：“请柬好像都挺便宜。”

“这就是正常的好吗？你又不是什么富二代，摆什么阔？”苏沅昭白了他一眼。

于诚十分委屈，他努努嘴，想说什么，但最后还是把话憋了回去，免得牵扯出她更多的为什么。

“反正我比你想象的有钱一点点。而且，你看啊，咱们的婚礼，主持人的钱省了，别的地方多花点没关系。”

“为什么主持人……你滚蛋！”苏沅昭反应过来，想捶死这个浑蛋。难道他让她主持自己的婚礼吗？

于诚躲避她的小拳头，笑着说：“好了好了。请柬这些你在网上挑挑自己喜欢的，婚纱礼服这些，我找个时间带你去私定。十月还早呢，时间还来得及。”

苏沅昭挑好请柬，看到关联物品里面的礼服，忽然想到一件事：“对了，你的伴郎请好了吗？”

于诚显然没有想到这茬，摇头问道：“伴娘是谢邀曼吧？”

“那当然！”苏沅昭拔高声音。

“哦，那伴郎我就请郭涛吧。”于诚低下头，继续做事。

“说得好像人家一定会答应你一样。”苏沅昭提醒于诚，“你提前好好跟郭涛说啊，人家是大忙人，不知道有没有空过来做伴郎呢。”

于诚笑得意味深长：“他嘛，恐怕要跪求我让他做伴郎。”

“你就吹吧。”苏沅昭才不信郭医生会对于诚这个毒舌这么“死心塌地”，除非他是个抖 M，“你那自信心什么时候能收着点？”

于诚仍是噙着笑，知道她想偏了，却也不解释。

下单之前，苏沅昭整理出她的邀请名单，有几个相熟的同事和比较关照她的领导，还有大学、高中的同学，再有几个发小，最保守的算法，都粗粗有五十人了。

“你那边有多少人？”苏沅昭算好她要宴请的人，抬头问于诚。

“我？我来就可以了吧，其他人不重要。”于诚开玩笑道，见她完全没笑，还有要生气的前兆，连忙道，“就一二十个人吧。”

苏沅昭计好数，便下了两笔单，一笔寄回去，给老妈填亲戚大人的名单，另一笔寄到这里。

“搞定！”苏沅昭伸了个懒腰，揉了揉发酸的肩膀，看了下时间，竟已经十点多了，“我洗澡去了。”

洗完澡，苏沅昭回到书房，准备提醒于诚早点去睡觉，却见他正站在她的桌子旁边。他盯着她的手机，似乎在思考什么事。

“怎么了？”她走过去。

“刚刚你的手机在响，不过我可没接啊！”于诚把手机递过去，用屏幕上亮着的未接来电以证清白，“你看要不要回个电话？看号码，这好像是某人的前男友。”

苏沅昭白了于诚一眼，瞟了一眼手机屏幕，心想：周言的号码她一直没有存下来，连她都不记得，于诚是怎么记得的？

“以我的智商来讲，记个情敌的电话号码还是没问题的。”于诚贴心地不问自答，“忘了告诉你，我帮他做了件好事。”于诚勾着嘴角，笑得轻松随意，可是眼睛紧紧盯着她，不放过她脸上任何一丝表情变化或是手上的任何一个动作，他如引诱般开口，“你想知道吗？你想知道的话，我就告诉你。”

“我不想知道，谢谢！”苏沅昭没有再看那个号码，把手机直接锁屏，丢在书桌上，没好气地道，“你能不能干点正事？你赶紧去把你那边邀请的名单整理出来。”

“哦。”于诚乖巧应声，眼里溢满温柔，嘴上却开始讨价还价，“老婆大人，这个作业可不可以明天交呀？我现在好困。”

苏沅昭绷不住了，笑了笑，径自朝门口走了两步，回头道：“你还不快来？”

于诚已经一个箭步过去，突然将她打横抱起。

“啊！”苏沅昭猝不及防，惊叫一声，手却不自觉地攀上他的脖子，“喂，你干吗？”

于诚笑得暧昧，慢悠悠地道：“你知道的，我嘛，总会做到高于你的期待。”

他抱着她迈步走到门口，她自觉伸手去关灯，他仍低头盯着她，目光直白得让人害羞。她避开他炙热的目光，不满地捶了一下他的胸口，小声道：“你站在这儿干吗，还不快走？”

“是。”他移步出去，长腿一钩便带上了书房的门。

书房在安静与黑暗中沉寂了一会儿，又被手机振动的嗡嗡声打破，屏幕一瞬间亮起，闪烁的号码徒劳地挣扎了一会儿，最后还是归于平静。

她现在的心意很明确，也很坚决，所以她不会去关心他介意的人，不做让他不高兴的事。

2

新郎：于诚。

新娘：苏沅昭。

在请柬上填上两个人的名字，苏沅昭身上有一种酥酥麻麻的感觉从指尖顺着手臂一路抵达内心，再砰地一炸，洋洋洒洒地流散全身，在皮肤表层激起一个个小疙瘩。

她猜测，《西游记》里虔诚的唐三藏历经八十一难抵达西天、看到佛祖的那一刻，是否也是这样的感觉？

她疲惫又激动，满足又惶恐。

当她和于诚的名字终于带着缔结一生的意义并列在一起，她的眼睛微微发热，最后不禁笑自己情感太充沛，又提笔写下一张。他进来的时候，她已经填完十几张请柬的名字了。他走过来，拿起一张请柬，对着上面几个不复杂的字盯了好一阵。

她绷着身体，用余光观察着他的表情，想从他的脸上寻到那种肃穆和郑重感，但是他的脸上看不出明显的情绪。良久之后，他才忽然开口："这个……"

"嗯？"苏沅昭竖起耳朵。

"字好像有点丑。"

苏沅昭差点控制不住要摔笔了。

"我来写吧。"于诚已经搬了张凳子在她身边坐下，龙飞凤舞地写上两个人的名字，笔锋锐利，字迹飘逸，确实写得比她好看。这也是她一直郁闷的原因，他一个在美国长大的香蕉人，怎么练出这么一手好字来的？

"好好好，你写，你写。"

对于苏沅昭这边的客人名字，于诚都眼熟，以前苏沅昭或多或少在他面前提过，他记性又好，把打印纸上的名字誊写到请柬上的这会儿工夫，他便能说出这人和苏沅昭的那点儿渊源来。

"何之瑶？"于诚说，"以前跟你一起参加主持人比赛的那个人？你俩还有联系啊？"

"那当然啊！"那会儿两人分在一个路演小队，关系还不错，不过后来在一场 PK 赛中狭路相逢，何之瑶落败于苏沅昭，止步于十强，不过这并不影响两人的关系。算起来，何之瑶是那场比赛之后唯一跟苏沅昭还有联系的朋友了。苏沅昭絮絮叨叨地道："她后来嫁到杭州去了，男方条件好像挺不错的，前段时间她还邀请我去那边玩呢，不过我一直没时间去。"

于诚点点头，把名字写上。

填完苏沅昭的，于诚开始填他这边的。他没有特意整理什么名单，不过是从不同人脉区块里分别抽几个还顺眼的，想到谁就填谁。他平时不是话多的性子，所以苏沅昭对他的这些名单了解不多，她的问题很多，问这个是谁、那个是谁，他耐心作答。

正好写满二十张，于诚就停笔了。

“没了？”苏沅昭挑眉。

“没了。”于诚点头。

苏沅昭看着他邀请的这些宾客，不是他的同事就是合作伙伴，能称得上朋友的只有郭涛一个，亲人竟一个都没有。苏沅昭犹豫了一会儿，然后道：“你不给美国那边的舅舅寄一张请柬吗？”

“没必要，他压根不想回国。”于诚摇头，“我给他请柬他也不会来。”

“那他不是还有女儿吗？一家人派个代表总可以吧？”苏沅昭隐约记得于诚有个表妹，“你结婚啊！”

“老婆大人，我的亲戚关系比你想象的淡薄。”于诚捏了捏苏沅昭的脸，笑着说，“这虽然会让你在结婚典礼上少拿一个‘万里挑一’的红包，不过在以后漫长的婚后生活里，在我这边，你不会有任何困扰。”

“去你的，我难道是为了红包吗？”苏沅昭没好气地瞪于诚。

于诚笑了笑，没说话，松了松手腕，把请柬整理好，放到一边：“我去弄点吃的，你接着把地址信息整理一下吧，明天我一起寄出去。”

于诚对郭涛的随便程度真是连苏沅昭都看不下去了。于诚要给郭涛请柬，居然打个电话，让他下来拿，关键是，他还真的麻溜地下来了。看着他捧着请柬喜不自胜的样子，苏沅昭恨铁不成钢，摇摇头。她要不是知道他的一些相亲往事，知道他是一个正儿八经的直男，可能真的要想歪了。

“哎，小昭啊！”郭涛十分亲热地凑过来，笑着说，“谢邀曼的请柬你拿给她了吗？”

“没呢。”

“那正好啊，我们反正都在医院，我帮你带给她吧。”郭涛热心提议。

“不用麻烦你了吧。”苏沅昭知道他俩虽然在一个医院，但是分属不同科室，都不在同一栋楼，平日里工作极忙，要特意碰个面还要费心，“反正曼曼的我随便什么时候拿给她都行，不急。”

郭涛一时没想到更有说服力的措辞，又怕强行要帮忙会引人多想，只好干笑两声，偷偷朝于诚递了个眼神。

于诚慢悠悠地喝了口茶，权当没看见。

郭涛气急，一只手掐着于诚，小声威胁："你以后再要查什么化妆品成分，不要找我！"不过郭涛说完也知道这话压根没啥威胁力。

于诚看郭涛可怜，这才开了尊口，对苏沅昭说："你不是说这周就要拍节目宣传片了吗，哪来的时间去找谢邀曼？你还不如把请柬给郭涛，他怎么也比你方便些。"于诚顿了一下，故意道，"你别怕给人添麻烦，人家可巴不得被麻烦呢。"

苏沅昭想起了自己的正事。李新泽那边进度非常快，听说第一组素人已经拍摄完毕，进入后期制作了，第二组素人外拍的同时，演播室这边可以开始准备针对第一组成片的录制，在录制之前，主持人会和嘉宾拍摄一些宣传照和宣传片。制作组保密工作做得太好，苏沅昭目前参加了两轮会议，和搭档的男主持，还有演播室的两名固定嘉宾都已经做过沟通，但是到现在他们都还不知道到底请了哪些素人呢。

于诚说得没错，她就要忙起来了。

"那就麻烦你了。"她对郭涛说着，起身去拿要给谢邀曼的请柬。

过了一会儿，她回来把请柬递给郭涛，说："我感觉总麻烦你给曼曼送东西呢，上次她脚受伤也是麻烦你送的，我都不好意思了。"

"不麻烦，不麻烦，举手之劳。"郭涛连连摆手，却感觉额头要冒汗了，心想，他已经表现得这么明显了吗？

这时，于诚突然往沙发上一靠，慢悠悠地刺了一句："谁让他是一个热心人呢？"

于诚把"热心"二字咬得极重，可把郭涛气坏了，他心道：这人咋这么烦呢？

"哦，对了。"于诚瞟到郭涛吹胡子瞪眼的表情，忍着笑，若无其事地道，

“我们准备晚些时候去试婚纱、伴娘服，你的伴郎服不用跟我们一起试吧？你随便穿套西装就好了吧？”

郭涛迅速拎出重点：伴娘服！

“不不，我柜里一件西装都没有呢！”郭涛急忙说，“人靠衣装，我这个伴郎不能拉低你们的档次对吧？”

“哦，你不一定非要跟我们一起去私定吧？私定的贵着呢。西服嘛，哪里都有卖的。”于诚随意道，“我又不报销。”

郭涛咬牙切齿，却仍是堆出一脸狗腿的笑：“不用你报销，我买得起。为了你的婚礼，我拼了！你们几号去试礼服啊？你们一定要提前通知我！”

一旁的苏沅昭眉毛已经快拧成麻花了，她心道：我怎么以前没发现郭医生这么贱兮兮的呢？

3

苏沅昭录宣传片那天，于诚送她到楼下，见她又习惯性地拉开副驾驶座前的镜子，紧张兮兮地上下左右看个不停，他伸手把镜子推上去，扳过她的肩膀，盯着她看了一会儿，说：“皮肤完美，眼睛迷人，你很漂亮！”

“好的！”苏沅昭点头，握拳道，“那我去了！”她说完，在他的脸上亲了一口，然后拉开车门出去。

苏沅昭到化妆间时，她的搭档已经到了，薛子津是黎何有意扶植的接班人，主持风格十分幽默，抖得一手天马行空的机灵。黎何最终还是以制作人的身份参与到这档节目中，听李新泽说，节目的赞助、审核都因为黎何的加入变得异常顺利，否则他们也不会这么快就进入演播厅录制阶段了。

“你来得这么早？”苏沅昭之前已经和薛子津见过几次，这会儿已经十分熟络，说话就比较随便了。

薛子津扬了扬手上的资料，说：“预习功课。哎，我说咱们节目组可真厉害，找来的这第一组嘉宾就蛮厉害的，好像两个人都是大网红，这女生的微博粉丝比我的还多呢。”

“哦？谁啊……”苏沅昭笑着顺手接过来翻了翻，“顾锦……顾锦澜？”

苏沅昭的瞳孔倏地放大，连声音也变了调。她迅速接着往后翻，翻到男生资料页，姓名栏赫然写着“周言”。

苏沅昭眼前白光一闪，仿佛一道惊天巨雷精准地劈在她的天灵盖上，她感觉整个人都不好了。

“怎么？”薛子津见她的表情不对，“你认识他们啊？”

苏沅昭下意识点头，很快又摇头，再看一遍资料，上面清清楚楚写着嘉宾的信息。她再次确认第一组嘉宾就是顾锦澜和周言，不是同名同姓，就是她认识的那两个人。

她勉强调整了一下表情，笑着说：“认识，不过我们不算太熟。”

薛子津是有眼色的人，立刻道：“怎么个认识法？看样子，你们好像有些渊源。”

苏沅昭忍着一种荒唐感，跟他简单解释了一下以前阿宝走丢、被顾锦澜捡到的事。

薛子津点点头：“原来还有这么一段故事啊！那件事大众知情吗，我们在节目里需要提吗？”

薛子津这么一问，立刻提醒了苏沅昭。当初那件事在网络上还算比较有热度，如今三个有渊源的人同时出现在一档节目里，当初意犹未尽的吃瓜群众恐怕八卦之魂都要沸腾了，苏沅昭怎么可能在节目里只字不提？她故意不提或者装不认识他们，只会让一切更显得有猫腻。

面对薛子津的疑问，她有些绝望地点头。出于对节目的考虑，她只好对自己的搭档再多说一点儿，把她之前被当成插足他们之间的第三者而被网暴的事也解释了一遍。当然，她和周言的那一段她便完全跳过了。

薛子津被这个故事曲折的程度震惊了："你运气也太差了吧……这也能被误会？"

"嗯……那个时候正好赶上他俩分手。"苏沅昭囫囵地道，"我真的没想到他们会来参加这个节目。"

"不过，既然这是误会，你就没什么好尴尬的。"薛子津已经开始思考怎么在节目上展示这个点，"这个点咱们要是利用好了，你那个第三者的误会就可以完全澄清了。哎，这不会是导演故意安排的吧？"

"呵呵……"苏沅昭干笑着，心里却想，这要是李新泽故意安排的，她非得掐死他不可！

化妆师过来了，苏沅昭安分地坐着，心里却已是一团乱麻。她心想：周言和顾锦澜竟然要复合？上次她见周言，他不是还在愤恨，说顾锦澜当初手段太狠，占据舆论高点，把他踩进了谷底吗？关键是，他们为什么要选在这里复合，不知道这档节目是她主持吗，不尴尬吗？

苏沅昭一想到她要仔细观看周言和顾锦澜在一起的十天过程，从中找出他们可能复合的蛛丝马迹，还要笑着引导大家讨论，甚至还可能要虚伪地调侃一下她和他们之间的"误会"，她真的全身的鸡皮疙瘩都立起来了。

看着镜子里表情僵硬的脸，苏沅昭忽然想起一件更恐怖的事，今天拍摄宣传片，嘉宾也要参与。

那周言和顾锦澜岂不是很可能就在隔壁？

苏沅昭身体一震，几乎想立刻起身，却突然觉得头皮一痛，顿时惊叫出声。

"怎么了？"化妆师连忙松开手，关切地道，"刚才我扯到你了？"

"没事没事。"她冲镜子里的化妆师笑了笑，"是我自己乱动了，你继续。"

苏沅昭进摄影棚时，里面顾锦澜正在拍摄。顾锦澜不愧是顶级网红，相貌和身材都无可挑剔，她以前有不少广告拍摄和采访的经验，这会儿面对镜头一点都不怵，举手投足甚至比从前更有自信，更吸人眼球。

苏沅昭向来与人为善，很少树敌，但跟顾锦澜真是八字不合。苏沅昭想想她跟顾锦澜为数不多的几次照面，都非常不愉快，不是在抢狗就是在抢男人，真是狗血。待会儿她还要和顾锦澜装作友好地一起拍摄，实在太挑战自我了。

苏沅昭无奈地转开视线，却对上一道复杂的目光，是周言。

毕竟这是宣传拍摄，他在造型师的指导下精心打扮过，此刻一扫之前与苏沅昭见面时的颓靡之气，清朗了许多，灰色上衣配上他那张清秀的少年脸，整个人的气质很日系化，像漫画里的男主角。只是那眼神包裹了太多思虑和复杂的情绪，再不复从前那般清澈了。

两人远远对望，看周言的眼神，他显然有话要说，解释、内疚或是其他，只是周围到处是眼睛，他哪里有机会说点什么。

苏沅昭先移开目光，深吸了一口气，告诉自己：周言和顾锦澜之间究竟如何并不重要，重要的是，她要做好自己的工作。她就把他们当作普通嘉宾，正常相处，正常对待。

“Hi，苏沅昭，好久不见。”

苏沅昭循着声音望过去，看到一个身材高挑的女人正笑着伸出手来跟她打招呼，那张脸有些眼熟，但她叫不出名字。

“你好。”她先点头回应。

那女人走近，仍是一副笑盈盈的样子：“你忘啦？我是皮珍珍，第五名啊！”

“哦，是你啊！”苏沅昭想起来了。皮珍珍是当初和苏沅昭一起参加了主持人赛的选手，只是那时皮珍珍有自己的圈子，跟苏沅昭不算熟络。

“真的好久不见了。”苏沅昭和皮珍珍握手，“你今天在这边是？”

“哦，我是赞助商的代表，过来看看。”皮珍珍解释。

当年电视台只选择比赛前三名签约，皮珍珍落选之后便没在荧幕上出现过，一开始是接线下的车展、音乐节之类的主持工作，后来认识了现在的老公。她老公是一个酒饮料公司的副总，开始做一些投资。

“这个节目我挺看好的。黎何制片人，李新泽总导演，嘉宾阵容也这么有看点，当初我就要我老公一定要拿下总冠名。”皮珍珍虽然已经离开这个圈子有些年头了，但是对这个圈子还比较关注。只是不知是有意还是无意，她口中盛赞的给自己投资信心的节目配置里，恰好漏掉了主持人。

不过苏沅昭这会儿心不在焉，并未在意，只是脑内尽量搜刮一些当年的记忆，找些话题，避免冷场：“洛诗呢？她还好吗？”

洛诗也是当初的五强之一，还是传言里的内定冠军人选，只是最后在决赛的时候突然爆出她的不雅照，她无缘前三。这件事后来便被举办方冷处理了，到比赛结束，镜头也没有再切到她的身上过。

在苏沅昭的印象中，皮珍珍那个时候和洛诗走得最近，苏沅昭此刻没话找话，便随口一问。

皮珍珍的表情有些怪异，她正欲开口，这时编导正好过来喊苏沅昭去拍摄。

苏沅昭应声之后，飞快地跟皮珍珍说：“那我先去拍摄了，等会儿下来再跟你聊。”苏沅昭说完便走开了。

“嗯。”

皮珍珍看着聚光灯下那个女人仿佛人畜无害的笑脸，忽然觉得一阵恶心。

皮珍珍想，如果没有那件事，那个位置本来应该是她好朋友的。

苏沅昭在拍她的个人照还有和薛子津的主持人合照时还好，等周言和顾锦澜上来一起拍时，她就浑身别扭起来，表情怎么都不对，摄影师拍了一组，效果不好，便先喊停，让大家休息一下。

苏沅昭下来，摄影师把相机里的照片递给苏沅昭看，笑着问她是不是累了，怎么笑得那么僵硬。

“对不起啊。”苏沅昭翻着照片，知道她拖后腿了，“我调整一下。”

“成，你先休息一下。”摄影师看着照片，嘀咕道，“这两个人也是，刚才单人照挺好的，怎么合照表情都有点奇怪啊？”

苏沅昭不敢多说什么，勉强笑了笑，跟工作人员打招呼之后，便先出去了。

这时，制作组的一个编导风风火火地进来，看到苏沅昭正要出去，便提醒道：“苏姐，有人找你，在化妆间。”编导说完，也不等她回答，便径直找工组人员沟通工作去了。

李新泽手下的人就是急性子，苏沅昭笑了笑：“好，我去看看。”

她才走出去没几步，忽然身后蹿出的一个人拉着她拐到一个角落。一阵慌乱之后，她看清眼前人，竟是周言。她立刻挣脱手，后退一步，与他拉开距离，别开目光，用公事公办的口吻道：“你有什么事？”

“我知道这件事很突然，对你来说也很意外，我原本是想跟你打个招呼的，可是之前我给你打过几次电话，你都没有接。”

苏沅昭无语地看他一眼，心道：这还成了她的错？

“我知道你心里不好受。我知道你在这个节目的时候，心里是拒绝的，但是我也没办法，她公司非这么要求。我是真的想跟你打个招呼，提前让你有个心理准备的。”周言左右察看了一下，见没有其他人，又凑近了点儿，压低声音道，“而且，你真的不要想多了，我跟她不是真的。”

苏沅昭觉得周言此刻神秘兮兮又小心翼翼的样子很可笑：“你们复不复合都跟我没关系，我只是觉得你俩非要来我的节目复合这种事真的……一般人真做不出来。周言，不管我们后来得到了多坏的结果，在我心里，我都没有否认过跟你的那一段感情，但现在我真觉得我当初就是一个笑话。”

“你最好干脆认真地去跟她复合，去跟她纠缠到地老天荒。不然你要说你又是为了炒作和她逢场作戏，我真的会看不起你。”苏沅昭把话一次性说完，不再看他，转身离开。

回到走廊，苏沅昭已经感觉有些虚脱了，此刻心里只有一个念头：她再坚持一下，把工作做完就可以回家了。只要抱着于诚，她就会觉得一切没那么糟糕。

苏沅昭神色恍惚地推开化妆间的门，竟然发现她刚才心心念念的人这会儿就在眼前。

她用力揉了揉眼睛，以为自己出现了幻觉。

于诚满面忧色，见她进来，迅速站起身，走到她面前，伸手拥住她，把她的头按在他的胸口。

苏沅昭确切地感知到他的心跳和体温，整颗心仿佛着了地，像疲倦的人一下子落在松软的棉花床上，酸软又不安。

“对不起，都是我不好。”于诚说。

他的声音温柔得让她既委屈又想哭，她瓮声瓮气地道：“你怎么来了，今天不是有课吗？”

“我担心你。”于诚蹭了蹭她的额头。

“你都知道了？”苏沅昭微微皱起眉，轻轻推开他，拉开些两人之间的距离，“你怎么知道？”

4

于诚之前要做一件“坏事”，苏沅昭不让，所以后来他决定做一件“好事”。

于诚之前和顾锦澜合作搞周言的时候，只是顺手帮她搭了一根线，没想到她能成气候，竟真的争取到了签到陈叔和手下做艺人的机会，还让陈叔和亲自开口，让于诚帮她处理跟前经纪公司解约的事。于诚倒是乐得看她发展得越来越好，这样更能衬出周言的失败不是吗？

原本于诚懒得再搭理这档子事，可是谁让周言不安分呢。对周言落井下石，反而让苏沅昭心疼，那于诚索性就来一场雪中送炭，看周言要脸还是要钱。

于诚有意无意地跟陈叔和提及，顾锦澜的价值不光是那脸蛋和人气，作为曾经的微博第一情侣的女方，她还自带一个天价 IP，那就是她和周言那本记录两人恋爱故事的画集。那本画集最初还在以四格漫形式在微博连载时，平均每条转发都过三万，后来整理出版，销量近百万册。真人故事的粉丝群体庞大又集中，并且随着两人一起成长，越来越死忠。

只是，这个 IP 随着两个人的关系破裂变得一文不值。

于诚无比遗憾地表示，如果这个 IP 真的做起来，推出同名电视剧、电影，由顾锦澜担任主演，那会掀起一番怎样的收视狂潮？而顾锦澜这个怡海新签约的新人一夜爆红也不是没可能。

于诚的话点到即止，以在圈内沉浮多年的陈叔和的嗅觉和手段，他不难将于诚未说出口的另一半话补充完整。果然，不久之后，他便十分开心地告诉于诚，说这个 IP 还有救，让顾锦澜和周言好好炒一场复合就是了。

于诚不动声色地提前恭喜，之后又故意质疑道："顾锦澜是你们自己公司的艺人，自然会服从安排，不过那个男方也同意吗？"

"对于互惠互利的事，没有人会拒绝。"

虽然陈叔和并未直说，但于诚已经得到答案。周言作为这个 IP 的直接受益人，在现如今的处境下，配合得恐怕比顾锦澜还要积极。至于接下来如何炒作这场复合，那就是怡海的事了，于诚不便过问，也不关心，只等着不久之后拉着苏沅昭看戏就是。可他没想到，顾锦澜和周言居然跑到苏沅昭的节目里来复合了。

于诚原本对这件事并不知情。今天送苏沅昭过来拍摄，他开车掉头的时候看到了顾锦澜，原本只当是巧合，后来堵车的时候，他突然联想到苏沅昭那个节目的概念，一个带着滚滚天雷的想法就这么出现了。

于诚立刻打电话找陈叔和证实，果然……平心而论，这在商业炒作中，绝对是一次精彩绝伦的策划。怡海的这个决策指令无可指摘，关键是周言。这人究竟是什么脑回路，竟然答应了？他要在自己前女友的节目上上演和前前女友复合的狗血大戏？

一向算无遗策的于诚这次算是搬起石头砸了自己的脚，竟把苏沅昭也搅了进去。

一想到她这会儿可能面对的情形，他就担心得要疯了，所以立刻掉头赶回来。

“对不起，对不起。”于诚连连道歉，又小心翼翼地观察她的脸，“我真的不知道他们会这样做。”

苏沅昭瞪着眼睛，仍是一副难以置信的表情，半天讲不出话来。她感觉自己今天整个人就是在扛着一道接一道的雷，这么下去，恐怕她要么就渡劫成仙，要么就灰飞烟灭。

“你……还好吗？”于诚挠了挠头，心里有点儿慌。

“你说呢？”苏沅昭高声道。饶是她脾气好，这会儿她也想骂人了。她指着于诚的鼻子，正要开腔。突然，化妆间的门打开了，制作组的一个工作人员探进头来：“苏姐，那边要拍了。”

“哦，好的，我就来。”语气转化得太快，苏沅昭的声调有些奇怪。

她匆匆理了理头发，又白了于诚一眼：“我回去再找你算账！”

“好好好，我回去任你处置。”于诚认错态度良好，心里微微松了一口气。她肯跟他发脾气，说明情况没那么糟糕，于是他又嘴贱起来：“你挺着点儿啊，这事儿你要能扛过去，你以后干什么都不在话下，主持圈第一奇女子非你莫属了！”

苏沅昭的好素养终于破了功，她揪着他，把他扔出化妆间：“你赶紧滚！”

在返回拍摄场地的路上，苏沅昭心里已经平静了许多。她知道了前因后果，对这件事反而觉得好接受许多。不过就是一场利益交换，顾锦澜和周言玩得开心，那她真情实感的尴尬反而显得多余了。

虽然于诚是始作俑者，但于诚终究只是拉了个线头出来，在整件事里，真正做决定的还是那两个人。于诚知道这件事的后果之后，立刻忧心忡忡地跑来找苏沅昭，冒着她可能翻脸的危险坦白一切，让她觉得很踏实，也很安全，足以抵御这利字当头时极其不友好的世界。

苏沅昭回到拍摄现场，很快进入状态，平心静气地把周言和顾锦澜当作一对普通的节目嘉宾，公事公办地完成了所有拍摄。收工之后，顾锦澜的经纪人十分热情地邀苏沅昭和薛子津一起吃饭，两人各自找理由拒绝。顾锦澜的经纪人邀请两人去这样的饭局，无非要他们做节目时多帮衬点自家艺人，瓜田李下，这种饭不便多吃。

苏沅昭回化妆间收拾东西，准备离开，看到手机上有两个未接来电和一条短信。这个号码她早已眼熟。她没有再犹豫，将短信删除，把号码拉黑。

周言盯着迟迟没有回音的手机，开始变得心急如焚。

虽然周言气苏沅昭对那个人死心塌地、不知悔改，但周言得知他要参加的节目的主持人是她之后，他是真的犹豫过的，甚至想约她出来聊聊，如果她真的不能接受，他拒绝顾锦澜的要求也是有可能的。可是她竟从头到尾拒绝接听他的电话，所以他怀着一种报复般的心态，故意这样毫无预警地出现在她的面前。可是，当成功看到她失误频出之后，他感受到短暂的快感，然后便只剩下内疚和后悔，还有一点点变态的欣然。

如果他和顾锦澜复合的消息能引起苏沅昭这么大的反应，是不是说明他之于她终究是特殊的、让她没有完全放下的存在？

在拍摄中断期间的那场短暂的交谈里，他没来得及为自己多辩解什么就被推开。等她再出现时，她突然变得那么冷静、那么正常，陌生到好像他只是一个跟她毫无瓜葛的存在。他又急又恼，非要为自己辩解点什么不可。

哪怕他心里清楚，自从答应顾锦澜复合开始，至少三五年内，他给不了其他人任何名分，特别是苏沅昭。他和她保持距离、井水不犯河水才是最好的选择，但他就是不想她这么快和他划清界限。

“你走吗？我的东西拿了些过来，在车上，要放到你那边去。”顾锦澜走进来叫他。虽然节目还没有播出，但是两人已经要做些“复合”的准备了，方便不久之后的“路人偶遇”之类的拍照。

周言连头也没抬，翻出钥匙丢给她：“你先去吧，我还有事。”

顾锦澜当即脸色一沉：“你应该知道，你现在最不该单独见的人就是苏沅昭！万一你们被人拍到，我们做的所有努力就白费了！”

“我知道。”周言敷衍道，“你先回去吧，我真的有事。”

顾锦澜懒得跟他多费唇舌，直接冷冷地道：“这件事对我来说非常重要，我不允许，公司也不允许出现任何差错！你既然答应了要做，就请你做好自己分内的事。该演的戏你好好演，不该碰的人你不要碰！否则，一旦出现意外，我们……尤其是你，你的情况会比现在坏一万倍！”

顾锦澜就是如此，高高在上的态度，命令式的语气，好话能说得极刺耳、极难听，却又针针见血，让人没法驳斥一个字。

周言拧着眉不说话，和她无声僵持一阵，最后看着始终毫无动静的手机，还是妥协了：“算了，我们走吧。”

他站起身，和顾锦澜一前一后走出休息室，电梯刚下到负一层，他的手机忽然振动了一下，一条短信跳出来：天逸酒店888号房，我们见一面。

周言看到这个地址，内心激动，一定是苏沅昭！她应该是为了避嫌，才换个别的号码给他发信息。

顾锦澜已经走出电梯，走了两步，发现身后没人跟上来，立刻退到电梯口，通过渐渐合上的电梯门看到他低头看着手机屏幕，目光里有她很久没见过的欢喜，他的嘴角甚至还挂着笑。

“周言！”顾锦澜叫着扑过去，想阻止他离开，却终究晚了一步。

电梯门迅速闭合，任凭她怎样疯狂地按着按钮，它仍是载着他毫不留恋地向上升去。

顾锦澜绝望地看着那个红色数字闪烁又停顿，手如脱力般垂下来，过了一会儿渐渐收握成拳，新做的指甲在手掌中折断，水钻扎破血肉，刺痛神经，可这种程度的痛不及她此刻心痛的万分之一。

她心道：浑蛋，我到底哪里不如苏沅昭？

Chapter 10 到底还是刺激心脏

1

周言站在门外，按了两下门铃，里面却迟迟没有回应。他环顾一圈，见身边无人，才压低声音喊道：“沅昭，是我，开门。”

仍是无人应答。

他只好拿出手机，拨打刚才发来短信的电话号码。那边倒是很快接通，却没有声音。

“喂？沅昭，是我。”周言先出声，好让她放心，“我到门口了。”

电话那边忽然传出一声笑语，那声音分明是男人的。

周言不知就里，面前的门忽然开了，眼前人哪里是苏沅昭，分明是于诚！

“怎么是你？”周言警惕道，“是你约我？”

“不然你以为是谁？”于诚脸上分明是笑着，可是眼角眉梢都透着轻蔑，“你以为是她开了房等你？呵呵，你可真敢想啊！”

于诚了解苏沅昭，她不会善良到没原则，不会心软到无底线。如果说之前她还可能对周言存着一分内疚或心疼的话，那现在她对他恐怕不会再有任何好感。

树欲静而风不止，她不想再生事，但架不住有人就是不安分啊！这不，于诚随便试试，竟真的把周言钓来了。

于诚脸上的那种笑实在令人生厌，周言忍不住故意道：“我有这样的想法很正常，毕竟在你变成她前任的期间，我可是她的现任。”周言说完，便绕过门口的于诚，昂首走进去。

虽然周言跟于诚打的交道不多，在今天之前，两人只有一次简短的见面，就是周言和苏沅昭的事在网上曝出时，于诚找到周言，逼他承认那份于诚以男友身份维护苏沅昭名誉的声明，逼他从名义上到实际上抹掉他跟苏沅昭之间的那一段，也逼他从此将他最爱的女人拱手相让。

时至今日，他还对当时于诚说的每一个字，甚至对于诚的每一个表情印象深刻，还记得他在那密不透风的压制之下没有任何还手之力的窒息感、崩溃感。

他不甘心。当时他输，不过是因为他被死死捏住了七寸，可是现在他无所畏惧。

周言感觉到身后的于诚沉默着，有些得意，勾了勾嘴角，越发肯定找准了于诚的痛点。也是，像于诚这种占有欲极强的人，他喜欢的女人跟别的男人之间的那一段感情恐怕是他心里永远的刺。

看着于诚渐渐冷下去的表情，周言笑得越发从容。他大大咧咧地坐在沙发上，语气暧昧地道：“对了，她的声音……真的很好听，不是吗？”话音刚落，他便满意地看到于诚垂在身侧的手紧握成拳，甚至微微发颤。他觉得十分解气，心道：你以为自己永远能掌控一切吗？你以为谁都能由你捏圆搓扁、被你玩弄于股掌之间吗？

周言从容不迫，等着看于诚气急败坏的模样，可是他没有如周言所料般冲过来，反而忽然笑了笑。

“你笑什么？”周言觉得莫名其妙，看着于诚。

“我笑你这人总比我想象的还要烂一点儿啊！”于诚抱臂，居高临下地看着周言，眼神轻蔑，仿佛在看一条狗。

周言感到极度不适，语气不快地道："你说什么？"

"你知不知道自己刚才折辱的女人是谁？"于诚顿了一下，"是你真心喜欢的女人，也是……虽然我不想承认……也许吧，也是真心喜欢过你的女人，也是因为你才会答应重新回到我身边的女人。"

周言有些难堪，低下头，开始为刚才的口不择言而懊悔。可是于诚没打算就这么放过周言。

"对了，我忘了告诉你。"于诚语气平缓，说出来的话却字字扎心，"你前段时间不是来找她，告诉她当初爆料的事我有份吗？你知道她为什么没一点儿反应，反而好好地跟我过日子吗？那是托你的福啊！你接些什么'三无'产品的深度推广，粉丝用得都烂脸了，我那会儿人证、物证都准备好了，就等着把你整得弃号重练了。为什么你现在还能像没事儿人一样坐在这儿呢？因为她求我放你一马啊！对，条件就是她把我送她的戒指牢牢戴回去。"

周言下意识就要否认，可是脑子里突然想起苏沅昭之前在电话里提醒他不要再接不知底细的广告的事情……所以，竟然是因为于诚抓住了这个把柄吗？

周言的脑子嗡嗡地响，张开嘴，却说不出话来。

"你信了是吧？你信了就好。我就想告诉你，她对你可算是仁至义尽了，我俩能走到今天，马上要结婚了，你功不可没。"

"你无耻！"周言腾地站起身，指着于诚的鼻子喝道，"果然是你一直在逼她！我要去找她，让她离开你，那些推广早就停了，我就不信你还能把我怎么样！"

"我不打算把你怎么样。我这不还让怡海送了你一份大礼吗？"于诚弯着嘴角，可眼神里透着几分寒意，"你和顾锦澜的那个 IP 以及旧情复燃的准备工作好像做得还不错啊？难怪你的语气硬了，腰板也直了。看来，你是觉得成功在望了啊！”

“什么？不可能……”周言虽然拒绝相信，但是心里清楚这件事属于绝密，非参与者绝对不可能知情，于诚却能轻松挑明，只能说明……可能真的是他促成这一切的发生！周言快疯了，真的快疯了。

于诚语速渐渐加快，字如刀剑般密密麻麻地刺过去：“说真的，这事儿你要是拒绝了，我还敬你有几分骨气，可我没想到你不仅欢天喜地答应了，还和顾锦澜跑来小昭的节目炒复合，逼着她睁大眼睛看你俩秀恩爱，你真的……这世上怎么会有你这种人？你还算是男人吗？”

“最可笑的是，你收了一条酒店房号的信息就以为是她约你，你龌龊不龌龊？就算今天是她约你，可我请问，你以什么身份来啊，顾锦澜的男朋友？从你答应炒复合的那一刻开始，你还有什么资格、有什么脸面再来找她啊？”

周言已经脱力，跌坐在沙发上，脸色惨白，目光空洞，整个人摇摇欲坠，似要倒下去一般。

于诚话说多了，觉得口渴，去冰箱拿了瓶水，拧开喝了一口，把瓶子放在一边，又突然解开衬衫的袖口，挽起袖子，露出肌肉匀称、线条极漂亮的手臂。他走到周言面前，突然问了句：“你该拍的今天都拍完了吧？”

周言愣了一会儿，才反应过来似的，轻轻点头。

“那就好。”话音刚落，于诚已经一把揪起周言的衣领，将他拎起来，然后迅速对准他的脸一拳挥过去。

看着如一摊烂泥似的趴在沙发上的周言，于诚拿湿纸巾一边仔细擦手，一边说：“给你一个教训，我的女人不是你可以侮辱的。”

于诚扔掉纸巾，把房卡抽出来丢在茶几上：“今晚你就住这儿吧，再见。”

“对了。”开门之前，于诚突然想起一件事，冲沙发上那个一动不动、像死了一样的男人说道，“刚才我说多了点儿，所以还是给你打个预防针，免得你想太多。以前她留在我身边的确有你的一份功劳，不过现在是因为她爱我。”

于诚说完，心情突然变得极好，咧开嘴笑了笑，动作轻快地开门，然后离开。

于诚回到家，看到玄关的鞋子，便知道苏沅昭已经回来了。他俯身将歪倒的鞋子拎起来，整齐地放进鞋柜，喊道：“我回来了。”

房里没有人应答。这时，他听到厨房有锅铲碰撞的声音，便拐进厨房，果然看到了她忙碌的背影。

“你收工这么早？”于诚说着走进去，探头越过她的肩膀，想看看今天的晚餐是什么菜，却见她没好气地把锅铲一扔，身体往左边一退，然后揪着他的衣服，把他拽到锅前，大声道：“你还不赶紧来做饭！”

“啊？”于诚莫名其妙被架上来，迟疑道，“你这都做了大半了……”

“你还好意思说？”苏沅昭怒目圆瞪。她白天说了回来找他算账，他还一副真心诚意要负荆请罪的模样，谁知她收工马上回家，他人不在，家里冷锅冷灶的，连顿赔礼饭都没有。她打电话他也不接，信息也不回，最后她等到肚子饿了，只好自己动手做。

她真是越想越委屈！到底是谁做错了事，谁要负荆请罪啊？

“是是是，我做错了事，该我做饭。”于诚十分熟练地摆正态度，伏低做小，“您先去客厅休息，吃片西瓜？”

“你管我！你好好炒你的菜，炒不好的话，我炒了你！”苏沅昭恶声恶气的。她不走，就站在那里，一边监工，一边喋喋不休地数落他是嘴上的巨人、行动的矮子。

于诚不敢反驳，一边积极认错，一边认真炒菜。

三道菜起锅，于诚不敢劳烦她端菜，自觉准备好端上桌，还不忘给她倒杯水：“你口渴了吧？喝口水。”

“哎，我说你真是的，你是不是传染了郭医生的贱功啊？”苏沅昭没绷住，到底被于诚逗笑了。

“哪里哪里，我只是深刻认识到了自己的错误而已。”于诚谦虚地道，又夹了一筷子菜给她，“这满满都是我道歉的诚意啊！”

苏沅昭配合地把他的“诚意”吃下去：“好了，反正这事已经这样了，就这么着吧。幸好我这边是弹幕点评式，跟他们不会直接接触。”她顿了一下，看着于诚，认真地道，“你以后不要再管他们的事了，他们好也好，坏也好，都与我们没关系。”

于诚迅速竖起三根手指：“我发誓！”

苏沅昭的话里已经清晰地划出了“我们”和“他们”，于诚很满意，不必再为周言费任何心思了，反正刚才已经做完了最后一件事。于诚毕竟年长周言几岁，在人心最复杂的领域打滚，城府和手段都远在周言之上，要整周言就跟玩儿似的。于诚原本不想像今晚这样做得这么绝，可是周言收到那条匿名短信就立刻赶来了，这说明即便苏沅昭不再理会他，他也会蠢蠢欲动，时不时来给她添麻烦。

所以于诚选择用最激烈的方式击碎周言的自尊心。

于诚要周言以后每一次看到苏沅昭都会想到那个丑陋又肮脏的自己，要周言对她永远不敢直视，退避三舍。

“对了，你干什么去了？”苏沅昭这才想起来，问道，“你今天的课不是在下午前两节吗？”

“哦，有个学生心理有问题，不堪重负，到办公室找我，我就顺便多给他上了一节思想教育课。”于诚一本正经地说着瞎话。

“呃，这么严重，那他现在怎么样了？”

“嗯……希望他坚强吧。”于诚真诚地说，“反正我尽力了。”

2

宣传片拍完不久，节目正式进入演播室录制阶段。在这个阶段，制作组给主持人和几名嘉宾播放的东西已经接近成片了。接下来录完演播室，把主持人和嘉宾的点评、猜测和分析的内容剪进男女主人公的片子里，便可以作为一期节目播出了。一期播完之后再录下一期，节奏非常快，主持人只比观众早一周左右看到片子而已，最大程度保持大家“追剧”的热情。

李新泽忙完嘉宾拍摄之后就一头扎进剪辑室盯后期，节目组紧锣密鼓，他显然不可能休息好。不过，他虽然顶着一张熬夜脸，但眼睛毫无倦意，反而迸射出一种兴奋感，让身边的人不免被感染。

苏沅昭到得早，李新泽便先拉着她做录制前的沟通。

对于周言和顾锦澜当嘉宾的事，苏沅昭虽然知道了来龙去脉，知道这就是一场利益炒作，心里突然释怀不少，但还是对李新泽居然跟顾锦澜和周言联系上这件事很好奇，便不免装作无意地多问了两句。

李新泽倒不隐瞒，说：“天下果然没有免费的午餐。”

这次其实是怡海主动联系节目组的，怡海希望能够让顾锦澜和周言来参加节目。这种经纪公司出面的，严格来说不太符合节目要求，毕竟节目本是要做素人，顾锦澜已经签约经纪公司，便不那么纯粹了。

李新泽上次还纳闷怡海怎么这么好心帮忙做推广，这回倒是找到理由了，说不定人家就是等着下一次的合作机会。李新泽上次确实承了怡海一个不小的人情，而且怡海给的人没有很差，相反，形象好、人气高，有话题讨论度。顾锦澜虽然签约了，但没有正式出道，说她是素人也没错，所以李新泽就这么应下来。当然，其间，有人提醒过李新泽，说过苏沅昭跟这对曾经的素人情侣的渊源，但是李新泽并没有放在心上，还是严格执行了保密条款，直到拍摄宣传片的时候才爆出参加节目的嘉宾的名单。

“您可真是大公无私啊！”

“那不是误会吗？你又不是真插足过人家的感情，身正不怕影子斜，你怕什么？”李新泽仍是理所应当的样子，“而且这样的话，你正好借着节目洗一洗绯闻，清清白白地结婚去啊！”

苏沅昭被堵得无话可说。如果是在误会的前提下，她确实不该有什么激烈反应。

“唉，算了，听你的。”她拍了拍脑袋，“对了，他俩拍得怎么样啊？”

“你看节目就知道了。”

李导的口风果然不是一般紧，马上就要给她看的东西，他也不肯提前一点点剧透吗？

准备完毕之后，节目开始录制，苏沅昭看制作组的片子时，心里一阵阵赞叹。李新泽真是一个天才，一个综艺纪录片，他硬是拍出了偶像剧的感觉。那种前任相见的尴尬和一开始的警惕、敌意或冷漠等各种表情、动作都通过镜头放大，暗示主人公的情绪和态度。

苏沅昭和薛子津作为主持人，在片子播放的同时积极引导各种猜测和讨论，请几名嘉宾发表看法，为节目增加看点。

节目一开始，薛子津就以调侃的形式提及苏沅昭当年的那桩“绯闻”。薛子津当然并不是突然袭击，而是跟她打过招呼的，她也早做了准备，遣词用句都跟于诚百般斟酌过。顾锦澜和周言可以利用这个节目炒复合，而她可以利用这个节目得到一个正式的澄清机会。

讲完这个梗之后，薛子津熟练地引入下一个话题，而苏沅昭暗暗地松了一口气，心想：于诚和李新泽说得对，没什么大不了，说出来，自嘲一笑罢了。

如此一来，那件纠缠她许久的旧事总算可以揭过了。

综艺真人秀《分开旅行》的第一期在周五晚上八点正式播出。

在此之前，节目已经由各方推动造势，预热良久，顾锦澜和周言作为当年的微博第一 CP，此番以前任的身份一起上节目，在微博上的关注度和讨论度相当高，不亚于一个明星爆出绯闻。节目正式开播，点击量呈爆炸式增长，而关于两人是否会复合的猜测迅速占据热搜。有当年的 CP 粉死灰复燃，痛哭流涕地表示又要相信爱情了，也有顾锦澜的唯粉表示“抱走不约”。

总之，对节目本身来说，有这样的热度已经赢了大半，何况第一期播出之后豆瓣那边评分还上了八分。有理智的观众点评：看微博那锣鼓喧天的样子，结合这嘉宾人选，怎么看都像是一场炒作，可是节目确实拍得好，即便是假的，我也先给个四星看看，希望后面稳住，不要崩。

苏沅昭从中分得一点儿热度，以“那个女主持人”的身份被众多CP粉带入话题，粉丝感慨原来周言当年真的没有出轨的同时，也燃起了对周顾两人复合的希望。

身为“话题人物”的苏沅昭忙里偷闲，卡在节目录制的空当抽了一天出来试婚纱，毕竟婚期临近，她该操办的要操办起来了。

出门之前，她看到丢在茶几上的车钥匙，说：“你不开车去吗？”

于诚神秘一笑：“有专业司机，我还开什么车？”

稍后在地下停车场，苏沅昭见到了笑呵呵地挥手的专业司机——郭涛。

她不由得瞪了于诚一眼，心道：你要人家来当伴郎，伴郎服要人家自己买，连去试礼服还要他兼司机，他上辈子是欠了你什么？

于诚却没有任何愧疚的意思，径直拉着苏沅昭走到后座去。

于诚还真把郭涛当司机了？

苏沅昭看不下去了，甩开于诚的手，要去拉副驾驶座的门，却被于诚揽了回去，塞进后座：“你见过新郎新娘分开坐吗？”

苏沅昭朝前面的郭涛说：“你真的不用我们坐一个到前面？”

“不用不用。”郭涛连连拒绝。这时，于诚已经挤上来，打断他们，道：“开车吧。”

郭涛乖巧地发车。虽说人善才被人欺，可是善到这份上，就不值得同情了。苏沅昭别开目光，懒得再管了。

“对了，你跟谢邀曼讲了去接她吧？”于诚突然提醒。

“讲了。”

“讲了。”

苏沅昭怔了一下，意识到刚刚回答的不止她一个人。

“郭医生？”她觉得莫名其妙，盯着后视镜里郭涛的眼睛，“你跟曼曼讲什么了？”

“我是说……我猜你应该讲了。”郭涛一时嘴快，说漏嘴了，这借口压根经不起推敲，幸好有于诚帮郭涛转移苏沅昭的注意力。于诚道：“你给她发条微信呗，说我们现在就过去，要她准备好。”

苏沅昭想起这茬，便点点头，然后去掏手机。

车载空调对着郭涛吹，他仍感觉额头直冒汗。他通过后视镜给于诚递过去一个感激的眼神，却立刻收到一个带着鄙夷的白眼。其实，无须于诚开口，连他都觉得自己哪怕考上了医大硕士，脑子里此刻装的也不是负责智力的脑细胞，而是白花花的豆腐脑。

他是一个直肠子的人，遮遮掩掩的，他容易吗？那个人说了，要是他未经她的允许，把他们的关系泄露出去，她就立刻跟他分手，尤其是不能跟她的闺密说。

郭涛正胡思乱想着，车后座传来苏沅昭的声音：“哎，奇怪。”

郭涛感觉全身汗毛倒竖，以为她跟谢邀曼打完招呼，又想起他这茬了，要找他盘根究底了。救命啊！正当他的内心上演风暴戏，几乎要破口而出的时候，后座传来下文。

“曼曼居然给我发了一个表情！”苏沅昭最后蹦出这么一句。

人生这样大起大落，郭涛感觉他的心脏快坚持不住了。

他深吸了一口气，没出声，继续偷听下去。

“之前我就觉得不对劲儿，就是没想到哪里不对劲儿。”苏沅昭重新翻出手机，看着最近跟谢邀曼的聊天记录，“我刚刚突然想通了，是表情包啊！曼曼以前从来不用表情包的，能发个微信自带的表情就了不起了！”

“她用表情包怎么了？”于诚随口道。

"亏你还自称观察力一流，你怎么这么不懂套路？"苏沅昭鄙视他，微微眯着眼睛，大胆推测道，"一个从不用表情包的人突然开始用表情包，这说明什么？说明有一个爱用表情包卖萌的人经常找曼曼聊天啊！而且，毫无疑问，她一定对那个人不反感，不然怎么会用那个人用的表情包！"苏沅昭顿了一下，痛苦又不甘地承认道，"算了，何止不反感，她肯定很喜欢那个人！想想这么多年我给她发过那么多表情，也没见她存过！"苏沅昭捶着车座，嗷嗷直叫，"到底是哪只猪拱走了我的女神？"

郭涛心虚地继续开车，生怕被苏沅昭发现他就是那只猪。

谢邀曼坚决不肯公开两人关系的态度到底让他有些受伤，这无疑说明她答应的不过是一个考察期，有随时让他卷铺盖走人的可能。他这段时间战战兢兢，心里委屈不已。苏沅昭这番话却让他整颗心都妥帖地着了地。原来，在他不知道的地方，她已经为他悄然发生改变，并且是未曾为任何人发生过的改变。

车子恰好遇到一个红灯，他将车缓缓停在斑马线前，看着横过马路的人群，突然开心地按起了车喇叭，还在路人看神经病一般的眼神里美滋滋地想：这可是你自己暴露的！

于诚："你抽什么风呢？"

3

谢邀曼一上车就感觉气氛有点儿怪异。

于诚忽略不计，反正平时话也不多，可苏沅昭这会儿也不说话，就这么盯着她，表情怎么还有点儿……幽怨？还有，她身边这人怎么一脸诡异的潮红，身子动来动去，好像开个车都要浪起来？

谢邀曼有不好的预感，身后有眼睛盯着，她只好佯装无事，敌不动，我不动。于是，几人就在这样诡异的沉默中抵达目的地。

气质优雅的店员礼貌地将他们领进 VIP 区，带女士进试衣间。苏沅昭和谢邀曼换好衣服之后，店员正要请她们出去，苏沅昭却转头跟店员说抱歉，还说自己跟朋友有话要说，请店员在外面稍等五分钟。

谢邀曼见苏沅昭这架势，立马紧张起来。只见苏沅昭转过头，严肃地说：“曼曼。”

“哎！”谢邀曼立刻应声。

“你跟我说实话，你是不是有喜欢的人了？”

谢邀曼心虚地瞟了一眼外面，该不会是郭涛暴露了吧？不，应该没那么严重。照苏沅昭的性子，她要知道是谁的话，就不会还这么淡定地站在这里了。

谢邀曼含糊地道：“呃……你为什么突然这么问？”

“这么说，是真的咯？”苏沅昭知道谢邀曼的演技为零，只要猜出来，谢邀曼就不会故意骗苏沅昭说没有，苏沅昭问，“是谁啊？我认识吗？”

谢邀曼双手举高，表示投降：“是有那么个人，不过我还不确定，所以我还没打算说。”

她是这样考虑的，她跟郭涛的事还没个准儿呢，要是随便说出来，然后又很快发现不合适，接着分手，帮亲不帮理的苏沅昭一定会毫不犹豫地将郭涛划入敌阵。可是，郭涛是于诚的好朋友啊，被她这样搅和一通，以后大家的关系多尴尬。

她不敢冒这个险，所以在她真正确定心意之前，她不想说。

苏沅昭闻言，鼻子一酸，丧气地往旁边的沙发上一坐，差点哭出来：“我到底是不是你最好的朋友？这么大的事你都瞒着我。我以前喜欢于诚，都是第一时间就跟你说了的，有什么动静也在第一时间告诉你的，虽然你不爱听……你居然什么都不跟我说，太过分了！”

“哎，你别哭，别哭。”谢邀曼顿时头大，手忙脚乱地跑过去，一边让苏沅昭仰起头，一边往她的眼睛旁边扇风，“你快把眼泪憋回去，妆要花了。唉，我服了你，不就是恋爱嘛，我要准备好，肯定是第一个告诉你。

我现在不说，是因为那个人还在考察期，还不够格啊！”

“让我见见他有什么关系？就算只是在考察期，那也是史上第一人啊！”苏沅昭抓住谢邀曼的手，强烈抗议。

谢邀曼默默地想：你早就见过他无数次了。

她挠了挠头发，尽量用一种苏沅昭能理解的方式来解释自己的用意：“怎么说呢？就……对我来说，恋爱的慎重程度差不多就跟你结婚一样，你想想，你不也是认定了于诚，和他同居之后才带他去见父母的吗？你这样做，是免得没两天你跟他分手了，让父母担心对不对？我也是一样。等我确定、一定以及肯定的时候，我第一个就会把那个人介绍给你。”

“真的吗？”苏沅昭的声音还是闷闷的，“那要等到什么时候？”

谢邀曼想了想，说：“就……你结婚的时候吧。”她顿了一下，突然笑着点了点苏沅昭的鼻子，“到时候如果我带他去了，你记得把你的捧花丢给我。”

苏沅昭破涕为笑，用力点头。

“好了，我们该出去了，准新郎该等着急了。”谢邀曼牵起苏沅昭，却被她反握住手，“嗯？”

“既然如此……”苏沅昭狡黠一笑，另一只手已经绕过去，准确地摸到谢邀曼的裙子拉链，“你来都来了，干脆婚纱一起试了吧。”

男士试礼服没那么麻烦，很快就换好了一身。于诚的西服多的是，其实倒没必要特意再定做一套，只是老板娘盛情难却，一定要送他这份新婚礼物，买婚纱给他算个买一送一，他这身就是那个送的“一”。虽说这是送的，但这面料和手感，他一摸便知价格不菲。因为衣服是量身定做的，剪裁合体，他穿上身，肩、袖、背部的线条堪称完美，再加上一双大长腿，整个人贵气逼人。

“啧啧，果然人靠衣装，没错了。”郭涛在一边看得目不转睛，语气酸酸地说，“我也要你这件。”

于诚居高临下地扫视郭涛，然后拉了拉领带，气定神闲地开口：“我劝你不要和我穿一样的衣服，这样就没有借口了。”

郭涛知道于诚在挤对自己比他矮了几厘米，不服气道：“你也就占了身高这一丢丢便宜！有本事，咱们脱光了比一比，论身材，我可不怕你！”郭涛摆出秀肌肉的猛男专用姿势。

“你见过谁脱光了去结婚的？”于诚整了整袖口，“当然，我期待你的沙滩婚礼，如果你有这个机会的话。”于诚说着，瞟了一眼另一个方向。

郭涛彻底歇菜。

那两位大小姐进去好一阵也没个动静，最后先出来的只有店员，留下姐妹俩在里面“密谋大事”。郭涛心里七上八下的，不知谢邀曼会怎么说，或者她把跟他的事情说了，她那个闺密苏沅昭会是什么反应？万一等下苏沅昭出来，给他判个“死刑”可怎么办？

“你说说，我有戏没戏？”这个问句郭涛说说都觉得伤自尊心，可是他有什么办法，他谈个恋爱容易吗？他道：“你俩以前谈恋爱的时候这么遮遮掩掩吗？唉，有时候我都不知道自己到底是男朋友还是炮友。”

“你禽兽啊！”于诚迅速抓住重点，一脸鄙夷地看着郭涛，“你就知足吧，我那会儿进展可没这么快。”

郭涛惊觉他又说漏嘴了，一想到谢邀曼当时说让他把那事儿烂在肚子里的表情……他已经在心里给自己上香了：“你可千万别说出去啊……”

于诚没回话，只是怔怔地看着前方，眼中似有惊艳之色。郭涛顺着于诚的视线看过去，果然看到那边身着白纱的苏沅昭走出来，圆润小巧的肩头在洁白的婚纱的衬托下显得更加白皙，腰线收得极紧，包裹出玲珑的身段，胸前白纱上繁复的珠钻熠熠生辉，裙摆及地，华丽地散开在深红的地毯上，像一株百合华丽任性地盛放。

可是，于诚的反应也太夸张了吧？他的眼睛珠子都快要掉出来似的。

他跟苏沅昭都在一起这么久了，看着天天对着看的人，至于吗？郭涛正要调侃几句，这时，苏沅昭身后如分身一般忽地闪出一个人，那人也是一袭白纱，雪肤黑发，目光忽闪，宛如一头跌入凡尘的小鹿。

郭涛看呆了，都忘记做表情管理，张大了嘴，紧紧盯着谢邀曼，心道：这什么情况？你不是来试伴娘服的吗？

“你收着点，口水要掉下来了。”于诚用只有两个人能听到的声音说完，便起身迎上去。

郭涛迅速整理好表情，也跟上去，目光却跟上了502胶似的，紧紧粘在谢邀曼的身上。她却抿着嘴唇，目光躲闪，垂在一旁的手不停地搓着裙角。他这个高冷得要命，哪怕那晚之后都能淡定地警告他，让他管好自己的嘴的女朋友现在难道是……在害羞吗？

郭涛此刻心里有十万个为什么，只恨当着苏沅昭的面，不好开口问清楚。

于诚就随心所欲多了，直接俯身在苏沅昭的脸颊上亲了一口，说：“我老婆真美。”然后，他环住她的腰，与她一起走到巨大的镜子前。这仿佛上帝偏爱创造出来的两个人站在一起，所谓天造地设也不过如此了。郭涛趁着那两人自我欣赏之际，偷偷跟谢邀曼说了句话：“怎么回事啊？”

谢邀曼立刻避嫌，躲开：“你别跟我说话。”

郭涛见她还在装，便知道他还没暴露，于是放下心，大胆地问苏沅昭：“这私定果然不一样啊！这婚纱穿出来跟拍电视剧似的，这么好看。哎，怎么伴娘也穿婚纱了，伴娘也要结婚吗？”

“哦，对了。”苏沅昭连忙走过来，把谢邀曼也拉到镜子前，然后力邀群众赞美，“好看吧？好看吧？”

“她美呆了。”郭涛自然积极捧场，收到镜子里谢邀曼给他使的眼色，立刻补上一句，“两位都好看。”

“伴娘服要试，婚纱也要试嘛！”苏沅昭显然十分满意她的安排，帮谢邀曼理了理裙子，感叹道，“毕竟眼看着曼曼也快了。”

“哦？”郭涛闻出味儿来，立刻积极响应，想听苏沅昭再说多点儿。

苏沅昭拉着谢邀曼的手，开心地道：“等我和于诚举行婚礼的时候，曼曼就要带男朋友去。我快好奇死了，到底什么样的人能征服我曼的心？反正，曼曼的真命天子出现了，曼曼穿婚纱那一天就不远了，就先试着呗，来都来了。”苏沅昭拉着谢邀曼的手继续感慨，说得郭涛飘飘欲仙，他心想：今天苏沅昭说的话、干的事儿怎么都这么合他的意？

“八字还没一撇呢。”谢邀曼冷不丁地浇来一盆凉水，然后招手，把店员叫过来，继续做正事，对苏沅昭说，“你看哪里穿着不舒服，赶紧跟人家说。”

4

《分开旅行》第一季收官，李新泽通过高超的剪辑和镜头叙事，将一个分明能猜到结局的真人故事拍得跌宕起伏，牵动人心。随着最后一集的播出，微博第一情侣正式复合的消息席卷社交网络，身为话题中心人物的顾锦澜微博粉丝正式突破千万大关，而周言早已清扫掉之前微博上乱七八糟的广告，发了一幅简单的小画，正式宣布两人复合。之前被虐过的粉丝看着带着熟悉画风的小画里难得的破镜重圆场景，无比动容，泪洒键盘，疯狂转发，为自己真心萌过的 CP 摇旗呐喊。

节目大获成功，台里特地订了酒店，隆重举办庆功宴，台里和网站的领导、赞助商、嘉宾等各方都受邀参加。不过，这样的聚会最后多半变成各方交流会，不知有多少新的合作意向在觥筹交错间达成。

苏沅昭作为主持人，自然要到场，本来想带家属，可是家属说没空。她便挽着薛子津一道进场，两个孤家寡人互相给对方撑场子。

周言和顾锦澜自然一起出席。今时不同往日，周言西装革履，璧人在旁，和众人酒杯相错、言笑晏晏。一个原本一身艺术气质的画家在这华丽璀璨的灯光之下竟像一个成功人士一般，意气风发，却也泯然世俗。

苏沅昭远远地看了他一眼，便转开了目光，自然没留意到那人立刻尾随而来的目光里带着难以言说的复杂东西。

宴席照例是以领导讲话开始，然后导演致辞，感谢各方，最后进入自由社交环节。

苏沅昭跟几个领导礼貌地寒暄之后，便直奔食品台。为了穿礼服，苏沅昭晚上特意没吃饭，小半场晚宴下来，酒水喝了不少，却哪里有碳水化合物来得实在。她拿了小碟子，准备挑点不腻的食物垫垫肚子，一口小点心还没入嘴，便听到有人跟她打招呼。

皮珍珍，她作为赞助商代表，是该来的。

苏沅昭连忙笑着招呼："你才过来？我刚才怎么没看见你？"

"我在谈事情。我老公也来了，在那边。"皮珍珍端着红酒杯，朝不远处指了指，"这会儿他有事，不然我就介绍你们认识了。"

苏沅昭顺势看过去，那边三个男人在热烈地交谈着，中间的男人身材微胖，是很典型的老板长相。她对认识皮珍珍的老公并没有兴趣，便笑了笑，礼貌地道："他应该对你很好吧。"做节目冠名涉及的资金不少，他这么放心地交给皮珍珍去做，说明他至少是信任皮珍珍的。

"嗯。不过，事实证明，我的眼光不错。"皮珍珍显然对她这次的判断十分得意，"对了，听何之瑶说，你要结婚了？你怎么没给我发张请柬？"

苏沅昭没想到皮珍珍跟何之瑶还有联系。虽然当年几人的关系确有亲疏，但是一个收到请帖，一个没有收到，皮珍珠这样直接点出来，苏沅昭还是有些尴尬。

"是啊！"苏沅昭牵起嘴角，说，"原来你俩还有联系吗？我写请柬的时候联系不上你，没想到后来会这样碰到你。"

其实，苏沅昭现在包包里倒还真有一张空请柬，本来准备写薛子津的名字，补发给他，她今晚特意带过来的，倒是还没想起拿出来。她现在拿出来应急也可以，但她不愿意。毕竟无论是过去，还是现在，她跟皮珍珍并没有很熟。

“我老公跟她老公是合作伙伴。”皮珍珍解释道，“我们那一批人里，最后倒是就数你发展得最好了。这次节目这么成功，以后你在台里会大红大紫吧？恐怕再过不久，你都要进省台做当家花旦了。”

“你言重了。节目是大家努力的成果，我只是一个小人物，做好手里的事就可以了。”苏沅昭语气微微冷了，像皮珍珍这种不负责任的捧高最为险恶，苏沅昭懒得再虚与委蛇下去，“我还有点事，先过去了。”

“如果是洛诗的话……”皮珍珍突然道，“她一定不会像你这样得过且过。如果是她，一定会拼尽全力争黄金档节目、去省台、进一线。”

苏沅昭顿住脚步，不明就里，看着皮珍珍，心道：她为什么突然提洛诗？

“可是谁也架不住你的运气好啊！你跟了一个好导演，做个网综都能火。就像当年比赛，冠军明明应该是洛诗，偏偏她在决赛时爆出那样的事，最后连个镜头都没有，白白让你捡了个便宜。有时候我觉得你的运气好得让人觉得过分了。”皮珍珍已经掩不住敌意，垂在身侧的手因愤怒而颤抖，“如果当初是洛诗拿到冠军的话，她一定会比你做得好得多。”

面对这样莫名其妙的指责，苏沅昭只觉好气又好笑。当年决赛时洛诗爆出艳照又不是苏沅昭造成的，难道她拿了冠军就对不起洛诗吗？难道她拿了冠军就必须像洛诗那样去争去抢、博出一个当家花旦吗？何况洛诗并非毫无关系背景，只是那件事已经过去很久，她再跟这么一个为好友打抱不平的人争辩也没有意义。

苏沅昭平心静气地道：“比赛只是一块敲门砖。如果洛诗真的有心、有实力，总会找到属于自己的舞台。”

“呵呵，你说得轻巧，哪个台会要一个爆出艳史的人当主持人？”皮珍珍冷笑道，“更何况，她已经死了。”

“什么？”苏沅昭惊呆，几乎以为自己听错了。

“她跳楼自杀了。”皮珍珍说，“抑郁症，她没有熬过来。她太傻了，失败就失败了呗，就不能像我、像何之瑶一样收起理想，好好嫁个人？生活不也就那么回事，她怎么就偏偏绕进了死胡同？”

苏沅昭突然理解皮珍珍对她莫名其妙的敌意，那不过是对好友最沉重的叹息。

如果当初是洛诗得冠，苏沅昭至少不会去做傻事。

“对不起。”苏沅昭为她让皮珍珍重新翻出沉痛的往事抱歉，也为她一直以来对这件事一无所知抱歉。

但除此之外，苏沅昭问心无愧。

苏沅昭拍了拍皮珍珍的肩膀，转身走开。

知道洛诗的事之后，苏沅昭心里不太舒服，站在大厅角落怔怔走神，脑子里不自觉浮现出当年那个女孩的音容笑貌。平心而论，洛诗的长相、能力都不在苏沅昭之下，甚至恰如皮珍珍说的，洛诗还有一股比任何人都大的野心，有那种不成功便成仁的拼劲，或许比苏沅昭更适合这个名利场。

“你怎么了？你的脸色不太好。”薛子津不知道什么时候走过来，跟苏沅昭打招呼。

“没有。”苏沅昭笑着摆摆手，“为了把自己塞进礼服里，我没吃饭，有点儿饿。”

“硬货不能吃，那来点甜的。”薛子津从口袋掏出一颗糖放到她的手上。

苏沅昭觉得心里流过一阵暖意，笑了笑，顺手剥开糖纸，把糖放到嘴里，醇甜的口感多少冲淡了些心中的沉郁。

“哦，对了。”苏沅昭突然想到请柬还没给他，正要去翻手包，却想起请柬是空的。她总不好当着他的面写上他的名字等信息吧？

“怎么了？”薛子津没等到下文，便开口问。

苏沅昭已经决定等下找个角落，把请柬填好再给他，这会儿只好随手指着不远处几个正在谈话的人，装作好奇地道：“那个人是谁啊？台里两个大佬都围着他。”

“他啊，陈叔和啊！”薛子津解释道，“怡海的老板，就是我们节目里那个顾锦澜背后的公司，你知道的。”

“是他？”苏沅昭听到这个名字太多次，却没想到会在这里看到他。

“嗯，看来怡海是真的要力捧顾锦澜了，连老板都亲自来帮她撑场子。”薛子津八卦道，“陈叔和在圈内还是有些威望的，毕竟这么多年了。他以前还带过我的童年女神呢！”

“童年女神？”苏沅昭扑哧一笑，“谁啊？”

“于小曼啊！”见苏沅昭露出迷茫的表情，薛子津伤心地摇摇头，“我们80后跟你们90后果然还是有代沟。不过也是，她去世那一年估计你还被爸妈抱在手里呢。”

苏沅昭应该是听说过这个名字的，不过没什么特别的印象：“她很红吗？”

“那是当然。”薛子津依旧记得他当年守在电视机前等节目的情形，“她好像最开始也是电视台主持人，后来出来了，就是陈叔和带着她拍戏。用现在的话来说，她算是天海娱乐的元代一姐了，要不是后来出了车祸……唉，不说了，我心痛。”

“你那时候才多大啊，有这么深刻的印象吗？”

“越是年幼的时候越是纯真，你懂什么？”薛子津摆出一副教训小孩的模样，“算了，你还小。我过去打个招呼啊！”

“嗯。”苏沅昭点点头，目光随之重新落到那个精神矍铄的老人身上。说起来，她也应该去打个招呼。虽然他估计不认识她这个无名小卒，但毕竟无论是当年比赛，还是上一档节目，她都受过他的恩惠。于诚对这些事一直轻描淡写，但是她看得出于诚跟他关系匪浅，否则，他这样的人物哪会这么轻易就出手相帮呢。她认识他，或许能认识某一部分她不知道的于诚。

她找了个空当走上前，先做自我介绍："和叔您好，我是苏沅昭。"

"哦，你是主持人吧。"陈叔和倒是没什么架子，目光平平淡淡，却笑得挺热情，主动和苏沅昭握手，道，"你好你好。"看起来他对节目还是有些印象，不过对她这个人显然并没有什么印象。

苏沅昭想起她当年收到天海娱乐的橄榄枝还暗自乐了这么多年，看来人家真的只是看在于诚的面子上，并没有真正记住她是哪只阿猫阿狗呢。不过，她并不生气，反而高兴，因为于诚跟陈叔和真的关系不错，她算是找对人了。

握手之后，苏沅昭笑着点明另一层身份："我是于诚的女朋友，以前主持人比赛的事，还有上次节目宣传的事，我都听于诚说了，您帮了我很大的忙，我还没来得及谢谢您呢。"

陈叔和的目光陡然一亮，笑得眼纹四裂，仿佛他这才开始认真打量她，目光不着痕迹地在她身上从头扫到脚："原来是你呀。我早就想见你了，但那小子把你捂得严严实实，就是不肯让我见你。"

"我也一直想见您。"苏沅昭说，"我听于诚说，您和他的先母是故交，他这边剩下的亲人不多，我就想您也算是他的长辈了，我应该去拜访的。"

"他母亲啊……唉。"陈叔和总笑得和善的脸上难得出现一丝神伤，他却没再继续说下去，转而道，"你俩在一起有好几年了吧，是不是该结婚了？"

苏沅昭倒是觉得奇怪，结婚的事于诚竟然没有知会一声这位长辈。虽说人家是大忙人，不一定抽得出时间，但是通知到位总是应该的。她现在身上就有一张空请柬，不如就先填上陈叔和的名字，反正薛子津那边她改天补一张就是了，而陈叔和可就难得见上一面了。

"和叔，我们其实已经定了日子，于诚可能还没来得及跟您说。"苏沅昭笑着解释，"您方便稍等下吗？我去拿张请柬过来。"

"已经定日子了？那好啊！"陈叔和压根不像于诚说的那样没空搭理

他们，反而十分感兴趣，“阿诚这边有长辈做代表吗？”

苏沅昭摇摇头：“他父母都……他与美国那边的舅舅似乎感情不深，没什么其他亲人了。”

“他的情况我知道。”陈叔和眉毛轻拧，“要是他没代表的话，我来做个代表吧，也算代他母亲做一件事。”

“真的可以吗？”苏沅昭受宠若惊，没想到陈叔和竟然跟于诚亲昵到这个地步，“您有时间吗？”

陈叔和认真道：“是几号？我让秘书到时候给我空出来。”

“十月十日。”

“十月十日……好日子啊！”陈叔和的目光忽地变得幽深起来，他仿佛想起了久远的事情，仍是看着她，却又好像透过她在看另一个人，良久后才叹了一口气，道，“看到他成家，想必小曼在天之灵也安心了。”

“小曼？”苏沅昭不由得多问了一句，“是于诚的母亲吗？”

陈叔和原本不打算细说，但转念一想，她即将和于诚成为一家人，有些事不必刻意隐瞒她，索性便直说了：“你年纪小，可能不认识他的母亲。他的母亲叫于小曼，可惜啊，红颜薄命。”

于小曼？刚刚薛子津口中风靡九十年代的于小曼？于诚的母亲居然有这么大的来头？苏沅昭睁大眼睛，说不出话来。

陈叔和见她这表情，倒是有点惊讶，笑着问道：“怎么，你认识？”

苏沅昭干笑了一下：“他没跟我说过这些，只说过他母亲去世得很早，我……”苏沅昭一时不知该说什么，想了想，最后认真道，“您可以再跟我多说一点儿他母亲的事和他小时候的事吗？他不太喜欢说自己从前的事，但是我想多了解一点儿他的过去。”

苏沅昭的表情太过诚挚，而陈叔和早已见识了于诚对这个女朋友或者说是未婚妻的保护和帮助，现在陈叔和打心底拿她当自己人，自然愿意多说一点儿。

陈叔和说：“我们去 VIP 室吧。”

不远处，皮珍珍正和顾锦澜他们随意聊些未来的合作机会，目光时不时扫过来，见苏沅昭和陈叔和似乎在深聊，甚至还一起离开了大厅，心里万分震惊。皮珍珍打量了一下顾锦澜，故意朝那边两人离开的方向努努嘴，道：“你们老板可都被人带走了，你们不介意？”

顾锦澜朝那边瞟了眼，笑了笑，没说话。

皮珍珍见顾锦澜如此见怪不怪的模样，忽地冷笑一声，阴阳怪气地道：“苏沅昭真是好本事，这么一会儿工夫，就能把陈叔和都忽悠着跟她走，我还当她清清白白呢。”

站在顾锦澜身旁原本没怎么说话的周言皱了皱眉，打断皮珍珍，道：“她跟陈总本来就认识，你别胡乱猜测。”

“哦？”皮珍珍柳眉一挑，饶有兴趣地盯着周言，不知是在好奇他所说的信息，还是惊讶于他对苏沅昭这突然的维护。

顾锦澜怕周言说错什么话而露馅，便插嘴帮忙解释两句：“苏沅昭的男朋友跟和叔挺熟的，他们好像很早就认识了，所以她跟和叔有往来很正常。”

皮珍珍闻言张着嘴，似笑非笑，最后露出一个怪异的表情，喃喃道：“挺熟？很早就认识？”她忽然觉得一股血液冲上头顶，心中翻涌着压抑不住的情绪，呼吸急促起来。

顾锦澜见皮珍珍的表情不对劲儿，轻轻碰了碰她的手，道：“你怎么了？”

皮珍珍深吸了几口气，压下情绪，然后慢慢望向方才那两人消失的方向，目光变得幽深起来。

“我本来还只当她是运气好……可是我忘了，这世上哪有那么多好事！”

Chapter11 原谅你 越爱越恶

1

庆功宴结束，苏沅昭在回家的车上用手机搜索于小曼的信息。在那个年代，网络毕竟没有那么发达，于小曼又去世多年，在网上留下的资料很少。苏沅昭最后搜出来信息量最大的资料竟是一个八年前的天涯旧帖，帖子盘点娱乐圈红颜薄命的美人，其中就有于小曼。

那个楼主应该是比较喜欢这位美人，放了好几张于小曼的照片，据说都是楼主的私藏。苏沅昭翻着照片，即便隔了这么多年，隔了这么多冷寂无名的时光，于小曼依然美得让人心惊。在那个没有美瞳和滤镜的年代，她的眉目却像画一样，双目潋滟含水，眼角微勾，多了一丝摄人心魄的神韵。

任苏沅昭今晚内心再难以置信，她这会儿亲眼看到于小曼的照片，也不得不承认这眉目几乎跟于诚一模一样。她看着这张脸，心里一遍一遍地惊叹造物主对于小曼的偏爱以及基因的神奇力量，那绝佳的五官中适合男性的部分竟那样精准地传承到了于诚身上。

难怪陈叔和到今晚还在感叹，于诚不入圈做明星真是太浪费了。

那个楼主似乎以前是圈内人，做盘点时，除去简述生平，还会夹带一些私料，只是真假就无从考证了。楼主说，于小曼当初跟一个有妇之夫的富商在一起过，后来那富商破产出事，被判了重刑，留下一个孩子，那孩子极有可能是两人的私生子。听说于小曼那时正去接孩子，想把孩子送回老家，可是已经有记者得到了内部消息，特地驱车赶去，想去拍个现行，结果她出了严重的车祸，没抢救过来，而当时出事的那辆车上并没有所谓的私生子。

不过，奇怪的是，在于小曼出事之后，于小曼老家那个亲哥哥一家人销声匿迹了。而那个传说跟于小曼有暧昧关系的富商不久之后在狱中自杀。所以，初代玉女于小曼到底有没有孩子成了娱乐圈里一个渐渐被遗忘的谜。

帖子洋洋洒洒几百字，看得苏沅昭心惊肉跳。虽然楼主夹带的私料半真半假，不可全信，可一些说法隐约有些依据。

和叔说，因为于小曼的演艺事业，于诚小时候和于小曼在一起的时间并不多，对于小曼从来都是以阿姨相称。而从陈叔和提及于诚父亲时那极其不快的神态中足以见得，于小曼跟那个男人恐怕不是什么光明正大的关系。

苏沅昭把这些信息拼凑起来，暗暗在脑海中描摹出于诚的童年，胸口已经泛起丝丝的疼来。

他大概住在像城堡一样的房子里，却没有家人陪伴。他大概拥有最昂贵的玩具，却无人与他分享。他也许还期待未来某一天可以改口管那个漂亮的阿姨叫妈妈，可以和父母一起走到阳光下。可后来，一切期望以最惨烈的方式彻底破灭了。

她想起去年春节在江边上，他在她耳边轻声说：“你愿意给我一个家吗？”

直到这一刻，她才真正理解那句话。

那是他在最迫切需要的年纪从来没有得到过的东西。

她现在只想十倍百倍地去补救，好好对他说一句“我愿意”。

苏沅昭回到家，于诚还没回来。苏沅昭等了一会儿，又开始翻查网络上关于于小曼和那个富商的蛛丝马迹，企图从这些零碎的信息里多拼凑出一点儿于诚的过往。苏沅昭看得太过入神，甚至连有人进来都不知道。

于诚已经走过来，随口问道：“你什么时候回来的？”

苏沅昭惊了一下，回头望见是他，连忙放下手机站起身来：“你回来啦。”

于诚看她表情不对劲儿，走近她，关心道：“你怎么了，脸色不太好？”于诚伸手拂了一下她散落在脸颊上的一绺头发，用拇指轻轻摩挲了一下她脸颊滑腻的皮肤，试探道，“是不是你在庆功宴上碰到周言，他惹你不高兴了？”

苏沅昭不发一言，一头扎到于诚的怀里，蹭了蹭才闷声闷气地说：“你别老扯他，我跟他一句话都没说。”

于诚轻笑一声，正要伸手回抱住她，目光却瞟到茶几上还亮着的手机屏幕，那文首加粗的名字赫然与那个他封口多年、从未对任何人提及的秘密有关。

他死死盯着手机屏幕上的字，身体已经僵住，半抬的手就这样莫名停在半空中，任由苏沅昭抱着他。直到那屏幕自动黑下去，他才终于找回意识一般，全身微微一动，然后手慢慢落到她的肩膀上，轻缓但不容抗拒地推开了她。

“你今晚碰到谁了？”于诚盯着她，声音有些森冷。

苏沅昭本不想这么快就说晚上的事，但是于诚已经开口这么问，显然是发现了什么，她也不必再隐瞒：“我碰到和叔了。我想邀请他参加我们的婚礼，他愿意作为你的长辈代表出席。你母亲的事他也告诉我了。”

于诚松开握住她肩膀的手，后退两步，与她拉开距离之后才开口：“你说什么？”

苏沅昭感觉出他的语气不对劲儿，伸手想去拉住他的手，却被他不着痕迹地避开。

她讨好道：“我只是看你跟和叔关系不错，正好今晚又在庆功宴上碰到他，所以才想问他有没有时间参加我们的婚礼。结果他直接就问是哪天，说让秘书空出来。”

“我没有给你替我邀约我的客人的权利。”于诚眉头轻拧，语气生硬。

这厢苏沅昭却盯着他的脸走了神，心道：像，他跟于小曼真是越看越像，连皱眉的样子都如出一辙。

于诚一看苏沅昭的表情便猜到她在想什么，脸色更加阴沉：“他到底跟你说什么了？”

“他说你的母亲是于小曼，说你小时候过得不好……他只是想我多陪陪你，对你好一点儿，没别的意思。”苏沅昭怕于诚生气，拉了拉于诚的衣角，好声好气地解释。

“你知道什么？！”于诚目光一凛，扬声喝了一句，同时退出苏沅昭能碰触他的范围。

苏沅昭吓得浑身一震，一脸尴尬，双手僵在半空中。她看看自己抓空的手，又看看他，最后缓缓收回手，将手背在身后，眼巴巴地望着他，像一个做错事的孩子。

于诚看着她惶惶不安的样子，蓦地心口一窒，暗恼他过火了，但是他的确没办法坦然接受。他深吸一口气，压下心中翻涌的情绪，语气平静，甚至有些冷淡地道：“对不起。你早点休息吧，我今晚睡客房。”

他说完便径直拐进了客卧，“砰”的一声，不轻不重地关上门。

苏沅昭被晾在客厅，良久没有动作。

晚上，她一个人躺在床上，翻来覆去，越想越委屈。她不过是打听了一些他以前的事，他居然发这么大的脾气，还主动要分房睡。自从他们和好之后，中间哪怕关系岌岌可危，他们也没有再分房睡过。就因为这么一件事？她越想心里越不得劲儿，最后腾地从床上弹起来。她今天非要找他说个明白不可。

她“啪啪”拍着客卧的门，嚷道：“你给我开门！我知道你没睡！”

苏沅昭的手都拍痛了，可是里面没有任何回应。她又委屈又生气：“你为什么这么反感我知道你的家庭？我们都要结婚了！不说要知根知底，可是我们结个婚，我见不到你一个亲人长辈，连你母亲的名字都不可以知道吗？”

苏沅昭越想越觉得她一点儿都没错，他到底凭什么发这么大的脾气？

“连和叔都把我当自己人，愿意告诉我这些事，那你呢？你出来啊，说清楚你到底什么意思！”苏沅昭觉得她又喊又叫，像个疯婆子，可是她已经卑微难看到这个地步，这一扇门始终不肯为她打开一点点。她最后没了力气，颓然地靠在门框上坐了一会儿，忽然觉得这场景似曾相识。

他们之间似乎总是如此，每当她触碰他的禁区，他都会坚定地关上这扇门，无论她在门外怎样气急败坏或者伤心难过，他都不会理睬，冰冷得好像一个陌生人。

哪怕让他只为她拉开一条缝，好好地看她一眼，让她不要这么慌、不要这么怕，他都不愿意。

苏沅昭颓然地坐在门口，如一尊雕像安静地立在空气里。她听着壁钟里秒针“嗒嗒”的移动的声音，听到自己的心跳一下下轻缓下来，感觉某种刺骨的冰凉感从皮肤与地板相触的地方一寸寸蔓延开来，血液仿佛慢慢凝固，变得冰冷刺痛。

于诚太过分了。

她擦了擦眼睛，撑坐起来，去卧室披了件长衫，拿了手机出来，望了眼壁钟，半夜一点。

已经很晚了，可是她不想待在这里，不想无望地等候一扇不知道什么时候才会开的门。

2

苏沅昭在路边拦了一辆出租车，司机问她去哪里，她一张口，差点说“我不知道”。

毕竟是凌晨，她还是不要发神经的好。她顿了一下，最后报了谢邀曼的地址。

也不知道谢邀曼睡了没有。

不管谢邀曼睡没睡，苏沅昭这么晚上门都很突然，可是她现在这么狼狈，又没带身份证，还能去哪里？

深夜的电梯没有停顿，苏沅昭畅通而上，走到谢邀曼的家门前，未及敲门，便隐约听见里面有说笑声。

难道这么晚还有客人？不应该的，知道谢邀曼住址的人没几个，可以留这么晚的更是几乎没有。

可能是电视的声音吧。

苏沅昭想着，敲门的力道也加大了些，免得里面人听不到。

“来了！”里面传来一声回应，听起来心情很不错，可是这声音怎么是男人的？

苏沅昭倍受惊吓，顿时屏住呼吸，死死盯着门。

这时门开了，而门后面是一个半裸的男人，一边开门还一边咧嘴笑：“才下单就到了，这么快……啊！”

“啊！”苏沅昭和他一起尖叫。她怎么想得到，这个深夜在闺密家里给她开门的男人竟是郭涛！

谢邀曼闻声赶来，嘴角抽了抽，狠狠瞪了郭涛一眼，心道：门上的猫眼是用来采光的吗？

她抄起沙发上的T恤，扔在他的身上，然后走过去把苏沅昭拉进来，低声安抚道："我知道现在很突然、很雷、很搞笑。本来你们绝对不应该是在这样的情况下见面的，但是……"

谢邀曼拉苏沅昭在沙发上坐下，认真地道："总之，既然已经这样了，我就直说了……"

后面的郭涛已经关好门，穿好衣服，悻悻地跟过来，低着头站在一旁装乖巧，实则竖着耳朵在听谢邀曼说的每一个字。虽然他一直想早点儿公开，可是今天这场面绝不是他想看到的。今晚是他非要留宿的，也是他半夜点个外卖然后瞎开门，结果搞得现在跟当场捉奸似的，不必谢邀曼多说，他都可以想象她心里似有万马奔腾。他惴惴不安地等着下文，生怕她来一句"哦，认识一下，这是我的炮友"。

"这是我的男朋友。"她最后还是这样介绍郭涛。在这恨不得找一万个借口解释清楚的尴尬时刻，她坦荡荡地把他拉了出来，介绍给她的好朋友。

郭涛心神一荡，仿佛无数朵烟花在脑子里炸开，脸上浮现出迷醉甚至有些痴傻的笑来。

苏沅昭被雷翻了，几乎忘记她今晚到底为什么像游魂一样荡到这里来了。

谢邀曼朝郭涛使了个眼色，小声道："你先回去吧，我跟小昭有话说。"

郭涛连忙应声说好，然后迅速地拾掇起他的物件，也不及整理好，只想尽快找齐了离开。

谢邀曼尴尬地看着这一切，暗恼他方才随便乱扔，这会儿捡东西都费劲。见他晕头转向地捡了一圈就准备走，谢邀曼忍不住提醒了一句："哎，你的手表没拿，在浴室。"

"哦，对。"郭涛一下子想起来，踢踏着拐进浴室。

感觉到苏沅昭投来的不可思议的目光，谢邀曼已经面红耳赤，尴尬到要自焚了。

最后这几秒仿佛有一个世纪一样漫长，空气仿佛都凝固了，谢邀曼终于听到“砰”的一声关门声，郭涛出去了。

谢邀曼微微松了一口气，面对苏沅昭抱着手臂一脸“看你怎么解释”的表情，彻底放弃挣扎，把她和郭涛的“奸情”一五一十地说出来。

“你出车祸那天晚上？”苏沅昭的叫声差点掀翻屋顶，她腾地站起来，气得发抖，“他禽兽啊！”

谢邀曼没料到苏沅昭会有这么大的反应，顿时有点蒙。

苏沅昭叫嚣之后又坐下来，拉着谢邀曼的手：“是我不好！我那天怎么就信了他，让他送你回家了！是不是他逼你的？你一个女孩子，腿又受了伤，他居然……那个浑蛋，我要杀了他！”苏沅昭腾地起身，仿佛要去把他追回来，将他碎尸万段。

“不是，不是。”谢邀曼连忙拉住苏沅昭，不方便说她那天晚上心情不好，只好骗苏沅昭，说，“我之前就对他一直有好感，那天我是自愿的，可能是那天晚上喝了点儿酒，胆子大了点儿，就……因为这个开始很尴尬，我也不太确定对他到底是什么感情，所以想等确认之后再正式告诉你，结果就变成现在这样了。”

苏沅昭稍稍冷静了一点儿，想起之前有一次在超市碰到郭涛，他旁敲侧击地问了她很多关于谢邀曼的事，还有他特别热情地要帮她给谢邀曼带请柬，还有上次去试婚纱时他怪异的表现……这么一看，其实他早就漏洞百出了，很多行为根本经不得推敲，可是她到底是一个什么榆木脑袋，居然完全没想到这上面去？她甚至还无意间给他做了无数次助攻！

她的女神真的被猪拱了，而且她还搭了把手。

苏沅昭痛心疾首地捶着胸口，良久后才缓下这口气，盯着谢邀曼，说：“我只问你一句，你喜欢他吗？”

谢邀曼想了想，小心地开口：“如果说一想起一个人就忍不住想笑的话，那我应该是喜欢他的吧。”

看着谢邀曼这副模样，苏沅昭这颗七上八下的心总算落回了肚子。平心而论，郭涛是不错的，虽然总被于诚损着玩，但是其实郭涛的条件一点儿都不差，不管从哪方面看。他的家庭虽然苏沅昭不了解，但是从他的只言片语和他那个一脸淡定地把大学志愿挑着填的弟弟来看，他家里即便不是大富大贵，物质上应该足够优越，并且应该还有更珍贵的东西，那就是父母满满的、包容的爱，让人有足够的安全感，可以不慌不忙地成长，甚至“为非作歹”。

在这样的家庭里长大的孩子像一朵晒够了阳光的棉花，该柔软时柔软，该温暖时温暖。

苏沅昭笑了笑，忽然一点儿也不难理解为什么谢邀曼会喜欢郭涛了。

那个人见缝插针地混入谢邀曼井然有序的生活，让她在风格严肃的聊天对话框里加入表情包；让她恪守平静的独居之所多了热闹；让她总是冷静甚至有些冷漠的表情裂开了一条缝，流露出欢欣和期待来。

如果说是郭涛让她发生了这样的改变，那苏沅昭作为她的好朋友，还有什么理由反对这段恋情呢？

“只要你喜欢，我就放心了。”苏沅昭抱了抱谢邀曼，“我很开心，真的。”

见苏沅昭这样真诚又爽快地支持自己，谢邀曼松了一口气，拍了拍胸口，说：“吓死我了，我真的以为你会生气。”

“这么一说，你俩在我的眼皮子底下眉来眼去，是真的很过分好吗？”特别是想起那天试婚纱的情形，苏沅昭觉得她简直像个傻瓜一样，“你还说什么我结婚的时候你把男朋友带来给我看，看什么看啊？我早就看腻了！”

“我只是还没弄清楚状况，怕后面很快分手，弄得你们尴尬嘛。”谢邀曼打着哈哈，见苏沅昭还要发作，便迅速转移话题，“哎，对了，你怎么这么晚过来了，发生什么事了？”

苏沅昭白眼一翻，道：“托你的福，我现在也不记得我今晚到底是来干吗的。”

于诚终于开门走出来，衣衫未换，神色清明。他顿了一下，走到主卧门口，轻轻推开门，却并未见到苏沅昭酣睡或等待的脸——她出去了。

他掏出手机，点开通讯录，盯着第一个名字，有些失神。

通讯录按照姓名开头的字母顺序排列，原本她的名字不该在前面，后来他想了个办法，在名字的前面多打了一个“.”，然后就直接将她的名字提到了第一位，方便他随时找她。

现在将近半夜两点，她不在家，他当然放心不下，哪怕现在他心里还没办法接受这件事。

他正准备点那个绿色拨号图标时，手机屏幕一闪，有电话进来。

郭涛？

于诚接起电话，那边便开始喋喋不休：“我说你跟你女朋友又怎么了？你气得人家三更半夜来找谢邀曼，结果把我堵了个正着。我这运气也真是，喝口凉水都塞牙缝！这不是败坏我的形象吗？”

“哦，你说小昭在谢邀曼那里是吧？”

“是啊，要不然我能这么晚了自己可怜巴巴地回来吗？”郭涛一边开着车，一边心疼着自己。

“哦，我知道了，谢谢。”于诚挂掉了电话。

“喂？喂！”郭涛气得要摔手机，心道，这一个个的都是讨债鬼吗？

确认过苏沅昭的安全，于诚收起手机，斜靠在门边思考了一会儿如何不伤感情地收回她递出去的那封婚礼请柬。他并没有她以为的那样亲近陈叔和。当初如果不是为了帮她实现愿望，他根本不会去找那个人。

于诚那个一生把名声看得比所有都重要，却一辈子身陷流言的母亲，那个一辈子不允许他叫一声妈妈的母亲，在最后关头还是果断选择了名声。

当她收到消息，说记者已经围堵在高速路出口，准备当场截堵她时，她果断把当时不足七岁的他丢下了车，扔在荒无人烟的高速路上，而对他说的最后一句话竟然是：“任何人问你，你都不要说认识我。”

那天，他茫然地看着她驱车离开，看她迅速消失在高速路上。他不敢站在路边，怕被路过的好心人追问家人，只能钻进灌木丛，像个野人一样游荡了两天，最后被偷偷赶来的舅舅找到时，已经奄奄一息。舅舅告诉他母亲出车祸去世的消息时，他其实并没有太多伤心的情绪，毕竟那时他年纪太小，只是心里隐隐约约知道，那一声母亲的称谓他是永远叫不出口了。

于小曼在弥留之际，用尽全身力气攥着陈叔和的手交代身后事。她把财产都给自己的哥哥，前提是他要尽心尽力将她的儿子抚养成人，并且接受陈叔和的安排，秘密出国，从此不再回来，至死帮她保守私生子这个秘密。说起来，她最后算死得其所，至少到死都没被记者抓住把柄，并且随着一句死者为大，所有的猜忌和揣测都戛然而止。

这一切都是于诚在十六岁和表妹势如水火，无意中从舅舅和舅妈的争吵中听来的，于诚知道了他在那条如噩梦一般走不到尽头的高速路上濒临绝望时紧紧握住的那只手，只是舅舅为了母亲的巨额遗产而伸过来的，知道了亲情的价钱，也知道了自己生来多余。

十八岁成年时，于诚收到于小曼留下来的最后一份礼物，十件价值不菲的藏品。律师找到于诚之后，他淡定地签字接受，并且眼睛都不眨一下就将那些藏品全部转手出去，换成巨额财产，甚至连于小曼留给他的一枚私人戒指都被他匿名拿去拍卖，最后被于小曼某个功成名就的粉丝以高价买去珍藏。

他不需要任何关于过去的念想，不愿再回忆人生的前十八年里每一个不被选择的瞬间。

自他成年之后，一切由他主导。

陈叔和由着时间美化回忆里自己的形象，选择性遗忘了于小曼私生子消息走漏的事有他的一份功劳。只不过，成年之后的于诚对于小曼的事刻意表现得淡漠，所以对他谈不上恨，也没什么感激，只是因着苏沅昭的需要，于诚看他身上有利可图，就不介意经营一下这段关系罢了。

可是，陈叔和一厢情愿地拿于诚满足自己丰富的同情心，还想在于诚的婚礼上演一场“父慈子孝”的戏码，那就有点恶心人了。

毕竟，于诚的洁癖并不只在对环境的要求上。

3

谢邀曼的恋情对苏沅昭来说是一等一的大事，苏沅昭得知谢邀曼的恋情对象是郭涛之后，好奇心更是强烈，觉都不肯睡，窝在谢邀曼的床上，要她事无巨细地交代。

谢邀曼当然乐于跟最好的朋友分享她的心路历程，说她和郭涛开始得太荒唐，所以后来很长一段时间自己心中对这段关系并无实感，也不愿意承认郭涛的身份。直到不久前郭涛邀请她去参加生日聚会，在他所有的朋友面前把她以他女友的身份介绍出来，她才突然有一种感动，感动于他的坚定和勇敢，他即便冒着可能会被迅速打脸的危险，也要向所有人认证这段关系。

借着那一次聚会，郭涛顺势让他已婚的兄弟发小都加上她的微信，还把她拉进他的亲友群。从来没有一次性加过这么多人微信的她偷偷问他到底在搞什么鬼。

郭涛摸着鼻子，不好意思地承认他的小心机。他说，万一哪天她和他吵架了，他希望自己的亲友里面有个把争气的能跟她说得上话，能多帮他说两句好话。万一哪天她生气了，把他拉黑了，他还有办法通过这些杂七杂八的人工伏笔做中介来联系上她。

谢邀曼当时听完觉得好气又好笑，却还是被这并不高明的小招数打动了。

有时候她可以从他某一个好友的朋友圈里得知关于他的一些新信息，有时候会从亲友群里某个突然提及的话题了解他某一段过去的细枝末节，后来她渐渐开始主动关注这些信息碎片，好像每多采集一点儿就可以多了解他一点儿。当然，这种事有利也有弊，比如他的某个猪队友就一不小心让她知道了他有个白月光初恋女友，吓得他差点当场以死明志。

苏沅昭在黑暗中听着谢邀曼轻柔的声音，眼角蓦地无声滑下一滴泪。对苏沅昭来说，她倾力追求多年都没抓住一丝皮毛的东西，她的好朋友却轻而易举地得到了，甚至是被满腹真心的男友塞到手里，还眼巴巴地卖萌求收下。

“太浪漫了。”苏沅昭的声音满是艳羡和祝福，“曼曼，我觉得你和他一定会很好的。”

至少比她好。

第二天早上，苏沅昭睡醒起来，谢邀曼已经上班去了。

苏沅昭一个人坐在床上愣了会儿神，还是起床收拾一下准备回去。她平静下来，仔细一想，昨晚其实她才是那个不速之客，搅得整个场面一度十分尴尬。曼曼恋爱了，这里就不再是她可以随时不打招呼就造访的地方了。这件事她在理智上能够理解，但心里多少还是有点被鸠占鹊巢的不爽，默默在心里把郭涛“问候”了好几遍。

苏沅昭回到家，于诚自然不在，今天是工作日，他得去上课。

虽然他们最后的确是以冷战作结，但从昨晚一直平静到现在的手机多少让她有些不堪。她本不是那种矫情的人，不需要被人时时关注、刻刻挂念，但当她无人知晓地离开又无人挂心地回来，独自站在这空荡的房间里，还是感觉到一股刺骨的孤独感。

下午苏妈妈打电话过来，问苏沅昭重要宾客的数目，看看婚宴需要做几桌特殊席。

“随便吧。”

苏沅昭颇有些破罐子破摔的意思，然后毫无意外地被她老妈教训了一顿，被说成不知礼数。她心中觉得委屈，这还不是因为她说不出口于诚那边连唯一一个长辈代表都不一定能获准出席吗？

这些事苏沅昭不能跟家里人说，她只好道：“晚上等他回来，我跟他合计一下，然后再告诉你。”

“这还差不多。你抓紧时间啊！”苏妈妈又叮嘱了几句，才挂断电话。

“好好好，我知道了。”

苏沅昭轻轻叹了一口气，拿着手机编辑了半天，最后发了条十分简短的信息：你晚上回家吃饭吗？

然后她收到更简短的回复：回。

苏沅昭盯着手机看了一阵，然后钻进厨房，准备晚餐。

三菜一汤上桌时，于诚恰好开门进来：“我回来了。”

苏沅昭点点头，等他洗手就座，然后两人若无其事地像往常一样同桌吃饭。苏沅昭其实没什么胃口，勉强吃了几口便放下筷子，然后小心翼翼地提起下午苏妈妈来电所问的事。

于诚听出试探之意，也不拐弯抹角：“我这边留两桌就好，我会安排人坐满的。”

他说得好像到时候会找几个群演来撑场一样。

苏沅昭顿了一下，还是问出口：“那和叔……”

“你不用管他。”于诚面不改色。

“我都给他请柬了。”苏沅昭不甘心地挣扎。

“没关系，我来解决。”于诚语气平静且坚定，他顿了一下，补充了一句，“以后你不要这样做了。”

苏沅昭咬着嘴唇，眼泪一下子涌上来，控制不住，一颗颗掉出来，砸进饭碗里。

发现她在哭，于诚连忙走过来，扳过她的肩膀，解释道：“我不是在责怪你，只是陈叔和的确不适合出现在我们的婚礼上。”

“为什么？他跟你的母亲关系那样好，为什么不可以？”

“够了。”于诚无意多说，语气生硬，“我只想要一场干干净净的婚礼和一个新的开始。”

苏沅昭想说点什么，突然想起昨天那个天涯老帖里的只言片语，心尖蓦地一疼。是啊，他不是在正常的家庭里长大的孩子，她为什么要拿一个幸福的模板逼他套用呢？

“好吧，我知道了。”她最终做出妥协。既然他有避之不及的过去，她就不要一次又一次逼他翻出来了，一切朝前看吧。

上次苏沅昭和郭涛莫名其妙地见面实在太诡异了，谢邀曼打算抽时间再凑个正式的饭局，叫上苏沅昭和于诚，几人正式吃顿饭，希望借此覆盖上一次的尴尬记忆。这事儿郭涛最积极，迅速合好四个人的时间，订好餐厅，还管接送——反正他跟于诚、苏沅昭住一处。

这三人先在自家停车场集合出发，再去接谢邀曼，然后一起去餐厅。这一次苏沅昭自然直接在后排入座，上车之后，看看驾驶座郭涛的头，又看看虚位以待的副驾驶座，很自然地想到了上次去试礼服的场景。那时，苏沅昭蒙在鼓里，还想坐副驾驶座，硬是被于诚给拦下来了。

这会儿她觉出味儿来，猛地一拍于诚的大腿，道：“他俩的事儿你是不是早看出来了？”

“那当然，要是我的眼力见儿跟你一样，我还怎么给人打官司？”于诚毫不客气地损她。

“我这是灯下黑好吗？！”苏沅昭狠狠瞪了郭涛的后脑勺一眼，“谁知道千防万防，家贼难防！郭医生，你说，你对得起我的信任吗？”

“我只是情难自禁嘛……”郭涛干笑着打哈哈，抓紧机会为自己开脱，

“而且，我是一万个愿意公开啊，但是她想得比较多。我敢摸着良心说我不是故意要瞒着你的啊！”

“算了。有个人照顾曼曼，我其实挺开心的。”苏沅昭不再计较，毕竟郭涛是曼曼第一个承认的男朋友。看在大家关系都不错的分上，苏沅昭索性大方传授“谢邀曼使用说明书”：“她太独来独往了，而且很慢热，你要有点儿耐心才行。然后，如果你们吵架，你一定要主动求和，冷战你是战不过她的，冷久了就凉了，没戏了。对了，你是什么星座啊？”

“巨蟹座。”

“嗯……你们还算配。”苏沅昭表示认可，“反正曼曼是一个严进严出的人，你既然已经过了第一道门槛，后面不要瞎犯什么原则性错误，基本上错不了。”

“总之，我还是很看好你的。”苏沅昭鼓励郭涛。

“感谢感谢。”郭涛连连点头，发自内心地感谢“组织”的支持和信任。

车子开到谢邀曼小区的门口，她已经等在路边。

等她上了车，苏沅昭便发起了牢骚：“哎，真是一点儿神秘感都没有，是个老熟人就算了，还是我们仨先集合。刚才来的路上我都跟郭医生聊得差不多了，接下来真的就是去吃顿饭了……”

谢邀曼笑着问道：“你们聊什么？”

“你呗。”苏沅昭一脸理所当然的表情，“对了，你什么时候也搬过来呀？这样我以后找你多方便！”

郭涛闻言已是心花怒放。是谁说的来着，搞定了闺密约等于搞定了一切！苏沅昭甚至帮他把同居都说出口了，这个速度他想都不敢想啊！

不过，谢邀曼岂是那么好忽悠的？她瞟了郭涛一眼：“呵呵。”

一顿饭过半，于诚接了个电话，出去聊了，郭涛去卫生间，一下子包厢里只剩下苏沅昭和谢邀曼两个人。苏沅昭端起杯子跟谢邀曼碰了一下：

“来，我还是要正式恭喜一下你。”

谢邀曼笑着配合，跟苏沅昭干杯：“彼此彼此。”

谢邀曼放下杯子，吃了口菜，突然像是想起了什么，问道：“对了，于诚以前做过胃部手术吗？前几天我去找郭涛，正好碰到于诚，他好像来复查。”

苏沅昭点点头：“是的，他的胃里长过一个瘤子，不过没什么大问题，他做完手术就没事了。”虽然他一开始对她讳莫如深，不过后来随着两人关系的缓和，她再追问，他就告诉她了。而且她已经找郭涛确认过，他没有大碍了。

“什么时候的事啊？”谢邀曼随口问道，“我没听你说过。”

“他当然是我们之前分手那段时间做的手术啦。他一开始怎么都不肯说，后来我们和好了，他才告诉我情况的。”苏沅昭耸肩，对他的傲娇表示无奈。

“那他是一个人去做手术的啊？”谢邀曼想了想，说，“这种病做完手术是要做病理分析的，结果有可能是良性，也有可能是恶性。他当时是一个人去的，心理压力应该挺大的。”

于诚跟苏沅昭说明情况的时候总以一种过去式、已痊愈的语气，她没有深想，经谢邀曼这么一提醒，才意识到当时他并没有那么轻松。

“唉，他也真是的，就算那个时候我们分手了，那么大的事，他打个电话通知一下我总可以吧？我说什么都会去陪他的啊！”苏沅昭嗔怪他，望了一眼他方才坐的座位，注意到他的骨碟挺干净的。

这时，郭涛正好进来，还没落座，苏沅昭便问：“郭医生，于诚那手术做完多久了，到底要不要紧啊？我看他一直胃口一般啊！”

“一年多了啊，他去年春天做的手术吧。”郭涛随口道，“你怎么又问起来了，之前我不是跟你说了他没大碍吗？”

“去年春天？”苏沅昭拿筷子的手一顿，多问了一句，“几月几日？”

“四月三日吧。”

苏沅昭闻言，没说话，倒是谢邀曼好奇起来，打趣道：“我怎么以前没发现你记性这么好，连于诚几月几日做的手术你都记得，这都一年多了。”

郭涛不好意思地摸了摸脑袋，坦白道：“其实，照理来说我是不记得的，只是那天正好是我妈的生日，我回去晚了，被骂了个狗血淋头，所以印象极为深刻。”

谢邀曼被逗笑了：“你妈妈可能跟小昭她妈妈有得一拼，昭儿你说是不……咦，你怎么了？”

苏沅昭不说话，也不笑，一张脸血色全无，目光有些空洞，好像整个人是麻木的。

谢邀曼扬手在苏沅昭眼前晃了晃：“你怎么了，想什么呢？”

苏沅昭嘴唇开合着，笑得讽刺，眼神带着绝望。

“那时候我们还没有分手。”

Chapter12 满足我预计的失望

1

谢邀曼和郭涛面面相觑，包厢里好一阵没人说话。

看着苏沅昭脸色有点儿恐怖，郭涛捏着手机，想给于诚报个信儿：我好像说错话了。

作为医生，郭涛一向是很有原则的。于诚跟苏沅昭坦白病情之前，郭涛可是一个字都没多说。直到后来于诚坦白了，面对苏沅昭的追问，郭涛才不痛不痒地说了一些，免得她胡思乱想。

事情都过去那么久了，谁知道手术时间上会有问题?

不过，郭涛想不通，于诚和苏沅昭那时压根没分手，那于诚干吗一个人去做手术？还害郭涛同情心泛滥。他在微信对话框偷偷编辑了两个字，突然想到于诚是接电话才出去的，估计看不到他的消息，还得他先挽救一下局面。

“我说的时间不一定准，那么多手术，我哪儿次次记得清楚啊！”郭涛笑呵呵地开着玩笑，可是除了他自个儿，没有一个人笑。

谢邀曼朝他使了个眼色，示意他闭嘴，转向苏沅昭，将手覆在她的手背上，感觉触手极凉。谢邀曼更加担心，干脆把她的手握在手里，安慰道：

“等下他回来了你再问问，也许其中有什么误会，你别多想了。”

于诚这个电话接得格外久，半晌都没回来。郭涛琢磨着找个什么理由出去通风报信，好让于诚有个心理准备，可这屋子里的低气压愣是压得郭涛没敢起身。他坐立不安地看看谢邀曼，又看看苏沅昭，想说点什么，却无从开口，最后只好破罐破摔，低下头，看着自己的饭碗。

苏沅昭冷静了一会儿，终于想起这是她好朋友的饭局，就算她跟于诚有事，她也不能在这儿闹。

她扬起一抹笑，站起来，拿好自己和于诚的包，对谢邀曼说：“我直接出去找他吧。等会儿我们就直接回去，你们继续吃。”

谢邀曼看出这顿饭应该是吃不下去了，也没挽留，送苏沅昭出去，叮嘱道：“你跟他好好说话，有事儿给我打电话。”

“嗯，我知道。”

看着谢邀曼送走苏沅昭，郭涛惴惴不安，问道：“他俩不会出什么事吧？我们真不用去看看？”

谢邀曼的面色倒是平静，她坐回座位上，答非所问：“手术真的是那天吗？于诚一个人去的？”

“是啊！我当时还以为他俩早分了呢。”已经这样了，郭涛就直说了，不过心里还是七上八下的，他挠了挠头，嘀咕道，“他俩要为这事儿闹掰，那我可就罪孽深重了。”

“跟你有什么关系？”谢邀曼思路清晰，说道，“是他们的问题，不，应该说是于诚有问题。”

“他是怕苏沅昭担心吧……”郭涛不免为朋友开脱几句，“毕竟他怕自己得的是癌症。”

谢邀曼摇头：“这才是这件事最伤人的地方。”

苏沅昭在饭店的安全通道里找到了于诚，他握着手机站在那儿，像在思考什么重要的事。

她走过去，拉着他的衣角：“我们先回去吧。”

于诚见她连包都拿出来了，便不再多问，接过东西，拉着她先走了。

回到家，于诚开门先进去，苏沅昭跟在后面，在玄关低头换鞋时，目光落在绕在自己脚踝上的凉鞋细带上。

这是一双新鞋子，在上午出门等他收拾好出来的空当里，她盯着鞋子开心了很久，突然觉得自己是全世界最幸福的人，不知道仅仅是因为一双新鞋子，还是因为他。

没想到不过短短一顿饭的工夫，她的心情已经完全颠覆。

她看了看自己的鞋子，又看了看于诚的背影，忽然觉得这双鞋子其实并没有自己以为的那么好看，自己的幸福像是假的。

她换上拖鞋，也进了书房。

于诚已经开了电脑，似有事要处理。他瞟了一眼苏沅昭，发现她正盯着他，还有点儿严肃。

“你有事？”

“有一件事我想听你亲口解释一下。”

“嗯？”

“去年我们分手之前，你一声不吭地消失了几天，走之前对我说，你是去美国参加学术交流会。但是，你实际上并没有去，而是去做手术了是吗？”苏沅昭盯着他。

于诚的眉头微微一皱，手缓缓从键盘上移开，他反问道：“谁告诉你的？”

“是吗？”苏沅昭不理他，又问了一遍。

于诚一动不动地看着她，最后轻轻点头。

“为什么？你不要告诉我是因为我前一天晚上跟你吵架。你从诊断到安排手术那么长的时间里，我们的感情没问题，你为什么一个字都不告诉我？”见他不说话，苏沅昭便帮他找理由，“你是怕我担心，觉得我只会给你添乱吗？是因为我那段时间忙着找阿宝，你对我不满？还是你埋怨我对你不够关心，什么都没发现？”

“不是，跟你没有关系。”于诚摇头，“我只是单纯觉得你没必要知道，我自己可以处理一切。”

他说得很含蓄，可是苏沅昭一下子明白过来他的意思。她死死盯着他，艰难地开口确认：“我是不是可以理解为……如果当初你那个肿瘤切出来后，病历分析结果是恶性的，你就打算一声不吭地离开？”

于诚思考了一阵，最后还是没有骗她：“是。”

苏沅昭难以置信地摇着头，喃喃道：“太过分了。于诚，你真的太过分了。”原来，在他消失的那几天里，她不堪重负的惶恐根本不是小题大做，一直以来的担心也不是胡思乱想，甚至差一点点就成了真。

“你不是说你不会离开我吗？你不是说我只要紧紧抓住你的手就可以了吗？”苏沅昭越说越激动，眼泪汹涌而至。

“阿昭。”于诚起身走过去，拉着她的手，想让她平静下来，“那件事已经过去很久了。事实是我什么事都没有，我没有离开你，而且我们马上要结婚了。”

“是，那件事是过去了，可你现在的态度让我觉得如果重来，你还是会做出同样的选择！”苏沅昭甩开他的手，努力把话说清楚，“我问你，我为什么要和一个随时可能离开我的人结婚？”

“我不是随时会离开你。”于诚皱眉想了想，试图用最简单的方式让她理解他的意思，“只是，当我已经不那么好的时候，我离开又有什么关系呢？你不是还少了那些道德挣扎的过程吗？”

“什么？”苏沅昭突然感受到一种荒谬感，“你的意思是只要同甘，不要共苦？”

于诚点点头，又摇摇头，目光在无意间落到不远处书桌上那张结婚请柬上，他说："结婚的誓词，我只能做到一半。'无论生老病死，贫穷与富贵，你都愿意跟他在一起，不离不弃，至死不渝，你愿意吗？'不，你不必答应。"

"我不需要你为我纠结。你选择我，就等于同时选择了所有有利条件，我就是你的最佳选择。但如果有一天，我不再健康、不再富有、不再是你的最佳选择时，我会自行离开，你也不用做什么选择。"于诚语气认真，仿佛准备在结婚典礼上真的说出这样一段极度自恋又极度变态的誓词。

"当然，它是单向的，只针对你对我。"见她一脸不可思议的样子，他继续说，"我以为对有趋利避害天性的人类来说，这是一个比原来更好的承诺。"

苏沅昭盯着他看了几秒，想从他的脸上找出一丝开玩笑的痕迹，可他紧绷的侧脸那么坚硬，神情那么笃定，就像他永远不能理解她为什么那么患得患失，他恐怕也永远无法理解，共患难本就是承诺中不可或缺的一部分。她忽然觉得一切都错了，他们根本就不该重新开始。在她好不容易果断做出决定之时，她就应该远远地离开他，杜绝任何再上瘾的机会。

她现在离开还来得及吗？她不去想婚宴、婚纱、婚期都已定，不去想她和家人的脸面，也不去想她作为一个公众人物可能面对的议论和嘲笑，光是问她的心：来得及吗？她舍得下吗？

她动了动嘴唇，用尽全身力气，想说分手，可是她不能。

她不能了，她舍不得。

他对她的千般好早已钻心刺骨，无药无解。

她踉跄着退了两步，突然腿一软，蹲下去，号啕大哭。

2

苏沅昭怎么都不能理解，也不可能接受于诚那一套理论，甚至还为此去求助身为心理学硕士的谢邀曼，看谢邀曼能不能帮着分析出一点儿因由。

只是，顾忌于诚的隐私，苏沅昭给谢邀曼可供参考的信息有限。

谢邀曼说，于诚属于那种对世界充满不信任感的人，而苏沅昭作为于诚的伴侣，需要有极大的耐心和包容心去弥补他。

“童年的影响是一辈子的，虽然我不知道于诚具体发生过什么，但是很显然，他过得不太幸福。”谢邀曼望着好友憔悴的脸，心疼地道，“如果可以，我宁愿你选择的是一个平凡但充满爱的能力的伴侣。但是谁让你就是爱上了一个心里伤痕累累的天才。其实，我以为这么多年过去，他早就对你完全接纳了，没想到……”

谢邀曼其实比苏沅昭早发现于诚的问题，甚至一度觉得更具洞察力、更懂心理学的她更适合他，但是现在她知道自己错了，他需要的是苏沅昭这样敢爱、能爱的人，就像她遇到郭涛之后，永远紧绷的神经才终于放松下来。在这样的关系里，付出更多的一定是那个必须包容更多的人，她知道那条路有多艰难，甚至已经亲眼见证她的好友努力这么多年却仍得到一个令人沮丧的结果。

“小昭，其实你离开他也可以过得很好。我知道你们感情很深，他确实对你很好，总不遗余力地帮助你做任何事情，但是我还是希望你知道，在你们这段关系中，他才是更幸运的那一个。你是跟谁都可以幸福的人，但他不是。”

“别人可能会劝你，这么多年了，结束了可惜，或者婚期都定好了，你还想这么多干什么。但是，我不会。”谢邀曼顿了一下，看着苏沅昭说，“我只想告诉你，无论你做了什么决定，我永远站在你这边。你随时可以反悔。”

“曼曼……”苏沅昭一出声就哽咽了，“我有时候会想，现在不是好好的吗，我想那么多干什么？谁能保证结了婚就不会离婚，敢开牌还不敢输吗？我到底怕什么呢？我想了很久才想清楚，我怕的是他哪天一声不吭地走掉，没有理由，没有痕迹，消失得像没有来过一样干净。”

“我现在一想起他去医院做手术那几天都后怕。他当时骗我说去参加学术交流会，然后就失联了，我从学校那里知道根本没学术交流会那回事的时候真的有预感，预感他就是不告而别，不会回来了。而这次竟然证实了，我当初根本不是在胡思乱想。一旦他身体的问题严重一点儿，他真的打算一声不吭地消失，而我……我会一辈子被他留在阴影里。”

苏沅昭其实并不难理解，于诚的本质是自私的。就算结束，大家好好给个理由，做正式的结束，互道一声再见，再各自去找新的开始。可是他好像那种要走又不甘心被人彻底忘记的小孩子，要不负责任地让人永远惦记。

“可是……”苏沅昭看着谢邀曼了然的样子，忽然笑了笑，“你知道我要说什么。”

她倾诉感情问题，在一长段犹疑、不满、伤心、难过之后，永远会追加一个“可是”。可是啊，她太喜欢他了。

“一鼓作气，再而衰，三而竭。”苏沅昭认命般地苦笑道，“我一鼓作气一次了，可是又掉回了这个坑里，我现在说不出分手了。”

谢邀曼拍了拍苏沅昭的肩：“我知道。我说了，你做的任何决定我都支持你。哪天他真跑了，你就搬过来跟我住。”

周五，谢邀曼排班在门诊这边。

她跟患者谈话时，总不自觉身体前倾，长久保持这个姿势，颈椎很难受。送走一个病人，她一边想着晚上下班去按按脖子，一边跟护士招呼，喊下一个病人进来。

她重新端坐好时，门打开了，走进来一个身形挺拔的男人。她扬着和善的笑转过头来，却在看清他的脸的瞬间僵住了。

“于诚？”

“你好，谢医生。”于诚立在门口，礼貌地看着她。

“你好。”谢邀曼终于找回她的声音，“你这是？”

“心理咨询啊！”于诚坦然一笑，“不过，我不是咨询自己，而是想咨询咨询她。”

苏沅昭跟于诚之间虽然已经出现问题，但是她没有勇气明确表态的话，结婚这件早已提上日程的事便只能按部就班地继续。家里时不时打电话过来，提醒她该做什么，婚庆公司也积极地与她沟通婚礼细节，她就这样被推着一步一步往前走。

她白天接到婚庆公司策划的电话，说团队要去酒店看看场地，因为酒店不在本市，所以需要新人提前商量好，空出一天时间，另外也跟酒店打好招呼。她想了想，跟策划说，等她和先生商量一下时间。

这次她跟于诚并没有像往常吵架之后一样陷入冷战，表面看起来两人还很正常，甚至可以说是恩爱。但她心里清楚，一切已经不一样了。至少从个人最明确的感受来说，她对婚礼没有任何期待了。

他们每天晚上仍然在一张床上相拥而眠，可是她不知道他在想什么，他也不知道她在想什么。但谁也不会率先开口去问，两人之间仿佛弥漫着一种死气沉沉的平静。

这不正常，她心里很清楚，但她还是沉默着，不主动，但也不拒绝继续筹备婚礼。

她给于诚发了条信息，说婚礼策划的事，顺便问他的时间。是的，她宁愿打字也不想直接打个电话，好像下意识在回避他的声音。

于诚的回复更简短：我下班回去再说。

苏沅昭看了看，便把手机丢到一边，继续看书。

不知过了多久，书房光线暗下来，她揉了揉眼睛，伸手够着手机，看看时间，竟已经快七点了。

她站起身走出书房，正好碰到于诚开门进来。

“你回来了？”苏沅昭招呼道，“你还没吃饭吧？你饿了就先吃点儿水果。”

“不忙，我不饿。”于诚把包放在沙发上，然后走到空空的餐桌前坐下，朝她招呼道，“你别忙，过来坐。我有话想跟你说。”

苏沅昭坐过去，没说话，等他开口。

于诚看了一会儿她的脸，在家里她没有化妆，但皮肤还是很好，只是眼下有一抹淡淡的乌青，透出些疲态。她明明在休假，却仿佛比录节目还累，让人心疼。

“我想说，我们分手吧。”

他的口气太正常、太平淡，苏沅昭差点以为她刚刚听到的是“我们出去吃饭吧”。

“什么？”苏沅昭的脸迅速褪去血色，原本就气色不好的脸更是显得惨白，“你说什么？”

“我们分手。”于诚已经换成了陈述句，并且直接给出后续方案，“你家人那边我来说，所有责任都是我的，我会登门向你父母道歉，婚礼已经产生的所有经济损失也都由我解决。我已经在谢邀曼那个小区找了套房子，就在她那一层，跟她只隔了两间房。那边什么都有，你随时可以搬过去。”

苏沅昭在他说出后面这一长串应对措施的时候极为讽刺地笑了。她怎么都说不出口的话，他轻轻松松就说了，甚至在她逃避着不去想以后的时候，他已经“贴心”地为她连房子都找好了，还连她失恋后的情感排解对象都找好了。这个人的心到底是什么做的？或者说他有心吗？

“理由呢？”

“我们性格不合。当然，这是给别人的理由。至于我们之间，其实不用我多说你也知道的，我们对婚姻、对以后的生活的想法不一样，你要的那种安全感，我给不了，因为我自己也没有。前几天我去找了谢邀曼，她说你很痛苦。所以我想，既然你开不了这个口，那就让我来说……虽然这可能很痛苦，但是相信我，对你来说，这一定是一个正确的决定。”

“凭什么你先开口？”苏沅昭觉得荒唐又生气，“到底是谁做错了事，谁先欺骗了谁？你凭什么说分手？你不是说你绝不会离开我吗？你说话都是放屁吗？怎么什么都是你要怎样就怎样，凭什么？”

于诚平静地接受她这一通近乎破口大骂的指责，良久后才站起来，走到她面前蹲下来，承受着她的推拒，仍是强硬地抱住她的腰，脸紧紧贴在她的身上。

直到她不再挣扎，他才开口说话：“其实我还是喜欢那种分手方式，像往常一样出门，然后再也没有回来，下落不明，生死未卜，因为没有明确的答案，可以永远地在对方心里占据一个位置。你说对了，我特别自私、特别坏，一点儿也不想这样明确地告别，然后干净地被忘掉。可是我不忍心丢下你一个人面对后面的一切。谢邀曼的那些理论，我一个字都不想听，但是有一样她说对了，我给不了你幸福。阿昭，你走吧，趁我还愿意和你以正常的方式说再见。”

“你浑蛋！于诚，你浑蛋！”苏沅昭攥着拳头去打他，可是哭得太厉害，手上都没有力气了，“你给不了我幸福，早干吗去了？我都跟你分手了，你为什么还要来招惹我？你说啊！你到底为什么要招惹我？”

于诚紧紧抱住她，由着她的拳头砸在他的背上，也感知着她滚烫的眼泪滴落在他的脖颈上。

是啊，他这样的人本来就不该觊觎幸福。

在她明智地选择离开他之后，他就不该再费尽心机逼她回来。或者，他回到最初，就应该好好按着自己的心，不给她一点点接近他的机会。

不，还是晚一点吧……让他好歹浅尝一口有她的快乐。

最正确的时机应该就是他做完那件事之后。他帮她进了电视台，就应该功成身退，回美国去。如果那个时候他离开了，就不会生出后面这么多事，那她现在应该是快乐的、安全的。

是他太贪心了。

他在应该浅尝辄止的时候流连忘返了。

3

于诚冷静得可怕，仿佛只是一个受男方当事人委托出现的律师，将善后之事安排得妥妥当当。

他们摊牌的那天晚上，苏沅昭受不了，离家出走，去找谢邀曼。结果第二天苏沅昭就收到了举止礼貌的搬运工搬来的她的行李。于诚已经把她所有的东西打包好，甚至不用她动手，就直接让人把东西送进了给她安排的那套房子里，安置好一切。离开之前，搬运工在她手心留下两枚钥匙，同时还没有忘记拿走她手上那枚原来的钥匙和门禁卡。

整个过程不超过半小时。

苏沅昭看着那些装着她的东西的纸箱，突然扑上去，一个个用力撕开，翻找着遗漏。那些东西收拾得整整齐齐，足以媲美网上的各种整理收纳术，一看就是出自于诚的手笔。他甚至连她用过的半瓶沐浴露都没有放过，把她所有的物件全部打包送来，没有给她留下任何一个再回去一趟的借口。

苏沅昭把箱子都翻乱，东西散落得满地都是，之后她便颓然地坐到了地上，坐在一堆杂物中，坐在这场干净又凌乱的结束里，一动不动，木然得像一座雕像。

站在门口的谢邀曼静静地看着苏沅昭，心里也涌出一阵难受。

昨晚苏沅昭伤心欲绝，气势汹汹地来找谢邀曼，质问她到底跟于诚说了什么，让他决意悔婚分手。

这个永远对谢邀曼笑着的好脾气姑娘，第一次这样无所顾忌地对谢邀曼大发雷霆，甚至用最大的恶意来想象、揣测她的动机，以最伤人的话语斥责她的多事，把所有悲剧的起因都无理地算到她的头上。

可是谢邀曼知道，苏沅昭只是太难过了。

苏沅昭有个可以憎恨的对象，让心里钝痛的伤感、喷薄的难过都有处可发，或许心里会好受一点儿。谢邀曼抱着苏沅昭，等她哭累了、喊哑了，最后终于睡着了。谢邀曼还想着这几天多陪陪她，慢慢等她缓过来，可是谁知道于诚狠心到这个地步，居然第二天就把行李打包送来了。

谢邀曼走过去，在苏沅昭面前慢慢蹲下来，伸手理了理她的头发，指腹蹭了蹭她湿漉漉的脸，轻声道："小昭，结束了。"

对于悔婚这件事，于诚揽下了所有责任，最大限度地保全了苏沅昭的脸面。当然，他在苏家父母面前苦心经营博得的认同和好感彻底败光了。

苏妈妈对于诚爱之深，责之切，说出了让他这辈子都不要再出现在苏家的话。他离开之后，苏妈妈拉着苏沅昭的手，心疼地说："妈一定帮你找个比他好十倍的男人！"苏沅昭尴尬地想起从前母亲一个劲儿地维护他的样子，心里顿时不是滋味。

至于苏沅昭的同事、朋友那边，没办法，只能由她自己解决。台里跟她亲近些的同事大都知道她跟男朋友之间的感情，临近婚期出了这档子事，大家不敢多问，只是一脸惋惜地安慰着她。

李新泽听到消息，则摆出一副过来人的姿态，劝道："这也算好事，你们赶在结婚前就发现不合适，也省了一道离婚程序。"苏沅昭被噎得一时无话。后来她接到薛子津的慰问电话，更是要吐血，薛子津居然说："那下一季的节目你要不要喊上前男友来当嘉宾啊？"刺得她简直想立刻飞到帝都去，把在那儿的鸟人揍一顿。

只是，在台里多少能传进她耳朵的各种或八卦揣测或同情可怜的声音里，这两个人神一般的思路让她觉得，一切好像没什么大不了。

悔婚后收拾残局这道程序羞耻又繁杂，要道歉，要解释，要打腹稿想说辞，然后摆好合适的表情，两个人配合表演。一连串动作下来，苏沅昭竟没什么心情留给悲伤了。

生活还是要继续。

苏沅昭换了新住址，接了新节目，于诚虽然辜负了她，但是他做的事确实让人挑不出错，至少帮她把房子找在谢邀曼这里这件事让她觉得他是真的为她考虑好了一切。

苏沅昭因为被分手的事迁怒了谢邀曼，后来很快冷静下来，向她道歉，而她当然没有计较。她告诉苏沅昭，于诚那天来医院找她的时候，似乎就已经决定分手。那天他来找她，不过是想了解一下苏沅昭的想法，选一个苏沅昭最容易接受的方式。

苏沅昭自嘲一笑，讽刺道："他果真是连分手都让人挑不出错。"

她有工作、有朋友，甚至有过离开他的经验，所以这一次一切好像没有想象中那么艰难。

录制新节目第一期的那天，中途休息时，她看着黑洞洞的镜头，忽然想起于诚来，突然觉得有点儿不公平。等节目录好播出去，如果他想看她，打开电视就可以看到，可是她想看他，除非她厚着脸皮，偷偷摸摸去他的学校。如果是二十岁的她，她或许真的会这样做，可是近三十岁的她不可能再这样毫无姿态了。所以，他们分手之后，她就彻底失去了他的消息。

"昭姐？"

来补妆的化妆师喊了苏沅昭两声，苏沅昭这才回过神来，笑了笑，配合地将脸转向化妆师，小声解释道："我刚想台本去了。"

没他的消息也好，这样对大家都好。

自从上一档节目播出大火之后，主创人员都收获不少。李新泽成了台里的当红炸子鸡，新节目还没出策划他就已经收到不少示好。而薛子津也接下了一档节目，做主咖。而当时作为节目男女主人公的顾锦澜和周言热度居高不下，顾锦澜已经正式出道，并且宣布首部作品将出演由她和周言的真实经历改编的网剧。而周言狂吸一拨粉丝，并且在微博上开始连载新漫画。

苏沅昭情场失意，职场得意，直接拿下了黄金档。忽略午夜梦回突然汹涌的情绪或者时间空隙里某一瞬的失神，她过得还好，至少看起来是这样。

有一天，苏沅昭回台里开会，进电梯后正准备关门，听到外面“等一下”的呼喊声，便好心地按住了电梯的开门键，等外面的人进来。赶上电梯的女人抬起头准备道谢，却在看清苏沅昭时立刻变了脸，表情收得太明显，甚至没有掩饰眼里的嫌恶。

苏沅昭觉得有点儿莫名其妙。她上次跟皮珍珍见面还是在节目的庆功宴上，两人虽然没有聊得很愉快，但也谈不上撕破脸皮吧？何况两人本来就没什么接触，根本就不熟，皮珍珍这是干吗？

“你对我有什么意见，不妨直说。”苏沅昭一语捅破窗户纸。

皮珍珍仿佛听到什么好笑的事，道：“我哪里敢对你有什么意见？你现在这人气、这受重视的程度，谁敢对你有什么意见？听说你又在录新节目了，我提前祝你收视第一啊！”

“你不用这样阴阳怪气的。”苏沅昭说，“我知道你为自己的好朋友抱不平，但是她的悲剧跟我没关系，而且我这些年走得并没有很顺利。”

“跟你没关系？”皮珍珍突然拔高了声音，“你以为自己有多干净？不过是别人替你把脏事儿都干了，你还在这里一脸无辜地说跟你没关系，你要不要脸？”

苏沅昭听得一头雾水。

这时电梯停下来，皮珍珍瞪了苏沅昭一眼便要出去，却被苏沅昭一把拉住带了回来。苏沅昭逼问道：“你给我说清楚，什么叫别人替我把脏事儿干了？”

皮珍珍没想到苏沅昭还敢这样来质问，嫌脏似的用一只手挥开苏沅昭的手，另一只手“啪”地拍下电梯顶层的数字：“好啊，既然你不要脸，还敢问我，我怕什么？”皮珍珍拽着苏沅昭上天台，把她带到围栏边缘，逼她往下看去，“你怕吗？洛诗就是从这么高的地方跳下去的！”

苏沅昭只看了一眼，心中一惧，便迅速挣开皮珍珍的手，退开几步，避开危险的边缘。

“对于洛诗的事，我很难过，但是我并没有做错什么，她的事不是我导致的。”苏沅昭压下狂跳的心，冷静地道，“我只是参加一个比赛而已。”

“你知不知道自己这副什么都不知道的样子最让我恶心？全世界就你最善良，就你最无辜！”皮珍珍不怒反笑，“不是你导致的？要不是为了你，网上洛诗的丑闻怎么早不曝光晚不曝光，正好就在宣布决赛前三名的时候曝光了，刚好就把她拉下来，把你送上了冠军宝座？你还真当自己运气好啊？是，你是运气好，找了一个手段那么高明的男朋友，连陈叔和的面子都能卖，怎么不是运气好呢？”

苏沅昭厉声道：“你在胡说八道什么？”

“我胡说八道？呵呵，你不如回去问问你前男友，看他当年都做了些什么！”皮珍珍语速极快，“本来是一个人都不敢往那儿想，可自从知道他跟陈叔和关系匪浅，我就知道当初的比赛一定没那么简单。结果我一查，果然有问题！洛诗的照片就是他曝光的！我告诉你，我不会放过你们的！”

“不可能的，他怎么会有洛诗的不雅照？他根本就不认识她！”苏沅昭拦住皮珍珍，解释道，“这其中一定有什么误会！”

“他花了八十万在她前男友那里买的照片，那个人渣亲口认了！”皮珍珍说，“是，他不愧是学法律的，这事儿干得在法律上是挺干净的，但是他以为这样就可以不用付出代价了吗？我告诉你，这件事我不会善罢甘休，他在网上带节奏不是玩得很溜吗？他能把好好的人逼到颜面扫地，逼到自杀，那我们也来试试！”

“你要做什么？”

“做什么？”皮珍珍一根根扒开苏沅昭的手指，将她狠狠甩开，“你就拭目以待吧。”

4

苏沅昭一个人在天台上站了许久。

一阵冷风吹过，冻得她打了一个激灵，她才回过神。她茫然四顾，最后往天台护栏那边挪了几步，看了眼底下如蝼蚁般的车辆和行人，脑海中浮现出那个女孩的脸来。

那时，苏沅昭是一个走一步看一步的草根选手，碰到洛诗那样的女孩心里多少会有些自卑，就像上学时成绩普通的学生在成绩不错还是班主任亲闺女的女同学面前一样。当然，那样的女同学不会跟苏沅昭玩在一起，所以其实当初洛诗跟苏沅昭并不熟。可即便两人没有私交，那样一个女孩子香消玉殒，任谁都会觉得不好受，更何况……如果皮珍珍说的是真的话，那苏沅昭难辞其咎。

苏沅昭仔仔细细回想当初比赛的过程，回想决赛那天的情形。以她对于诚的了解，他绝对有动机也有能力做这件事。他向来不惮于以最激烈、最精准的方式一击致命，送她上位。

她知道自己现在最该做的是找于诚确认这件事。

可她一旦确认之后呢？

她应该责怪他，还是觉得感动？她应该拉他想办法做些弥补，还是和他商量自保的对策？

她看着手机上他的名字，微微颤抖的手指迟迟按不下去，因为她羞耻地发现自己此刻最强烈的想法是后者。

她虽然良心不安，但希望他安然无恙。

苏沅昭心不在焉地开完会，便立刻赶去于诚家。

在出租车上，她在网络上翻找了一下当初洛诗那件事，发现当年的那些照片和爆料都被删掉了。本来选秀就只在比赛进行时能火一阵，洛诗当时作为夺冠的热门人选，突然爆出她的艳照，照片当时的确是呈爆炸性传播，但是时过境迁，恐怕现在都没有人知道她是谁了。皮珍珍说要以舆论来制裁于诚，可是时隔这么多年，真的还会有人关心当初是谁爆的照吗？

苏沅昭仔细回想着天台上皮珍珍说的每一句话，试图从那些信息里整理出线索。突然，她灵光一闪，想起皮珍珍话里的一个词语——“我们”。

我们？

这是不是说明，参与追查这件事的并不止皮珍珍一个人？而且，她怎么会知道于诚跟陈叔和关系匪浅？知道这件事的人一只手都数得出来，其中……苏沅昭突然想到另一个“受害者”，即同样曾在于诚的针对之下受到过网络暴力的人——周言。

他会不会跟皮珍珍联手了？

苏沅昭立刻登录微博，翻到周言的微博页面，翻看了几条微博，热度最高的是关于他最新连载漫画的微博。苏沅昭之前在首页看到有人转发过，但是一直没有点进去看。

苏沅昭点开看了几帧，越看越觉得不对劲儿。这漫画讲的是一个女孩参加唱歌比赛选秀的追梦故事，把里面的一些设定稍微修改，不就是洛诗本人吗？他居然以她为原型画了漫画！

苏沅昭注意到这条最新微博的转发、评论量全部过万，点赞量甚至过十万，剧情已经进行到女主跟男友不合而分手，仍强自打起精神，准备晋级前五强的比赛。

苏沅昭总算明白皮珍珍说的“那我们也来试试”是什么意思了。这漫画人气这么高，周言只要在最后完结的时候来一句“根据真人故事改编”，把洛诗代入女主的粉丝读者一定会义愤填膺，把造成洛诗悲剧的人揪出来，到时候周言他们再安排水军适当装一下路人，提供点儿线索，随随便便就能把于诚拉出来当靶子。

周言他们真的是有备而来！面对这即将收网的报复，苏沅昭竟然想不到半点应对之策。以她对周言的了解，周言极有可能会把于诚作为重点来添油加醋，故意煽动大家，让大家对于诚的敌意更重。虽然于诚不是什么公众人物，但是他的职业毕竟特殊，他的真实信息一旦被人肉出来，作为一个大学教师，他曾经策划过引起当事人自杀身亡的网络暴力事件，至少在国内他不可能再任教了。

苏沅昭越想越怕，只能寄托于一向善于处理棘手之事的于诚能想出办法。

苏沅昭在小区门口下车，走到关卡处才想起她的门禁卡早就还给于诚了。苏沅昭心里一阵酸涩，正茫然着，保安已经探出头来，笑着问道："你没带卡啊？"

"嗯，麻烦您刷一下。"

保安拿着卡走出来，一边探身帮她刷门，一边寒暄道："我好像有一阵没看见你了。"

"我出差去了。谢谢啊。"苏沅昭干笑了一下，推门进去，不知为何故意掩盖她早就搬走的事。

楼下又有一道关卡，刷脸才能进去，苏沅昭第一次觉得小区的安保系统这么让人委屈。

终于站到家门口，苏沅昭敲了一阵，里面没人应声。她来之前已经给他打了电话，发了消息，但他都没有回复。她低头看看时间，他明明应该早就回来了。

苏沅昭眉头一皱，不免加重了拍门的力道。这都十万火急了，他还玩什么隐身？

没想到这动静太大，惊动了隔壁邻居。

邻里之间虽然并不亲密，但是多少打过几次照面，看着还是眼熟的。

"我没带钥匙……"苏沅昭尴尬地解释，殊不知当初于诚往外面搬她的东西时，碰巧被邻居看到过。

“他好像不在家。”邻居大哥没戳穿，好意提醒道，“我刚从外面回来的时候看到你家车位是空的。”

“这样啊。好的，谢谢。”苏沅昭点头，“我再等等他。”

这么一闹，苏沅昭不敢再用力拍门了，只得握着手机蹲守在门口。

这个闭门羹吃得她心里极不是滋味，她以前天天回的家现在进都进不去，以前天天见到的人现在见一面都困难。现在她又像个傻子一样，等一扇不知道什么时候会开的门。

她不是故意矫情，就是心里委屈。怎么人家就收得干净利落、潇潇洒洒，就她自个儿在这里黏糊糊，没点儿出息？她想干脆点儿，转身就走，可是现在发生了这么大的事，她不当面跟他问清楚，怎么放心得下？

苏沅昭傻等了一个小时没见人，想来想去，还是觉得这件事一刻也不能耽误。她翻出包里的纸和笔，写了一句话：你回家了给我打电话，十万火急！

她把字条塞进门缝，才扶着墙站起来。

她方才坐在门口胡思乱想时，已经理清思路：现在事情还没有真正爆发，一切还不到不可挽回的时刻，她或许还能阻止这一切，只要她能说服一个关键人物——周言。

只是，苏沅昭翻手机时才尴尬地想起她早就把他拉黑了。其实，她有很多渠道可以拿到他的号码，比如节目编导或者陈叔和。只是，她一想到可能会被问到“你怎么会要他的号码”之类的问题，还是觉得算了。她想到以前他带她去看过的那套他说要当工作室的房子，不知道他搬走没有。

那套房子苏沅昭就去过一次，后来不久，两人的事在网上就闹开了，他们就分手了。已经过去这么久，这会儿天快黑了，黑灯瞎火的，她还能不能找到他，真得看缘分。

苏沅昭在那栋完全陌生的楼里试错了三次门，最后只剩下一户可能是正确的选项了。如果探出头来的再不是周言，那他应该早就搬走了。

她站在紧闭的大门前，用手背擦了擦额角的汗，深吸了一口气，伸手敲门。

苏沅昭隐约听到里面有人应答，却辨不清声音到底是不是周言的。她耐心等了一阵，里面却没有动静了。她伸手准备再敲时，突然门开了。

她看着他，愣了一下，便迅速堆上讨好的笑："你真的还住在这儿啊。"她说着，尴尬地收回自己没敲到门的手。

周言脸上有惊讶之色，不过很快便猜到这不速之客到访的理由。不过，他不说破。

"嗯。"周言退身，让她进去，淡淡地道，"你怎么来了？"

"我……我路过这边，来看看你。"苏沅昭说完后，觉得这话太假。她都把他的电话拉黑了，跟他见面都装陌生人，他们是这种关系，她还来看他？她真应该打个草稿再过来。

周言闻言笑了笑，懒得戳穿她："我给你倒杯水。"

这是一间 Loft 公寓，下面做工作室，上面是休息的地方，比起上次，房子已经添置了许多东西，还新增了两台电脑，周言大约请了助手。苏沅昭张望着，注意到书桌上周言电脑屏幕上的画面，那可不就是他正在连载的漫画吗？苏沅昭顾不得客人该有的礼貌，立刻上前仔细查看，发现他下一话的剧情已经进展到了决赛部分，"主角"即将遭遇"坏人"的毁灭性伤害。

"你在干什么？"

苏沅昭的身体一震，转头看向周言。此刻她无心再演下去了，指着电脑屏幕上的画面问："你画的是不是洛诗？"

"我还以为你能坚持多久呢。"周言轻笑一声，把水放到她面前的桌上，毫不避讳，"是。"

“你真的要和皮珍珍联手来报复我和于诚？”苏沅昭还是难以置信，不相信周言会做出这样的事。

“去掉你。这件事皮珍珍不便出面，所以总体还是由我来主导，既然是我做，我就不会累及你。”周言说，“我后面的剧情会做些调整。毕竟这件事你应该是今天才知情，我相信你是无辜的。就算你不是，那也不重要。总之，这件事让他一个人负责吧。”

“那也不行！”苏沅昭脱口便道。

周言盯着她，眼里流露出一抹失望：“我本以为自己是了解你的，你不是连一只小动物都不忍心伤害的人吗？现在他害死的是一个人啊！你居然还在维护他？他到底给你灌了什么迷魂汤，让你连原则都不要了？你们不是都分手了吗，你到底是为什么？”

“我……”苏沅昭被周言问得心虚，但仍坚持为于诚开脱，“他只是为了帮我，只是手段过激了一点儿，他不是有意的。如果知道会造成那样的后果，他一定不会那样做的。都怪我，都怪我。我会想办法弥补洛诗的家人，一定会想办法弥补的。”苏沅昭说到最后，已经有了哭腔。她不得不承认，自己此刻正踩着良心在说话。

周言吼道：“你醒醒好不好？你到底为什么会喜欢他那样的人？”

“就当我求你了，你不要再连载这个漫画了。”苏沅昭声音哽咽，拉起周言的袖子，努力让周言正视她的请求，“或者你把事情都推到我的身上，反正我才是始作俑者，他都是为了我。真的，周言，我求你了。他要是真的出了事，我会内疚一辈子的。”

周言移开目光，不去看她的眼睛，语气生硬地道：“你别妄想了。他从我手里夺走了你，又一而再地整我、侮辱我，我恨不得杀了他！”

“他没有。”苏沅昭想解释清楚，“那个时候他是准备曝光你接伪劣化妆品广告的事，但是我不同意，他就什么都没做，后来他还牵线，说服和叔重新做你和顾锦澜的那个 IP，要不然现在你也不会这样顺利不是吗？”

“你是不是觉得我还应该谢谢他？”周言眉毛一挑，似是想起什么痛苦的事，又强制压下去，冷冷地嘲讽道，“是，拜他所赐，他给了我一个翻身的机会。我只能说，他错就错在太自信。他以为别人永远都会任他捏圆搓扁吗？我倒真的想看一看，他被一个自己瞧不起的人整到失去一切的样子。”周言手指收紧成拳，眼睛迸射出一种狠意。

他的眼神吓了苏沅昭一跳。这是在他最低谷的时候，她也没有见到过的眼神。她不由得退了两步：“你为什么这么恨他？”

“呵呵，恨他的人难道还少吗？”周言没有明说，不想再提及那个被于诚逼到崩溃的晚上。

苏沅昭盯着周言：“你到底要怎样才可以放过他？”

周言原本想说“怎样都不可以”，可是电光石火间，一个邪恶的念头抓住了他。

“怎样？”周言突然朝她走近，逼得她退无可退时才开口，“你应该知道，你怎样做我会考虑一下。”他说着，像要给她充足的时间一样，极为缓慢地俯身凑过去。

苏沅昭怔了一下，在周言快碰到她时蓦地惊醒，迅速别开脸，声音微微发抖：“周言，你真的变了。”

周言身体一僵，眼神微不可察地一闪。

苏沅昭趁他不备，迅速退出他的范围，警惕地看着他。

看着眼前空空的地方，周言心里涌上愤怒和不甘，哼了一声，道：“是，我是变了！我一夜之间跌落低谷，失去了所有重要的东西，包括你！我好不容易看到一条绳子，可以爬回巅峰，结果爬到一半，他告诉我这绳子就是他扔的，还猜准了我就算知道真相也不会松手。是，我没骨气！我不敢松手！我不想再掉下去，所以我抓着这条仅有的绳子一步一步爬上来，每一步都踩在我的自尊心上！你还要求我不变？我可能不变吗？”

苏沅昭拧着眉，半晌没说话。

“可是我有一样没变。”周言说，“我对你的心一直没有变！你到底为什么偏偏又喜欢上他？他那种不择手段的人值得吗？你就应该让他也一无所有，为自己所做的一切付出代价！”

苏沅昭看着周言如同走火入魔般偏执的模样，惶然地叹了一口气：“你不是爱我，只是想借我羞辱他……可我不会给你这样的机会。”

“周言，今晚就当我没来过。我还是那句话，希望你一切都好。”她说完便转身离开，走到门口，听到后面传来他有气无力的控诉声：“可是，沅昭，你对我公平过吗？”

苏沅昭的手已经搭上门把手，她顿了一下，最后还是没有留恋地开门出去。

Chapter13 盲目地伟大成狂

1

苏沅昭从周言家里出来，站在楼下轻轻喘着气。已经是秋天了，夜晚的空气更添凉意，从鼻子钻进心肺，让人渐渐冷静下来。今天已经是周二，按照周言的更新惯例，快的话本周五，慢的话下周五就要爆出于诚来了。就这么几天时间，她相信就算是于诚，这次恐怕也没办法了。

苏沅昭在冷风中站了一会儿，还是打了车准备去于诚家里找他，就算时间已经不够她再筹划什么对策，她也要早些把这些情况告诉他，让他有个心理准备。

苏沅昭在路上接到谢邀曼的电话：“昭儿，你怎么还不回来？快十点了。”

苏沅昭没必要瞒谢邀曼什么，只是这会儿苏沅昭在出租车上，司机师傅还在呢，她只好说：“我今天晚点回去，你不用等我。”

“嗯，刚有个人来找你。你猜是谁？”

苏沅昭几乎惊叫出声：“于诚？”

“啧，瞧你这点儿出息。”谢邀曼嘲笑道，“是那个顾锦澜啦。我刚出去拿个快递，回来看到她在敲你家的门。我问她什么事她也没说，她找我要你的号码，不过我没给。之后她就留了个自己的号码，等你回来让我告诉你。”

“她找我干什么？”苏沅昭自言自语。难道顾锦澜也是为了周言的漫画？苏沅昭道：“你把号码报给我吧。我打个电话问问。”

谢邀曼体贴，知道苏沅昭的记性差，把号码发到她的微信上。

苏沅昭直接拨出去。之前因为周言，苏沅昭对顾锦澜一直没什么好印象，只是现在时过境迁，苏沅昭慢慢理解了顾锦澜的敌意。无非因为她喜欢周言，从来没有变过，所以她把苏沅昭当作周言背叛自己的证据，狠狠把他们踩一脚之后骄傲地离开。她其实并不像周言那样需要那个IP来翻身，相反，她如果真的一点儿都不在乎他的话，完全可以对他置之不理。她答应陈叔和的提议，不过是因为她愿意，甚至或许是等待已久，想给她和他这样一个台阶。她装作利益为上，就不用输掉自尊心。

“喂？”

“我是苏沅昭。”苏沅昭自报家门，“你找我有什么事？”

顾锦澜迟疑片刻，然后迅速切入正题：“你知不知道周言的漫画映射你们当年那场选秀比赛的事？”

“我今天才知道。你似乎知道得比我早？”想到周言现如今跟顾锦澜、怡海的关系，苏沅昭不满地道，“你不劝劝周言吗？你们现在毕竟是怡海一手在捧的人，你明知道陈总跟于诚关系不错。陈总不会高兴看到周言这么攻击于诚吧？”

“该说的我已经说了。跟怡海有合约的毕竟只有我，严格来说，周言并不受我们公司管束。”顾锦澜顿了一下，说，“再说了，我们那个IP已经在筹备了，在这个节骨眼上，只要周言不太乱来，公司也不好打压他。甚至，如果他出点儿什么事，公司还得保他，现在他的形象很重要。”

苏沅昭这才意识到，于诚处于一个孤立无援的境地。商人以利益为上，怡海已经在周言那个IP投了那么多资源和钱，周言要真跟于诚起了冲突，陈叔和估计还得保周言。

苏沅昭不由得皱起眉，心想：难道于诚真的只能被动挨打吗？

“既然这样，你还找我做什么？”苏沅昭语气不善。

顾锦澜没有计较，接着说：“我只是今天偶然知道，于诚好像找到了对策……”

“对策？”苏沅昭打断顾锦澜，道，“他早就知道这件事被周言调查了？”

“那当然，他比我还早知道呢。”顾锦澜反问，“你该不会以为他还等着你去通知他这件事吧？你太小看他了。”

苏沅昭被噎得没话说，只好让顾锦澜继续说：“你刚说他找到什么办法了？”

“于诚怎么可能告诉我？”顾锦澜苦笑着。她不过偶然听到陈叔和和于诚的电话，听那边于诚的语气，他似乎对这件事不足为惧，她便猜到他应该是想出了什么办法。以她的经验，跟于诚作对是没有什么好下场的。她和周言强调过无数次，可是周言偏要一条道走到黑，她怕周言受到什么伤害，所以才想让苏沅昭去打听打听。毕竟能从于诚嘴里撬出话来的，除了苏沅昭，她想不到别人。

“我怕最后闹到两败俱伤，没法收场，所以我想着，还是你先去问问于诚打算怎么做比较好。要是他太过激，你可以提前劝劝。”顾锦澜小心措辞，“免得杀敌一千，自损八百。”

“我知道了。”苏沅昭自然不会以为顾锦澜是为于诚着想才打这个电话，但她的做法无可厚非。

犹记得当初顾锦澜为了周言咄咄逼人，和苏沅昭势如水火，没想到现在会为了周言小心地收起对她的厌恶，姿态低微地和她打这一通电话。顾锦澜对周言的感情其实比顾锦澜自以为的深。

再次站在于诚家门口，苏沅昭先趴在门上听了一会儿动静，里面没有声音。

夜已深，她不敢再闹出大动静，按了几下门铃，已经打定主意，没人开门的话，她就蹲在这里等，就不信于诚不回来睡觉，或者他明早不出去上班。

地板上有些凉，不过她顾不得这么多了。今天跑了一天，她这一坐下就放松下来，竟然很快就睡着了。不知过了多久，她听见有人在喊她的名字，迷迷糊糊地睁开眼，仿佛看到了于诚。

“阿昭，醒一醒。”

真的是他。苏沅昭挣脱混沌，眼神变得清明起来：“你回来了？你上哪儿去了？我等你好久了。”

“你先起来，地上凉。”

苏沅昭握住他的手站起来，腿发麻，不得劲儿，身子往另一边歪去，幸好于诚手快，一把捞起她，将她稳稳地扣在怀里。

他无奈一笑：“我扶你。”他说着，让她拿着包，他则一只手拿钥匙开门。

“你好点儿了吗？”他把苏沅昭放在沙发上，帮她揉了揉腿，“你找我什么事啊？”

苏沅昭拉开他的手，一脸正色：“我已经知道洛诗的事了。”

于诚低着头，顿了一下，而后缓缓起身，退到另一张沙发上，自始至终没有去看她的眼睛，声音里听不出情绪：“所以呢？”

“谢谢。”

于诚等了一会儿，没听到下文，不由得转头看她：“就这样？”

“不然呢？”苏沅昭苦笑道，“我是指责你心狠手辣，还是骂你没有人性？我才是整件事的既得利益者，要负什么责任，也应该是我来。”

“我以为你至少不会这样轻易原谅我，毕竟你跟我不一样。虽然我当初也不知道洛诗后来会自杀。”

“你是为了我，这一点，我很清楚。”苏沅昭折腾了一晚上，此刻想明白了。说她自私也好，冷血也好，她只想保于诚无事。她道："这件事周言也知道了，他画那漫画就是为了对付你，这你知道吧？我今晚去找他了。我……"

"你去找他？"于诚打断她，急躁起来，"你找他干什么，求他放过我？他说什么了，他没威胁你吧？"

"没有没有。"苏沅昭哪里敢多透露半个字，安抚于诚，道，"我就是问周言这事儿有没有商量的余地，他说没有，我就回来了。"

"你去找他干吗？平白让他得意了去。"于诚眉头紧皱，语气十分不快，"我的事我自己有办法，你别跟着瞎操心。他那点儿道行想跟我斗？他还嫩了点儿。"

苏沅昭倾身，急切地道："你有什么办法？"

于诚瞟了她一眼："反正你不用管。你该工作就工作，该玩就玩，这件事跟你没关系。"

苏沅昭根本不信他还能有什么办法。周言马上就要发动攻势了，陈叔和都拦不住，他还能怎么办？她长叹一口气，最后心一横，给出一个不是办法的办法："要不我先坦白吧？我就在微博上自曝当初比赛的事，说一切都是我策划的，反正本来我就是最大的受益者。"

"你安静待着！"于诚急了，"你什么都不知道，瞎掺和什么？还你策划，你有那个脑子吗？"

苏沅昭莫名其妙又被鄙视了一顿，生气地大叫："难道让我看着你被网暴、被人肉啊？你要我怎么办？你以为现在我还能心安理得地做这份工作吗？"

"阿昭！"于诚无奈地起身，在她身边坐下，拍着她的背，安抚她的情绪，"我说了，我有办法，本来不想告诉你的，怕你又……算了，五十步跟一百步也没差。"他斟酌了一下才开口道，"我前几天拿到了洛诗跟当时的导演情色交易的证据。等周言那边放出风声，把漫画跟当年那件事联系起来，我就把这个料放出来，那洛诗真人可就跟他漫画里那个励志少女的人设不符了，他还想卖漫画的话，就必须承认那个故事是纯属虚构的，跟洛诗、跟当年的整件事毫无关系，纯属巧合。这层关系一断开，谁还关心一个选秀落败者当年比赛的真相？”

苏沅昭的脑子一时转不过弯来，她顺着于诚的话努力思考了一阵，才试探性地开口：“你的意思是……你要把洛诗做过的一些不好的事全部抖出来？或者说，你准备往一个死人身上泼脏水？”

“也不是泼脏水吧，我又没诬陷她，事情都是她做的，我只是稍加利用而已。”于诚仍是一副理所当然的样子。

“于诚，你……”苏沅昭撑坐着往旁边挪了一下，拉开和他的距离。她平复着自己翻涌的情绪，尽力平静地道，“我问你，当你知道洛诗自杀的时候，你心里有过一点儿愧疚、一点儿后悔吗，哪怕一点儿？”

“我就知道你会这样，所以才不想告诉你。”于诚眉头紧锁，一副头痛的样子，“阿昭，我承认我真的不是什么好人，所以其实你安心享受就好，不要去追问我到底是怎么做到的，那不过是徒增烦恼。”

“你是让我吃着人血馒头还当作番茄酱吗？”苏沅昭捂着眼睛，把脸扭到一边，哽咽道，“我真的宁可你从来没为我做过这一切。你现在要我怎么办？你要我怎么办？”

“你什么都不要做，一切交给我。”

“交给你？我由着你间接害死一个人之后，再由着你往死人身上泼脏水，把那些耻辱的交易都翻出来供人欣赏吗？”苏沅昭难以置信，他竟然可以冷血无情到这个地步！她内心翻涌着太多控诉和指责，但看着他的脸，她还是不忍心说出口。

“我真的对你太失望了。”她只说了一句，起身就走。她快到玄关时，于诚才蓦地反应过来，起身追上去拉住她：“等等。”

看着她那双含着微微水光的纯净的眼睛，他却突然说不出话来。他松了手，仿佛败下阵来：“算了，反正我们已经分手了，你怎么想我，不重要了。”

苏沅昭仍旧望着他：“不管我们分手还是在一起，我都希望你心底至少有一点点对这世界的友善和爱意。”

于诚闻言，从鼻子里哼笑了一声，别开眼，道：“这个世界没有人真正爱过我，我也没有爱这种东西。”

“我爱你，一直爱你，只是你从不相信而已。”

2

在回去的车上，苏沅昭给谢邀曼发了条信息：今晚你是否方便收留我啊？

苏沅昭自从上次撞破谢邀曼跟郭涛的事情之后，就多加注意了些，不敢瞎闯谢邀曼可能有男友留宿的家。

谢邀曼很快回复：来。

苏沅昭笑了笑，回去径直敲开闺密的家门。

谢邀曼看出苏沅昭心里有事，什么都没问，开了电视，把遥控器丢给苏沅昭，然后进去洗澡。过了一会儿，谢邀曼裹着浴巾出来，身上还有水珠未干。她盘腿坐在沙发上，随意地道：“顾锦澜找你什么事？”

“她想打听点儿于诚的事。”苏沅昭没细说，反而问谢邀曼，“你觉得于诚是一个什么样的人？”

谢邀曼喝水的动作一顿，她笑道：“以前不一直是你来跟我介绍他是一个怎样的人吗？你怎么突然反过来问我了？”

“我就是突然知道了一些事情，感觉他比我以为的还要复杂得多。”苏沅昭想了想，“我现在才发现，他可能是个‘坏人’，一个刚好介于道德线以下、法律线以上的聪明的‘坏人’。曼曼，你可以接受这样的人吗？”

“我？我可以啊，毕竟还是在法律线以上不是吗？他本来就是学法律的，心里应该很清楚那条线是画在哪里的。有那条线打底，他应该坏不到哪里去吧？”谢邀曼说，“不过，其实就算是真坏，只要是我喜欢的人，我也会尽力去维护。你知道的，我本来就是一个帮亲不帮理的人嘛。”

“好像是。”苏沅昭想起以前的事，笑了笑，“其实我也是。一开始，我真的顾不上别人，只希望他没事，后来发现他还要做更过分的事，我真的接受不了了。可即便这样，我还是希望他没事，希望他不要受到惩罚。”

“到底出什么事儿了？”

苏沅昭摇摇头，苦笑道：“过两天你就知道了，或者说全世界就知道了。”

苏沅昭打听到洛诗的墓地，买了束鲜花寻过去。

工作日的下午，非特殊节日，墓地祭拜的只有苏沅昭一个人。她看着照片里年轻的笑脸，一下子比赛那年和对方有关的记忆全部涌现出来。

那个时候大家都传洛诗家里人是什么市政领导，跟电视台关系匪浅，洛诗早就是内定的冠军了。那时候的洛诗又骄傲又自信，让人隐隐有种压迫感，可又觉得那好像是她应得的。

可是根据苏沅昭现在查到的信息，洛诗家里其实没什么背景，父亲确实是一个领导，不过不是本市的，而且在她来 A 市上大学的时候就去世了。她家里还有一个更受宠的弟弟，父亲去世之后，家里日渐捉襟见肘，母亲日渐顾不上她了，她得管自己的生活费。

现在看来，当时洛诗唯一倚仗的就是那个导演了。比赛之后不久，那个导演因为工作作风问题被举报，低调辞职，不知所终。

看着黑白相片里洛诗的笑脸，苏沅昭想起从前的零碎片段，不由得唏嘘又自责。她觉得皮珍珍说得没错，当初那个冠军的位置洛诗比她适合一万倍。毕竟在她如试水一般报名参加比赛，然后走一步算一步的时候，洛诗却破釜沉舟，为了理想献祭一切，眼看着就要摘得果实，却惨烈地葬送在她和于诚的手里。

“对不起。”苏沅昭看着洛诗，说，“这句话来得太晚了，已经没什么用了，但我还是要说对不起。”

对不起之后呢？

苏沅昭在心里问自己，她还能做什么弥补？洛诗的母亲已经改嫁，弟弟已经出国，甚至他们对洛诗的事十分避讳，并不会欢迎她这个始作俑者去勾起那段他们费心掩盖的丑闻。她立在洛诗的碑前，说了一句无用的“对不起”之后，突然语塞，没有了后文。

这时，苏沅昭的手机响了，她接起，是顾锦澜打来的。

苏沅昭立刻猜到顾锦澜打这个电话来所为何事。她自然是要打听于诚的计划，好让周言早做防备。

苏沅昭握着电话。她觉得墓碑上照片里的洛诗那双漂亮的眼睛正死死地盯着她，像监视、像控诉，仿佛在说：该怎么做才能弥补，你不是知道吗？

是的，苏沅昭知道。

比如，她告诉顾锦澜于诚那个可怕的计划，让他们去阻止、去应对，让他们顺顺利利地把洛诗塑造成一个单纯的追梦女孩，恢复洛诗的名誉，升华洛诗的人格。

只是，这一切的代价是让于诚束手无策，让他成为被攻击的靶子，背负所有骂名。

“苏沅昭？”那边的顾锦澜良久没有听到回音，问道，“你还在听吗？”

苏沅昭慌忙应道：“在。”

“于诚是不是真的有什么安排？他告诉你了吗？”

苏沅昭感觉心脏一抽一抽地疼，这是她的良心和私心在搏斗，斗得鲜血淋漓，两败俱伤。

仿佛过了一个世纪那么长，她感觉到脖颈和额头一凉，抬头望了望，天空阴沉，已经下起了小雨，雨落在身上，切肤的凉意让她从混沌中清醒过来。

“我不知道，他没有告诉我。”她听到自己说，声音冷冰冰的，像冷血动物。

她到底没办法眼睁睁看着于诚一败涂地，所以她默许他把一个去世已久的受害者再拉出来鞭尸。她看着墓碑上洛诗的脸，一些雨滴滴在照片上洛诗的脸上，洛诗仿佛在流泪，笑容越发显得苍白和绝望。

苏沅昭就这样直直地、无力地看着洛诗。

在洛诗这双眼睛里，苏沅昭看到了自己的自私、伪善、无耻。

苏沅昭突然觉得，她这一生都逃不开这一双眼睛了。

看着车窗玻璃上越来越大的水流，郭涛把着方向盘，斜瞄副驾驶座上的谢邀曼一眼，心想：天助我也。前段时间苏沅昭失恋了，谢邀曼要陪闺密，没工夫理他，他都被拒绝无数次了，今天下这么大的雨，他送她回家，她怎么着也应该请他上去喝杯茶。

但是，他开着车，下不下雨跟他有什么关系？

不过谢邀曼没点破，顺着他的意思，说：“那你上去坐坐吧。”

郭涛开心地一踩油门，直接将车开进小区地下停车场，殷勤地拉着她去搭电梯。

两人出了电梯，拐进走廊，往谢邀曼家门口走去，正说笑着，谢邀曼忽然笑容一滞，望着不远处那个人影，试探道：“小昭？”

那人确实站在苏沅昭的家门口，只是披头散发，全身湿漉漉的，衣服贴在身上，一副狼狈的样子。地上已经滴了一摊水，再加上走廊灯光昏暗，乍一看，那人像个落水女鬼，怎么都跟那个平素漂亮大方的女人联系不起来。郭涛心想：你认错人了吧。他未及阻止，谢邀曼已经快一步冲过去，拉着那人转过来，那人竟真的是苏沅昭。

只见她小脸惨白，目光空洞，头发散乱，贴在脖颈上，整个人像霜打的茄子一样。

“你怎么了？”谢邀曼已经替郭涛问出来，“你不是说今天去看一个朋友吗，怎么弄成这样？”

苏沅昭缓缓转向谢邀曼，摇摇头，却不说话。

眼前情况不适合追问，谢邀曼揽住苏沅昭往自家方向走：“你先去我那儿吧，先洗澡换身衣服。”谢邀曼说着，远远朝郭涛递了个眼色：你先回去。

郭涛识趣地点点头，还比了个电话的手势：你有事就打电话给我。

谢邀曼点头，然后一只手拿钥匙开门，带苏沅昭进去。

郭涛站在门口等了一会儿，没有听到什么别的动静，才转身离开。等电梯的时候，他心想：那两人都分手这么久了，苏沅昭还这么放不下吗？

“你最近忙什么呢？”郭涛给于诚打了个电话。说起来，两人有好长时间没见面了。郭涛道：“晚上出来我们一起吃顿饭吧？”

“我没空。”于诚干脆利落地拒绝，“你有什么事儿就直说，我忙着呢。”

“哦。”郭涛暗骂于诚冷血无情，故意用一种惋惜的语气道，“我本来还想说，在谢邀曼这里看到你前女友状态不太好，想找你问问情况呢。你没空就算了，反正她已经是你前女友了对吧，我咸吃萝卜淡操心了，挂了。”

“等一下。”于诚说，“你在哪儿？”

谢邀曼第一次对苏沅昭感到束手无策。

在谢邀曼眼里，苏沅昭看似软弱好欺，实际上有她的一套处事规则和修复系统。如果说谢邀曼像一只敏感的刺猬，喜欢伤人伤己，那她就是一只漂亮的软体动物，不伤人，也很难被伤。所以，即便她和于诚分手，谢邀曼都笃定，她只是伤心一时，慢慢就会恢复过来。

可是这一次，谢邀曼发现问题好像比她想象的还要严重。

这两天苏沅昭都住在谢邀曼这里，她发现一向睡眠很好的苏沅昭开始翻来覆去，心神不定，有时候半夜还会做噩梦、说胡话，仿佛陷入极可怕的梦魇。

谢邀曼被吵醒，发现苏沅昭的状态不对劲儿，连忙开灯，不停地叫她的名字，良久才叫醒她。

苏沅昭看清眼前人是谢邀曼，撑坐起来，惊魂甫定，喘着气。

“没事了，没事了。”谢邀曼轻轻拍着苏沅昭的背，安抚她。

“曼曼，你说，坏人死了会不会下十八层地狱？”

“你胡说些什么呢？”谢邀曼说，“坏人就算下地狱也不关你的事。你啊，就等着当仙女吧。”

“我不配。”

谢邀曼拍背的手一顿，她不知如何接下去。

她直觉苏沅昭这次的事可能跟于诚有关，可是她怎么也想不通，苏沅昭和他连分手的决定都做了，还能有什么值得苏沅昭这样折磨自己的呢？正当她以为这只是失恋后遗症时，一件事让她无法再粉饰太平。

谢邀曼用苏沅昭的电脑时，偶然发现一封苏沅昭的辞职信。这份工作是苏沅昭当年拼力争取来的，不温不火的时候她都能做得开开心心，现在前途大好，她到底有什么理由在这个时候提辞职？

谢邀曼看着电脑上那刺眼的四个大字，越想越不放心，拿起手机，思考着要不要给于诚打个电话，问问他知不知道事情原委。

她想了想，还是给郭涛打了个电话，让他把于诚的号码发过来。

“哎，你俩怎么回事？刚刚于诚还找我要你的电话呢！”郭涛吃起醋来，“你们还心有灵犀了！”

“他要我的电话？”谢邀曼立刻明白过来，“那我挂了，免得占线。”

“喂！”

谢邀曼利索地挂了电话，等了两分钟，手机果然响了。

“喂，我是于诚。”

“嗯，我是谢邀曼。”

打过招呼，两边都沉默下来。

过了一会儿，谢邀曼和于诚几乎同时开口："她怎么了？"

3

周五。

苏沅昭刷了一天的微博，最后在晚上八点，微博流量最大的时刻，等到了周言的更新。

周言送上了这则已经连载数月的漫画的结局，在所有粉丝以为要等到主人公成功摘得桂冠之时，女主角却突然在网络上被爆出丑闻，原因是她的前男友嫉妒她的成功，和他的好朋友——一个法律系大学教授联手策划了一个毁灭性的圈套。

整个故事一下子由梦想励志走向了阴暗现实，底下一大群粉丝在叫嚣：烂尾！这是什么鬼结局？

画风突变的故事结局引起了大家的激愤和转发，不到十分钟，转发量就已经破万。

苏沅昭来回察看那个大学教授出现的几幅画面，暗自惊叹周言的诛心之笔。等周言后面再放出风声，恰好透露于诚是某知名大学教授，这样一来，恐怕群情激愤的粉丝们不关心于诚跟那个前男友到底是不是什么朋友，便会一口咬定于诚品德败坏、用心险恶、误人子弟。

苏沅昭突然有些庆幸，于诚到底还是有准备，否则以周言这边的声势，于诚绝对会被这些网民扒皮抽筋，甚至在线下都可能受到攻击。

可是她想到于诚的那些"准备"，心又是一沉。

她努力想用于诚那套理论给自己洗脑，人死如灯灭，名声好坏又有什么区别。可她还是忍不住想，公平吗？对洛诗来说，当初公平吗？现在公平吗？洛诗跟他们无冤无仇，凭什么要被糟践一次又一次？

苏沅昭甚至已经打算好了，等这件事平静下来，她就辞职，把本不属于自己的东西交出去。她并不是想赎罪，而且她赎不完这场罪。从站在洛诗坟前选择了维护于诚的那一刻开始，她就是选择了这一辈子都活在歉疚中，永不安宁。只是，在她不配再安然度日的余生里，她唯一的愿望就是他好好的。

她喜欢他礼貌周到的表皮下偶尔的不屑，也爱慕他永远游刃有余的淡定。她想让他做永远冷静持枪的猎人，在精密的算计中达到目的，而不是被瞄准的猎物，措手不及，狼狈乱窜。自私凉薄也好，阴戾冷酷也好，只要他不吃亏、不出事，怎样都没关系。

她想看他永远聪明地活下去。

苏沅昭关注了周言的微博两天，周言连载的漫画最终章的微博讨论度达到了顶点。果然，已经有一些看似路人的 ID 在评论里发言，说其实这部漫画感觉有点儿像真人真事。然后就有人提起了当年那场主持人比赛。有人把当初比赛的视频剪辑出来，让大家去找女主角的原型，大家一对剧情，还真能对上十之八九。找出了原型，大家自然就开始找“坏人”。

洛诗的前男友很容易找，一下子就被人肉出来。他一年前犯了事，正蹲在监狱，那么那个“大学教授”呢？

苏沅昭密切关注着这些大大小小的相关爆料，每看到一个新的“进展”，心中的焦虑便增加一分，暗暗揣测于诚那边到底准备什么时候出手。

苏沅昭紧张地等着，就像等一颗定时炸弹，能听到“嘀嘀”的计时声音，可是看不到倒数的时间，不知道哪一秒它会突然爆炸，直到有一天网络上突然爆出了于诚的名字和其他详细资料。

看着微博底下一大片对他极尽恶毒的诅咒和谩骂，她顿时两眼一黑。他已经被人肉出来了！

苏沅昭心急火燎，立刻找手机打给于诚，想问他到底还在等什么。这都火烧眉毛了，他怎么还坐以待毙？三十个连环 call 没有一个得到回应，苏沅昭心急如焚，最后只好打给郭涛，请郭涛帮忙看看他在不在家。过了一会儿，郭涛给她发来信息：他没在家。

苏沅昭坐立不安，在屋子里转了好长时间。电光石火间，她突然想到了一件事。

既然网民已经人肉出了于诚的工作单位，那H大的官博岂不是？她立刻回到电脑前，搜官博，然后点进去看。果然，官博的首条微博下已经聚集了一大群“正义之士”，网友们声势浩大，要求官方表态。

看来学校那边要扛不住了。

苏沅昭看到这个架势，忽然想：于诚会不会根本不打算反击？

最适合他出手的时机已经过去了，怎么看这件事都在朝着对他最坏的方向发展下去。

他到底在想什么？

苏沅昭抓着头发，感觉她要疯了。

事情发酵近一周，于诚那边没有任何动静，苏沅昭再也坐不住了，亲自赶去学校找于诚。她循着之前的课表找到教室，却发现讲台上的人并不是于诚。她站在走廊上，一直等到下课铃响，那个老师走出来，她连忙凑上去问道：“请问于诚于老师在哪里？他不是应该上这节课吗？”

那个老师警惕地打量她，连忙摆手，说：“我不知道。我就是被安排上这节课的。”他说着便急着要离开。

苏沅昭看出那个老师分明知道些什么，连忙追上去，说：“请你告诉我好吗？我很担心他。”

老师这才停下来，转身打量她，神情还是充满犹疑。直到她拿出两人以前的合照，他才相信她的身份。

“这几天找来的人太多了。”那个老师也很无奈，“昨天还有人在校门口拉横幅，网上那些人真是闲得很。”

“那他去哪儿了？”

“我不知道，他辞职了，已经离开好几天了。”老师解释道，“本来一般老师就算离职也要带完一个学期，但是他走得很匆忙，他大概知道要出事吧，不想连累学校。”

“辞职？”苏沅昭张着嘴，震惊到说不出话来。

这么说，于诚不是因为什么错失反击的时机，而是根本没打算反击？苏沅昭神思恍惚地从学校走出来，立刻打车往于诚家里赶。她再次因为没有门禁卡被拦在小区门口时，心里却无比感激这严密的安保系统，至少帮于诚阻挡了很多可能出现的威胁。值班的保安是新来的，并不认识她这个前业主，她还是给郭涛打了个电话，才能以他客人的身份进去。

于诚不在家。

苏沅昭在他家门口徘徊了一会儿，忽然有一个保安走过来，问她有什么事。

“我在等他回来。”苏沅昭解释。

保安让她打电话给业主，她打不通，便立刻遭到驱赶，幸好在下电梯的时候碰到了楼栋管家。管家在这里已经工作几年，认识她，这才解开误会。原来，最近经常有好事者来这一户门口搞破坏，还有的认错了门，给于诚邻居门上泼了油漆，闹得这里不得安生，于是保安就对这一层加紧了盯防，从监控里一看到有人在于诚门口游荡，就立刻紧张起来。

苏沅昭本以为严格的安保系统能够把那些网络暴民拦在门外，可保安说，有的生事者就是小区业主，根本防不住。

看来家里也不安全。那于诚究竟去哪里了？苏沅昭看不到他，这颗悬着的心怎么都着不了地。

这几天她最害怕看微博，可又不得不时刻关注事情的进展。现在于诚在网上整个人几乎是在“裸奔”，于诚的电话、车牌、照片、住址、工作单位等在网上都有，各种爆料微博底下群情激愤，网友们恨不得要于诚以死谢罪。她一条条看下去，忽然刷到一条最新微博，有人爆料，说在春天酒店的地下停车场看到了于诚的车，还拍了照，跟网上人肉出来的车牌号信息吻合。

苏沅昭立刻赶去春天酒店。她不知道房号，只好坐在大堂盯着电梯口，看出入的人里是否有于诚。网络上那条爆料微博下的评论越来越多，还有好几个人说要过来堵人。

苏沅昭越来越焦虑，不停地打他的电话，却始终是无人接通的状态。

她心一横，突生一计。

她编辑了一条微博，大意是解释自己才是伤害洛诗的始作俑者，然后把微博内容截图，直接给于诚发了过去，并加了一句：你再不出来，我马上就发出微博，十二点整，我说到做到。

果然，不到一分钟，这个消失了将近一个星期的人终于给她回了电话。

“你胡闹什么？”于诚有些生气。

“你在哪儿？我在春天酒店大堂。我要见你。”苏沅昭几乎是第一次这么强势，“现在！”

“你马上回去。”

苏沅昭威胁道：“你要是敢挂电话，我立刻发微博！我要见你，立刻、马上！”

于诚无奈地妥协：“你站到电梯口去等我，最左边的电梯。”

苏沅昭听话地走到最左边的电梯口，等到第三次门开，电梯里的人出来，她看到最里边戴着墨镜的英挺男人朝她轻轻招了招手。

电梯里还有人，她不动声色地进去，背对他站好，跟着下到负一层，另一个客人出去。

电梯门一关，她立刻转身朝他扑过去：“你为什么不接我的电话？我担心死了。”

于诚揪着她后颈的衣领把她拉开，低声说：“有监控，我们去车上说。”

苏沅昭奔涌的情绪突然被打断，她不满地瞟了他一眼，有些郁闷地站在一边。

电梯下到负二层，于诚走出去，苏沅昭连忙跟上去，走在他的后面，与他隔着不近不远的距离。她低着头，没看路，前面的他突然停下来，她没防备，一头撞上他的背。

“哎哟！”她惊叫一声。

于诚迅速转身，一脸惊慌地捂住她的嘴，一个回身，把她带到一根方形柱子后面。

苏沅昭被他紧紧压在墙上，又被捂住了口鼻，一时呼吸有些困难，闷声抗议。

于诚探头往外看了一眼，给她做了个屏声的手势，才松开了她。

苏沅昭低声道：“你干吗？”

“我车边上有人。”他神色紧绷。

苏沅昭侧身探头看了一眼，发现竟有好几个人围在那边。几人在于诚的车上搞破坏，挡风玻璃都被涂成了绿色。

这些暴民！苏沅昭气急，欲过去阻止，却被于诚拦着。他神色不善，轻声喝道：“你别添乱！”

苏沅昭鼓了鼓腮帮子：“你怕了？”

“我就怕你！”于诚没好气地说，“你跟我在一起，如果让这些人拍到了，这事儿你还能脱开身吗？”他说着就要拉她赶快离开。

“那我们的车……”苏沅昭还是不甘心眼睁睁看着自家车被这么糟蹋。

于诚强行拖她离开：“到时候让酒店给我赔！酒店监管不力，我可以告他们。”

4

于诚本欲带苏沅昭回房间，想想还是觉得不妥。走廊到处是监控，谁能保证酒店工作人员里没几个吃瓜群众。最后，他想来想去，最安全的地方只剩下苏沅昭家里了。

于诚谨慎到变态，竟然让苏沅昭和他各打一辆车过去。折腾了一个多小时，两人才在苏沅昭的住处完成“会师”。他终于摘下墨镜，给自己倒了杯水，咕噜咕噜喝下去，心有余悸，道：“不知道我们有没有被拍到什么。”

苏沅昭跟着于诚东躲西藏，这么折腾一番，没什么心情再感性，直接累得歪在沙发上：“你也太夸张了，不知道的人还以为我们是通缉犯呢。”这会儿她才仔细看清于诚的脸，他清瘦了些，眼皮下有淡淡的乌青，眼神透出倦意，他大概也没睡好，她问，“你这几天都住酒店啊？”

“差不多吧。”

“我去学校找你了，他们说你辞职了。”

“嗯。”

“你不是都想好了办法吗，怎么什么都没做，白白给人当靶子？”苏沅昭问出心中最大的疑问，“你千万别说你良心发现，我不信。”

“唉，我还就是良心发现了。”于诚根本没打算跟她多解释什么，“你就别管我了，顾好自己吧。反正周言那边没牵扯到你，真有什么风声，台里也会保着你。你跟我分手有小半年了，干系脱得差不多了，你现在该干吗干吗，别多管我的闲事。”

“你说的什么话？”苏沅昭回味着他的话，突然琢磨出一点儿不对劲儿来，“我怎么觉得好像你早就知道周言他们会整这么一档事出来似的？难不成你跟我分手，是在给我留后路？”

“你别给我扣这么高的帽子。”于诚状似随意地望着窗外，“我是后来才知道的，你就当自己运气好吧。”

“我曾经也以为自己运气很好。”苏沅昭不依不饶，“但是每一件我以为是自己运气好的事最后都被证明是你所为。”苏沅昭想起他的“前科”，还有那套所谓同甘不共苦的理论，越发肯定了她的猜测。她扑过去，扳过他的脑袋，盯着他，目光灼灼：“你是故意的对吗？”

按照时间来推算，周言的漫画开始连载差不多是她跟于诚分手那个时候，于诚一定是听到了风声，一时没想到破解之法，只好先把她推开，让她撇清关系。要是当初两人顺利结婚，现在这件事再翻上来，她就无论如何都脱不开关系了。

此刻她离于诚很近，近到他能看清她的睫毛，还有睫毛下晶亮的眸子。里面毫无防备的热烈和期待让他控制不住地心动，他抬起手分明想按着她的头，然后吻下去，可最后还是用尽全身力气推开她。

“你想多了。”于诚冷淡地站起身，“没什么事我先走了，你别来找我了。”

苏沅昭立刻爬起来追上去，从他后面一把抱住他的腰：“你不准走，家里不安全，酒店也不安全，你就留在这里。”她说着，一只手探进他的裤子口袋，摸出钱包，然后迅速从一排卡片里准确地抽出身份证，接着将身份证收入手中。

她这一套动作完成得干净利落，于诚都没来得及阻止，目瞪口呆，道：“你做什么啊？”

“你在外面遇到的任何一个人都有可能是知道这件事的网民。最安全的办法就是你住在这里，哪儿也不去。”

于诚觉得这话听着耳熟，怎么好像是她剽窃了他的台词啊？他道：“现在的情况跟上次不一样，上次你是跟我在一起才能安然无恙，现在你是要离我远远的才能平安无事。再说了，你这儿哪里安全了？指不定就有人摸过来了。”

“不，你好像记错了。上次是你想跟我复合，故意搞了那么一出逼我回来。”苏沅昭的思路异常清晰，“这次虽然是你自作自受作出来的，不过我不打算放过这个机会。”

于诚一时竟接不上话来，良久后才回道：“你说的机会是指？”

“复合咯。”苏沅昭丝毫不脸红，语气自然到让人语塞。

“什……什么？”

“反正你就老实待着吧。”苏沅昭迅速占据主动，想了想，还找钥匙去把门反锁了，然后把钥匙和他的身份证一起握在手里。

“喂喂喂！”于诚跟上去，检查了一下门锁，没钥匙从里面还真打不开，“你讲点道理好不好？”

“谁会傻到跟一个律师讲道理。”苏沅昭冷笑一声。

“你这是非法拘禁。”

“等你能光明正大出门再来跟我讨论这个问题吧。”苏沅昭颇有痛打落水狗的意思。

“你知道啊，现在我跟一只过街老鼠似的，你跟着我有意思吗？”

“我这个人比较善良，你要是春风得意，咱们就各自安好了，可你现在这么狼狈，我就不忍心了。”

“我看你这点儿同情心能维持多久。”

“同情心是维持不了多久，但是爱可以。”

“我还有什么值得你爱的？”

苏沅昭觉得这句话十分好笑：“什么叫你还有什么值得我爱的？我爱的一直不是你这个人吗，难不成是你的钱、你的能力、你的前途？”

“不正是这些构成了一个值得你选择的我吗？”

苏沅昭觉得莫名其妙，目光落到茶几上那堆昨晚她吃了没收的松子上：“喏，你就像这个。我第一次买它的时候是因为它打折，还送一个玻璃罐子，我买回来一吃，觉得挺好吃的，后来商家不给我任何赠品，我也只能继续买，因为我已经喜欢上这种味道了，所以没有赠品也无所谓了。”

于诚看了看那一堆松子，又看了看她，顿时无奈道：“那你有所谓什么？”

苏沅昭竟认真思考一阵才慎重开口：“脸。”

“啊？”

“你这张脸挺好看的，我暂时不能接受你没有这张脸。”

于诚：“……”

于诚就这么被“非法拘禁”下来，因为关押期间表现良好，所以在得到苏沅昭的允许后，他得到了郭涛的“探监”。

郭涛对事情的始末了解得并不清楚，还是在H大上学的郭束告诉郭涛，现在于诚陷入了一起网络暴力事件中，他所有的信息都被人肉出来，现在他已经辞职了。

“你这几天就住这儿啊？”郭涛环顾这间房间，跟谢邀曼那边的布局倒是差不多，是为单身人士设计的一室一厅。之前他来过这儿一次，女生满满当当的东西让他惊呆了。他这次来看，这里倒完全变了个样，家具其实还是那些家具，可整洁程度实在让人觉得赏心悦目，不用说，自然是这名洁癖患者的手笔。他道：“我本来还想问你住得惯不惯，看来你这‘田螺姑娘’当得还挺开心。”

“还行。”于诚回想这几天“金屋藏娇”的生活，这倒是和苏沅昭分手以来最舒心的几天，乱七八糟的事情他懒得去想。

郭涛打着小算盘：“其实我那儿你也可以住啊，你也可以顺手给我整理整理。”

“呵呵。”

开过玩笑后，郭涛叹了一口气：“这也不是长久之计。”

于诚知道郭涛的意思。苏沅昭算一个公众人物，跟于诚避嫌还来不及，怎么可能真的跟他在一起。风水轮流转，他现在可算是明白当初周言的心情了，那种全世界虎视眈眈地盯着两人，两个人在一起就约等于同归于尽的感觉真是让他觉得无力。

“嗯，我要出国。”于诚早在决定不做反击的时候就打算好了。他留在国内，当一段时间的靶子，有他这个发泄对象立在这里，网友们就不会延伸到别人，他能在最大程度上确保她没事。等这件事的热度散去，他就“功成身退”，可以回美国了。

“有这么严重吗？你要出国？就算不做老师，你还可以做全职律师啊！之前你不是帮人处理过案件吗？”

于诚摇头。当初他不是为了某一份工作而留下来的，只是为了某一个人。现在他跟苏沅昭不可能再在一起了。他道：“长久来看，我走得越远越好。”对她来说。

“你说得轻松，你舍得吗？”于诚和苏沅昭这一路走来，郭涛十分凑巧地窥探到于诚和苏沅昭之间的每一个转折，心中清楚得很，哪怕是冷静如于诚，恐怕也不可能做到收放自如。

“我有什么舍不得的？国内没什么值得我留恋的了。”

“违心话。真没什么留恋，你怎么会窝在这儿？”郭涛一针见血。这么一间屋子，若不是于诚贪恋不舍，她哪里关得住他。只是，这件事发展到现在，确实无解。

见一向能言善辩的于诚也无言以对，郭涛不好再逼于诚，索性拍了拍他的肩膀，说：“你哪天走，给哥们儿透个信儿，我给你饯行。”

“一定。”

送走郭涛，于诚窝在沙发上发呆，不觉窗外天色渐暗。

突然手机响了，自然是苏沅昭打来的。于诚之前那个号码每天都接收到很多骚扰电话和短信，所以苏沅昭给他换了一个新号码，这个号码只有她一个人知道。

“我下班啦。我等下回去，先去趟超市，补充一下‘粮仓’。你有什么想吃的？”

于诚打开冰箱看了看，把空缺报给她：“你再买点酒吧，我们今晚可以喝点儿。”

“喝酒？”苏沅昭乐了，“今天难道是什么日子吗？”

“嗯……我在你这儿拘禁十天纪念日。”

苏沅昭隔着电话翻了个白眼。不过，过后她回来，手上提着大包小包，也没落下他特意交代的啤酒。

于诚接过她手上的一堆东西，分门别类地装进冰箱或柜子里。他发现其中一个袋子里还有几本书，拿起一本翻了翻，朝厨房那边喊道：“你什么时候改口味了，看悬疑小说？”

“哦，我差点忘了，这是给你买的。”苏沅昭一边洗菜一边说，“他们说，聪明的人会喜欢看悬疑小说。”

于诚把几本书都拿出来，靠在厨房的门上，看着她架好砧板，准备切菜，很快，菜刀剁在砧板上“噔噔”的声音传来，挺有节奏。

于诚看着她的背影，忽然开口：“怎么，你怕我无聊啊？”

切菜声忽地一停，安静了两秒才再次响起，只是声音一会儿轻一会儿重，不复之前的节奏。

苏沅昭心里很乱。她虽用幼稚的方式把他留在这里，但是很清楚，他不可能永远待下去。她每天工作时都在担心回家后会不会发现他已经离开了。他是可以离开的，出国对他而言是最简单干脆的解决方式，他有能力在新地方重新开始，甚至越快越好。

可他不说，她就装作不知道。她把家里能当镜子照的地板、能让飞鸟错以为无物而一头撞上的玻璃窗都理解为他的洁癖作怪，而不是他独守在房子里无聊的证明。工作空隙，她跟他没话找话，只是想确定他还在。她下班后飞奔回来，害怕某一刻他等得失去耐心。

她勉力维持欢欣热闹的样子，装作没事，装作正常，可她知道实际上一点儿都不正常。可他还是要走了，她能感觉到。

“我随便买的，你爱看不看。”

“哦。”他慢悠悠地走过来，想抱她，又没敢下手，瞟了一眼案板，“晚上我们吃什么下酒啊？”

“我给什么，你就吃什么，哪里来的这么多问题？”事实上，她买了很多很多菜，想做一顿做不完的饭。

“我来帮忙吧。”于诚开了水龙头洗手，“你这速度得切到明天早上。”

她说：“我切慢一点儿不好吗？”

于诚愣了一下，突然笑了笑：“好。”他挤过去，伸手接过她手上的刀，“可是我饿了，咱们快点做，慢点吃。”

苏沅昭低声应道：“嗯。”

看着她悲伤的神情，他做了个决定：他今天不说扫兴的话了，至少好好吃完这顿饭，至少好好看完那几本书。

5

一桌菜上桌，苏沅昭准备拿手机来拍照，翻翻口袋，翻翻包：“哎呀，糟了。”

“怎么了？”

“我的手机好像落在超市里了。”苏沅昭接了他一个莫名其妙要买酒的电话之后就心神不宁，果然丢了东西。她拿他的手机打自己的电话，接听的是超市工作人员，说手机落在收银台，请她有空去拿。

“幸好幸好。”苏沅昭把手机还给于诚，“我去拿手机，你等我一下。”

“你吃了再去嘛，等下菜凉了。”于诚说，“反正人家给你保管着。”

“手机不在身上，我心神不宁，还是先拿回来吧，就在小区旁边的超市，很快的。”苏沅昭已经走到玄关，弯腰换鞋子，“你饿了就先吃。”

于诚帮她开门：“我等你回来再开饭。”

苏沅昭一路小跑到超市，道谢之后拿回手机，开锁之后看到有一个未接来电和一条短信，都是老妈的：一个阿姨来接她的侄女，我搭顺风车一道来看看你。我们先吃晚饭，吃完就过去。

时间是一个小时之前。

短短三句话，苏沅昭来回看了好几遍才终于确定其中的意思。她立刻撒腿就跑，一边跑一边拨于诚的电话，电话很快接通，她还没来得及把一句“你快出去躲一躲”说完，便听到于诚平静得仿佛他要寿终正寝的声音：“阿姨来了。”

开门看到苏妈妈的那一刻，于诚心想：这顿饭大概是吃不成了。

苏妈妈身后还跟着一个学生模样的年轻女生，女生本是笑盈盈的，在看到于诚的那一刻，眼神明显一滞，接下来掏手机的动作就更是明显，应该是上网查证眼前的男人是不是她关注的八卦里的那个臭名昭著的男主角。

邹妍是 H 大的大一新生，放寒假没买到回家的票，在家族群里抱怨了两句，疼她的二姨便说来 A 市接她回去。跟二姨一起来的还有个苏姨，吃饭时大家聊天，她才知道苏阿姨的女儿竟然就是《分开旅行》的主持人苏沅昭。所以，听到苏阿姨要来看女儿，她嚷着要跟来要个签名，最好还能加个微信，却没想到在她喜欢的人家里看到一个她不喜欢的人。

邹妍偷偷看了看微博上的照片，开门的男人是那个操纵一场网络暴力、害死一个年轻生命的人没错了。平心而论，真人比微博上的照片还好看，但谁能想到这样的好皮囊之下会包裹着如此坏心。邹妍一想到这个人还曾是她学校的老师，就觉得后怕。

苏姨明显认识他，但肯定不喜欢，邹妍看到苏姨那张总是热情温和的脸此刻跟冻住了一般，又听苏姨问：“你怎么在这儿？”

“阿姨好。”于诚请苏妈妈进来。面对后面那个探头探脑的小尾巴，他也礼貌地笑了笑。

这男人太好看了，随随便便冲邹妍一笑，邹妍竟没出息地紧张了一下，脑子里突然冒出一个念头：这事儿应该还有什么隐情吧？她总觉得他不是那样的人。

苏妈妈进来，没见到苏沅昭，饭桌上的碗筷倒是摆了两副：“她呢？”

“她马上就回来了。”这时，于诚的手机响了，他看了一眼来电显示，接起来，简短地道，“阿姨来了。”

挂断电话，于诚向苏妈妈解释道：“我马上要出国了，她请我吃顿饭。”

苏妈妈没有点破。她一进来就知道不对劲儿，自家女儿什么生活习惯，她最清楚。这房子干净得太离谱了，于诚肯定在这里住了不止一两天。天知道她家那个没出息的女儿什么时候又跟他好了，反正这个她当初万般看好却临时悔婚的女婿休想再得到她的认同！

“嗯，出国好。”苏妈妈紧逼着，“什么时候，机票订了吗？”

于诚怔了一下，听出她的意思，只好顺着说下去：“明天。”

“挺好的，那……”苏妈妈瞟了一眼饭桌，责怪道，“小昭真是的，请客人吃饭，自己倒跑了，你要不自己先吃，省得耽误你其他的事。”

于诚连忙摆手：“不，不用。我确实还有事，就不等她了。阿姨，我先回去了。”

“也好。你明天就要出国，肯定还要收拾东西的。”苏妈妈笑着站起来送客，“一路顺风，阿诚。”

“谢谢阿姨。”于诚去餐桌上拿他的手机，又背对着客厅从苏沅昭的包里拿回他的身份证。准备走时，他瞟到方才顺手放在一张椅子上的几本书。他苦笑着，看来这几本书他没办法看完了。

他走到门口换鞋，看到苏沅昭一双没来得及收进鞋柜的高跟鞋，两只都歪倒在地上，小高跟细细的，好看又性感。这大约是苏沅昭今天下班回来时换下来的吧，他俯身，最后一次帮苏沅昭把鞋子收好，在心里说：再见了，苏沅昭。

迎着冬夜猎猎的寒风，苏沅昭一路飞奔回来，到楼下时，楼栋电梯一部检修，另一部刚好赶上一户人家搬家，被占着，迟迟不动。她心急如焚，干脆拐进安全通道爬楼梯。

十六层的楼梯差点要了她的命，她拼尽最后一点儿力气，扶着墙撑到自家门前，脱力般趴在门上，想喘一口气。这时，门突然从里面打开，她猝不及防，扑在开门的人的身上。

不知是冷风冻到了肺，还是心脏超负荷，这时她已经感觉喉头有一丝腥甜，脸上不知是汗还是泪，整个人难受到极点，眼里白茫茫一片，根本看不清眼前人的脸，全凭着这个熟悉的怀抱才确认是他。她大口喘着气，心脏仍狂跳不止。差一点，可她还是赶上了。她仰着头，凑在他耳边艰难地挤出话来。

于诚在她急促的喘气声中听清那断续的、几乎只是气声的三个字："不要走。"

她怕他没听清，用力咽了咽口水。只是，她此刻喉头燥得快要炸开，只能干咽。她忍着刺痛，提气又说了一次："不要走。"

大家都说她没有他也会很好，但是她知道，她的世界少了他，不致坍塌崩陷，但不会再完整。她的生活里如果失去他，她痛不致死，但不会再感受到最大的快乐。她不能失去他。

此刻连呼吸都困难的她没办法完整地说出这些话，可他已经从她身体剧烈的起伏中感知到她迫切强烈的意念——她要他。他从未这样被毫不迟疑地爱过，被这样义无反顾地选择过。一种奇妙的感觉击中了他，好像一阵电流蹿过，身体陡然冒出鸡皮疙瘩，整个人有舒展的快乐，有不安的激动，还有温柔的颤抖。

他抱着她，仿佛抱住了他的全世界。

"小昭！"苏妈妈已经走过来，把苏沅昭拉过去，一边给她拍着背一边道，"你跑什么跑，喘成这样？"苏妈妈说着，笑着转向于诚，"你先走吧。"

于诚没有动。

苏沅昭已经缓过来不少，好歹能说出囫囵话来。她立刻拉住于诚的手，说：“谁说他要走？”

苏妈妈压着火气，仍和气地道：“他明天的飞机，出国。你别耽误人家的事儿。”

苏沅昭看了他一眼，仍是没松手：“我还没同意呢，不准他走。”

苏妈妈冲过来，一把将苏沅昭拉开，怒道：“你能不能有点儿骨气？当初是他退了你的婚！人家要走，你还这么死缠烂打，丢不丢苏家人的脸？”

“他是知道自己要出事才跟我分开的。他爱我，一直爱我！”

苏妈妈眉头微皱，看了一眼于诚，又看了看苏沅昭，觉得似是有隐情：“出了什么事？”

苏沅昭趁苏妈脸色松动，连忙过去关上门，拉着于诚往里面走，一边走一边说：“我们先进来，我全部告诉你。”

苏沅昭没走两步，抬头才发现屋里竟然还有一个人。这人正目瞪口呆地看着苏沅昭，一副“戏太足，我吃不消”的样子。

“这……这是谁？”苏沅昭吓了一跳。

大家显然都忘了这人，一时没人答话，反是不速之客做起了自我介绍：“小昭姐好，我叫邹妍，是跟苏阿姨一起来的，在 H 大上学，读大一。”

“哦，你好。”苏沅昭尴尬地扯了扯嘴角，感觉有点儿荒唐。这什么跟什么啊？

苏妈妈正寻思着找个什么由头让小孩回避一下，绝不愿放过这种八卦现场的邹妍立刻努力发挥自己的价值，过来殷勤地帮忙扶着苏妈妈，还十分贴心地向老年人科普网上的热点：“这个哥哥确实碰到了麻烦……”

苏沅昭和于诚面面相觑，心想：这场面怎么突然这么好笑？

邹妍不知道是怎么考上 H 大的，竟然这么热心八卦，把网上于诚那些麻烦事说了个八九不离十，说完还很贴心地补充了一句：“不过，我觉得小昭姐喜欢的人肯定是好人，我相信其中一定还有什么隐情。”补完前情提要的邹妍乖乖退回吃瓜群众的位置，把话筒重新交给当事人。

苏妈妈毕竟是过来人，对苏沅昭和于诚的关系再了解不过，一听这事儿，就知道所谓的隐情无非是于诚一人扛下了所有的事，把苏沅昭保了下来。自家女儿几斤几两，苏妈妈当然知道。当初苏沅昭参加主持人选拔，还拿了冠军回来，苏妈妈还当瞎猫真能撞上死耗子，这么一看，果然是于诚暗地帮了苏沅昭。

苏妈妈脸色稍霁，想了想，转向于诚，说：“让阿姨说，这事儿也不能全怪你，只能说那个女孩子太脆弱了。阿姨知道你对小昭的感情是真的，不过以现在的状况，你们恐怕没办法在一起了吧？小昭在电视台工作，名声很重要，公众不可能接受她跟一个被评为人品有问题的人在一起。阿姨能想到的，相信你都想得到。”

于诚点头：“阿姨，我……”

“我辞职。”苏沅昭抢先道，“我辞职就好了。我不需要一个道德完美的丈夫，也不用怕哪天被人拆穿……”

“你闭嘴！”苏妈妈大怒，打断苏沅昭，“你说什么胡话？”

于诚震惊地看着苏沅昭，小声提醒她：“你别冲动。”

“我很冷静，也考虑得很清楚。我要和他在一起。”

“你疯了吗？”苏妈妈勃然大怒，“好好的工作，你说不要就不要？多少人想进电视台，连门都没有！”

于诚也劝道：“你多努力才站稳脚跟，现在正是前途大好的时候，不能这么任性。”

苏沅昭看着他的眼睛，说：“你还记得我一开始去比赛是什么心态吗？完全就是多比一场赚一场。到今天我突然发现，当初的机会本来应该是别人的，那我到今天为止经历的全是多赚的不是吗？我有什么不满足的？你可以重新开始，我也可以。”苏沅昭顿了一下，转向母亲，“妈，我真的想清楚了，希望您能理解我的想法。”

“我不同意。”苏妈妈斩钉截铁，“于诚，你先回去。她现在脑子冻坏了，你别听她胡说八道。”

“阿姨……”于诚没有动。他理性上知道苏妈妈说的都是对的，但是感性上仍有期待。

三人僵持下来，苏沅昭将目光落到母亲旁边这个握着手机、听得十分认真的小女生身上，忽然冲她笑了笑：“邹妍是吗？你刚刚有拍照吧？”

邹妍脸一红，还以为她刚刚偷拍的行为没人发现呢。她连忙解释道：“我就是太兴奋了，没有恶意，绝对不会把照片发到网上的。”

“没关系。”苏沅昭笑着说，“我希望你发出去，告诉所有人，我和于诚以前在一起，以后也会在一起。”

“阿昭！”于诚喝道，心道苏沅昭越来越离谱了。

苏沅昭平静地道：“你现在相信我是认真的吗？”

6

苏沅昭递上辞职信时，领导盯着她看了一会儿，低声问她：“这是哪个节目在玩隐藏镜头吗？”

苏沅昭摇摇头，笑着说：“领导，我是认真的。”

领导看了看她，又看了看桌上的辞职信，道：“台里都安排你上黄金档了，可见对你的重视程度，你是还有什么不满意的吗，还是最近太忙，压力太大了？要不然，你休个假，调整下状态？”

她仍是摇头：“不是，只是个人原因。我没有不满，也没有挖角，我只是不想再做主持人了。”

“难不成你是想搞巅峰隐退这一套？”领导着实不解，“别说你现在离巅峰还差得远，就算是巅峰，现在辞职也没意义，观众都是健忘的，你离开电视台就不会再有人记得你了。你真的舍得吗？”

“说实话，我舍不得。”苏沅昭笑了笑，“只是，现在我有更重要的东西要守护，但是私人的事情，我不方便细说。总之，我只能到这里了。当然，后面还有我需要配合的，我一定负责到底，尽量不给台里添麻烦。”

苏沅昭要辞职这个消息最开始只有小范围的人知道，但在外地出差的李新泽消息灵通得很，已经迅速打来电话问她：“你脑子没进水吧？”

苏沅昭态度异常坚定，已经着手准备后面的交接工作。

后来周言也听到了风声。这么长时间以来，他第一次主动联系她，确认这个消息。

“你为了他？”

“嗯。”苏沅昭没有否认。

周言自嘲一笑：“你看，其实你真的没爱过我。现在就跟当初我的情况一模一样，不同的是，当初你选的是自己的事业、自己的生活，可是现在你选了他。”

“周言，现在说这个没有意义。”苏沅昭说，“你和他本来就不一样。我听说你的新漫画已经签了出版，无论如何，恭喜你。”

周言突然说：“你恨我吗？”

“不恨，我只是觉得有点可惜，因为我知道你其实是个好人。”苏沅昭沉默一阵，说，“我还是那句话，希望你一切都好。再见。”

苏沅昭进屋，喊道：“我回来了。”

“今天这么晚？”于诚从厨房探出头来。

“周言今天来找我了，我跟他聊了几句。”苏沅昭实话实说。

“聊什么？我猜猜。”于诚想了想，“他大概知道你要辞职，来跟你表达一下对我的羡慕嫉妒恨？”

苏沅昭都气笑了：“你怎么这么自恋？”可是，偏偏让于诚猜中了。

“托你的福。”于诚狡黠一笑。

上次苏沅昭把苏妈妈气走之后，于诚自然出不了国。他觉得她这儿的小地方住着还习惯，便干脆搬了过来吃软饭。他一直对苏妈妈临走时的态度心有余悸，怕苏沅昭为了他跟家里闹得不好收场。苏沅昭胸有成竹，安慰他：“我妈就是刀子嘴豆腐心，要真容不下你，她走之前必定要把你赶出去。现在我每天给她写作文摇尾巴呢，你等后面找个机会给她赔礼道歉，她见好就收了。”苏沅昭算算日子，“这不快春节了吗？你说，我俩回去过年，她还能把我们赶出来啊？”

“你行啊！”于诚上下打量着苏沅昭，“你这脸皮什么时候变这么厚了？我都自愧不如。”

“呵呵，青出于蓝。”苏沅昭挑着肉痛快地吃着。她以后可能不用上镜，便不用节食了。

“你工作交接得怎么样？”

“很快。”台里多少年轻姑娘等着机会呢，走掉一个苏沅昭，有的是后来人。苏沅昭道：“我忙完这个年关，后面应该就没什么事了。”

“你明年准备做什么？”

“干吗？”苏沅昭一朝被蛇咬，十年怕井绳，惊恐地道，“你又准备提前打点关系，给我开后门不成？”

“我这不是关心自己明年还有没有软饭吃嘛。”于诚做乖巧状。

“哦，你好好表现，反正我饿不着你。”开过玩笑后，苏沅昭正色道，“李新泽前两天跟我说，他明年打算出去开个公司，我感兴趣的话，可以跟他去做幕后。我觉得不错，反正我以前就挺喜欢参加节目组的策划会。”

“那就好。”于诚其实一直担心她冲动辞职以后会后悔，现在看来，她的路其实宽得很，她有能力应对新的挑战，并不需要他事无巨细地关心她。

饭后，苏沅昭躺在沙发上刷微博，刷到一条周言最新发布的微博。大意是他的漫画被粉丝指认以真人为原型，他在这里表示否认，说漫画内容纯属虚构，并且由于大量粉丝对漫画结局表示不满，他将在正式出版的版本中修改结局。

苏沅昭立刻跳起来，把手机拿给于诚看。后者看完，跟苏沅昭面面相觑，最后嘟囔了一句：“他会不会做好人，也不知道早点发。”

“你知足吧。”苏沅昭拿回手机，看着周言的微博头像，走神了一会儿。

对于这件事，于诚一直采用冷处理的方式，但是由于这件事跟这么一部人气漫画挂钩，周言那边网上连载宣传一波，后面出版再宣传一波，这事儿至少半年之内不会完全冷下去。现在周言主动切断了漫画跟洛诗的联系，单看洛诗那件事，话题点就没有那么充足了。再加上当事人家属始终隐身，而公众又健忘，等新的热点覆盖上来，这件事就会不了了之。

周言最后还是放了于诚一马。

苏沅昭给周言发了条私信：谢谢。

很快她便收到同样两个字的回复：再见。

晚上，苏沅昭枕在于诚的手臂上，睁着眼睛胡思乱想。前段时间，她忙得焦头烂额，事情突然告一段落，心里竟然有些空落：“我睡不着，我们来说说话？”

他低声应道：“嗯。”

“我其实一直没想通，为什么你最后什么都没做？这样被动挨打可一点儿都不像你。”这个问题苏沅昭之前问过他，可他没肯说，用一句“良心发现”糊弄她。不过，这次之后，她能感觉到他不一样了，他对她坦承了许多。

于诚蹭了蹭她的头发：“你不是很介意吗？”

他这样的人确实不存在什么良心发现，只是从谢邀曼那里知道，苏沅昭夜夜做噩梦，连梦里都在说对不起。他忽然意识到，如果他不为洛诗的事情负责，不出来接受惩罚，那么受惩罚的人就会是苏沅昭，她会惩罚自己。他的确有办法安然脱身，可如果他真的那么做了，她恐怕要被罪恶感困扰一辈子。

两者取其轻，还是他来吧。

苏沅昭安静地听于诚说完，忽然笑了："于诚，你真变态，变态地不爱这个世界，却变态地爱我。"

临近春节，苏爸爸打电话过来，问苏沅昭什么时候回家。以往这种电话都是苏妈妈打的，这回换成苏爸爸，自然是因为苏妈妈心里还没完全消气，不过差不多了……要没苏妈妈的默许，苏爸爸也不敢擅作主张，甚至……苏沅昭估摸着，没准这会儿老妈就在旁边听着呢。苏沅昭故意说："我倒是想早点儿回去，就是不知道我妈给不给开门。我还想着今年要是不能回家，就去买点饺子，自己凑合过了。"

"这是什么话？"苏爸爸说，"你赶紧定个时间，你妈还要准备菜呢。"

"那辛苦老妈了，今年春节她可小心点，别再闪了腰什么的。"苏沅昭有意提起去年的事，好让某人回忆于诚的好来。苏沅昭顿了一下，又说："不过也没事，妈妈忙不过来的话，我就派于诚先回去帮忙，反正他现在闲着，去年也干得挺好的。"

"你这孩子！"苏爸爸说完，突兀地沉默了一会儿，大概在看某人的脸色，最后终于默认了于诚和苏沅昭一起回来过节的事，"你早点儿回来，注意安全。"

"收到！"

回家那天，苏沅昭先去台里处理最后的工作，然后抱着她剩下的一些零散物件走出电视台大楼，再回头看着楼体上的电视台标，心里有些感慨。

无论如何，她终究是幸运的。她有幸进入自己曾视为奢望的地方，并在其中起起落落，尽力而为，也尽兴而归。

"嘀嘀。"

她听到汽车的喇叭声，循声望过去，于诚的车已经等在路边，他过来接她一起回老家过春节。

看到车窗打开后露出的于诚的脸，苏沅昭方才有些空落的心忽地雀跃起来。

她笑着走过去，上车："时间这么准？"

"出发啦。"

车子启动，苏沅昭为他帮她挑拣的行李操心，想想有没有漏什么，毕竟这次两人都是失业回家，可能赖在家的时间会比较长。她唠唠叨叨的，问他带这个没有，带那个没有，他耐心应付着，基本上她想到的他都提早想到了，并把那些都放进了行李箱里。口头查问一遍之后，她没挑出错来，这才放下心来，和他随意扯着闲话。

车子行经一个十字路口，碰上红灯，停在斑马线前。行人开始过马路，一个小男孩自顾自地往前跑，身后一个母亲模样的女人追赶上来，一把抓住小男孩的手，厉声责备小男孩调皮、罔顾安全。母子两人在于诚的车前耽搁了一小会儿，母亲便紧紧攥着孩子的手腕加快速度走过去了。

于诚看着这对母子，忽然想起一件很久远的事。

那时，他还是一个孩子，一个期待自己生日的孩子，因为那天他一定能见到于小曼。

他知道她其实就是他的妈妈，只是自从被父亲严厉地教育之后，他一直恪守规矩，只叫她阿姨。在他眼里，她是美丽的、神秘的，但也是奇怪的。她见他总在封闭的室内，没办法带他去游乐场坐海盗船，也不肯答应他一起去郊游，让他可以跟同学炫耀一次。

那天是他的生日。在去学校的路上，他不小心踩到一条野狗，被狠狠反咬一口。他知道伤口流血是要打针的，但是如果去医院的话，他就肯定见不到她了，因为她几乎从不在别墅以外的地方见他。而他今天见不到她的话，下一次见面就不知道是什么时候了。

所以他把裤脚放下去，盖住流血的伤口，若无其事地继续去上课。

放学后，她派来的车子载着他穿过许多条街道，像接一个小王子回到城堡，而美丽的王后已经准备好了蛋糕和礼物，在里面等他。他和她开心地玩了一整晚，最后他累了，仍执拗地抓着她的手，躺在床上，不肯闭眼睛。

她问他为什么不肯睡觉。

他说害怕，怕睡过去就死了。

她觉得奇怪，所以多问了两句，便问出他被狗咬伤的事。

她查看伤口之后，脸色立刻变了。一整晚都温柔地陪他玩的人突然厉声斥责他，他被吓哭了，还没来得及多说什么，就被她一把抱起往医院赶。

直到现在他才突然想起来，当时连墨镜都忘记戴的她攥着医生的手紧紧追问：“我儿子要不要紧？”

他一直因她当初宁愿去成全一个身后名、选择抛下他而耿耿于怀。但也许在某一个瞬间，他也是重要的，甚至他得以出生这件事就可以说明她从一开始就不计风险地选择了他。

他竟花了这么多年才想到这一点。

于诚看着那对走远的母子，不由得笑了笑，转头准备跟苏沅昭说点儿什么，却发现她并没有看到这些。她自顾自低着头查看天气，还皱着眉抱怨：“春节这几天天气不太好啊，一个星期都下雨。”

他看着她一脸苦恼的模样，忽然喊了一声：“阿昭。”

苏沅昭闻声，抬头看他：“嗯？”

于诚微笑着倾身过去，亲了她一下。

这时正好红灯变绿灯，车行无阻。

“雨天也很好。”因为你在场。

（全文完）

她是甜的，她是软的，她是暖的

——《致苏沅昭》后记

写一个长篇这件事在我每一年年初的 to do list 上都会出现，然后在年末遗憾地打个叉。这些年我未完结的长篇数不胜数，它们有的还只是起头万字，有的已经写到了十二三万，最后都因为自己的不满而无以为继。

我的确是一个容易陷入自我否定的作者，又是写短篇出身，转型写长篇时自己会明显感到笔力不济，正如长篇作者去写短篇很可能会把不准节奏一样，习惯飞快地走剧情进转折的我在长篇里就对“放慢”这件事感到吃力，甚至一度打开长篇文档，就感觉自己回到了小学写作文的时候，遣词造句都战战兢兢起来。

我总是默默地开坑，然后又默默地放弃，丧气一阵，再等下一次心血来潮。

所以有朋友问，怎么老看到你周末去星巴克写写写，就看到这么几个短篇？我也有点不好意思。

这一次我颇有点破釜沉舟的意思，拿着新写的三万字送了审，结果过了，于是在过稿的鼓励以及合同的约束之下，顽强地（……）写完了全稿。

这个稿子其实脱胎于我一个短篇，那个故事里女主还是苏沅昭，但男主其实是周言，也就是本文中的男二，因为我最初想写的是一个“见不得光”的爱情故事，而于诚——你应该看得出我连名字都是随便取的——只是到故事快结尾才出来收个网而已。我当时花在他身上仅仅一千来字，却发现这个人物实在太有魅力了，他的光辉完全盖过了之前蹦跶了那么久的男主角。出于对这个人物的喜爱，我以于诚为男主角，写了这个新故事。

大概也是由于脱胎于短篇且男主角换人的缘故，我开头一直开不准，进早了一万字过去了男主还没看到人，进晚了前因便交代不清楚，我换不同的切入点，重写了四五个开头，一直不满意，但心里也很清楚如果再这么为难自己，电脑里只会多一个死在开头的坑。

所以我暂且按下强烈作祟的否定心理，接着往下写。

收尾我是在深圳闺密的住处写的，晾了半个月之后，我才鼓起勇气再次打开文档开始全文修改，当然，趁着这刚写完差不多二十万字的良好手感，我又重写了一道开头……

以上是这部作品创作过程中我不太轻松的心理历程，下面我想谈谈这个故事本身。

很多作者的作品出来大概都会收到这样一个问题，主角是不是代入了自己呢?

我必须得说明，苏沅昭不是我，但她是我非常喜欢和羡慕的那种人：漂亮又柔软，不尖锐，好脾气，热情洋溢，招人喜欢，在良好的家庭长大，像晒够了阳光的棉花，温暖又松软。

我恰好就有一两个这样很好很好的朋友。

某天从咖啡馆写稿出来的晚上，我一个人散步回家，看到路边的小黄车，想起一件很感动的事。

有一年秋天，外地的闺密来长沙看我，我当时在公司对面新开业的商场吃饭，和她碰面之后一起逛到很晚才出来，广场上热闹的开业演唱会还在继续，压轴出场的是张宇，我们又挤在人群里，听完那首《月亮惹的祸》才预备回家。

那天早上出门我穿了双十厘米的细高跟，女孩子都知道穿这样的鞋子连续走上几个小时意味着什么，玩得 high 的时候不觉得，冷静下来发现自己脚背都快折了，之前被无视的不适完全爆发，此后每走一步路都是酷刑。

这时人行道上的小黄车简直是救命一般的存在，我立刻飞扑过去，掏出手机才发现已经没电了，只有闺密的手机还能扫码开锁……要死一起死这种思维当然是不存在的，我飞快地建议我骑车、她走路。

毕竟是亲闺密，她对我翻了一个白眼，但还是乖乖帮我解锁。

那个画面其实挺滑稽的，一路上我一直在笑，骑着车时快时慢地跟她闹着玩，她快走加小跑地跟着我，嘴上一直在骂："你给我慢点，想累死我啊？！"

那天晚上夜晴风爽，人行道上左边是一行茂盛的樟树，右边街铺小吃店灯火明亮，门口食台冒着腾腾热气，人声嘈杂。当时和她闹着玩的我并不知道，后来自己会把这个场景记住这么久。

苏沅昭当然不是我，但是这个人物有我对她最好的祝福：刚刚好的善良，刚刚好的优秀，还有一点刚刚好的野心。表面傻白甜，其实心里都看得懂，只是不惯戳破，习惯包容；可以全身心地去爱，也值得被认真地爱着。

她是甜的，她是软的，她是暖的，她是无论如何都会幸福的。

所以遇见她，是于诚三生有幸。

他多幼稚呀，时时刻刻都要自己成为对方的第一选择：我跟汪你选谁？好，你不选我，分手！

好吧，人家好好地找到新欢一起养汪开始新生活了，他又心理不平衡，想方设法地搞破坏，非要逼她回来。

他多自私呀，他好的时候：你不跟我在一起，跟谁在一起啊？我就是你的最优选择！你必须选我！

他出问题的时候：你走吧，用不着你做什么道德挣扎打同情分，不过你记住啊，是我不要你的，不是你放弃我。

我的天，我怎么写了个这么别扭的男主角啊？

大概也就苏沅昭这样超级好脾气的姑娘能受得了这位傲娇男主吧。

两人相处，或甜或虐的场景很多，我最喜欢的是除夕那晚，两人从人情热闹中暂时脱身，一路散步到稍显寂寥的江边，晚风混着江水的湿凉气息，凉飕飕的，让人冷静而清醒。

他对她说："如果没有遇见你的话，我应该也可以活得比较好。我比别人多几分聪明和冷静，在大部分事情上都游刃有余，无所期待，也无所畏惧。反而跟你在一起之后，我总是容易紧张，容易期待，容易生气，也容易害怕。"

他说："你让我感觉到，时间不再是重复的推进，有了被珍惜的价值，节日不再是与我无关的命名，有了值得庆祝的意义。"

诚如我所了解的于诚，那已是他能说出口的最深情的表白。

我开始写这个故事的时候是冬天，一路磕磕绊绊地写到夏天，正式收尾这个后记的时候，已经是秋天。这期间我换了一次工作，进行了一趟短途旅行，没有搬家，也没有谈恋爱，所以心境其实没有什么太激烈的变化，最常见的还是每个千篇一律的周末，背着电脑去咖啡馆，状态好的时候几千字，不太好的时候几百字，时间差不多的时候，收拾东西心情平静地回家，就像以前上学的时候，背着书包去教室自习。就这样平平淡淡推进到结尾，稿子完结时，我也没有什么松了口气的感觉，反倒是觉得，自己还有很长的路要走，还有很多不足需要修炼。

我内心是喜欢这个故事的，只是初涉长篇，总觉得自己没能把它写得更好一点。

它诚然不完美，却是我写作路上的一个新起点，谢谢你看到这里，也期待下一次相遇。

2018.9 于长沙

注：本文章节名选自陈奕迅《斯德哥尔摩情人》